SAG NIE IHREN NAMEN

W0224402

James Dawson

SAG NIE IHREN NAMEN

Aus dem Englischen von
Frank Böhmert

CARLSEN

Alle Figuren in dieser Geschichte sind eine Erfindung des Autors und jede Ähnlichkeit mit lebenden oder verstorbenen Personen ist ganz und gar zufällig.

FSC
www.fsc.org
MIX
Papier aus verantwortungsvollen Quellen
FSC® C014496

Deutsche Erstausgabe
Veröffentlicht im Carlsen Verlag
Juli 2015
Originalcopyright © James Dawson 2014
The moral rights of the author have been asserted.
Originalverlag: Hot Key Books Limited, London
Originaltitel: »Say Her Name«
Copyright © der deutschsprachigen Ausgabe: 2015 Carlsen Verlag GmbH, Hamburg
Aus dem Englischen von Frank Böhmert
Lektorat: Brigitte Kälble
Umschlaggestaltung: formlabor
Umschlagfotos: shutterstock.com © Volodymyr Goinyk/Aleshyn_Andrei
Herstellung: Karen Kollmetz
Satz: Dörlemann Satz, Lemförde
Druck und Bindung: GGP Media GmbH, Pößneck
ISBN: 978-3-551-31419-2
Printed in Germany

Carlsen-Newsletter: Tolle Lesetipps kostenlos per E-Mail!
Unsere Bücher gibt es überall im Buchhandel und auf carlsen.de.

Für Erin und Faye

DREIZEHN JAHRE VORHER

Tropf, tropf, tropf.

Tropf, tropf, tropf.

Tropf, tropf, tropf.

Langsam nervte das wirklich. Taylor Keane drehte den Wasserhahn in der Küche mit aller Kraft zu, für einen besseren Griff nahm sie sogar ein Geschirrhandtuch. Doch das unablässige Tropfen ging weiter. Woher kam es? Sie lehnte sich über die Spüle, kippte den Hebel des Fensters, stieß es einen Spalt auf und hielt ihren Arm nach draußen in die milde Abendluft. Sie drehte die Handfläche nach oben. Es nieselte nicht einmal.

Am merkwürdigsten war, dass sie gehen konnte, wohin sie wollte, das Tropfen blieb im ganzen Haus immer gleich laut, als würde es ihr folgen. Gut, sie schlief in Physik gelegentlich; trotzdem war das eigentlich unmöglich.

Sie öffnete den Schrank unter der Spüle und schob die hundert Flaschen mit Bleiche, Desinfektionsmittel und Möbelpolitur zur Seite, bis sie den Siphon gefunden hatte. Ein rascher Fingerstrich bestätigte, dass er staubtrocken war. Alles dicht.

Tropf, tropf, tropf.

Das war wieder mal typisch. Ihre Eltern gingen nur einmal in der Woche abends weg, zu diesem albernen Salsa-Kurs, und prompt musste sie sich zu Hause mit einem Rohrschaden herumschlagen. Sie hatte die beiden mehrmals auf dem Handy angerufen, aber sie gingen nicht ran.

Der absolute Katastrophen-Abend. Schlimm genug, dass Jonny nicht wie versprochen rübergekommen war. Sie hatten eine DVD gucken/knutschen wollen, aber er hatte abgesagt, weil er sich »vergrippt« fühlte. Dabei war der miese Lügner wahrscheinlich mit seinen Kumpels im Einkaufszentrum. Taylor verfluchte ihre fatale Schwäche für starke Arme und blaue Augen.

Tropf, tropf, tropf.

»Mann, das nervt.« Sie krallte die Finger in ihre honigblonden Locken und stapfte aus der Küche ins Wohnzimmer. Als sie die Fernbedienung gefunden hatte, stellte sie den Fernseher stumm.

Tropf, tropf, tropf.

Es schien von oben zu kommen, vielleicht aus dem Hohlraum zwischen den Stockwerken. Sie suchte an der Decke nach Auswölbungen. Vielleicht sollte sie einfach einen Klempner rufen, das machte man doch, wenn eine Leitung undicht war. Ihre Eltern würden doch bestimmt dankbar sein, wenn sie verhinderte, dass die Decke runterkam. Es war allerdings schon fast neun, und wenn sie sich vorstellte, was ein Noteinsatz außerhalb der Geschäftszeiten kosten könnte, wurde ihr ganz anders. Sie hatte noch nicht mal einen Zehner im Portemonnaie.

Barfuß tapste sie über den flauschigen beigen Teppich in

den Flur und sah die geschwungene Treppe zum ersten Stock hinauf. Vielleicht kam es ja von oben. Höchstwahrscheinlich sogar, aus dem Badezimmer. Es war einen Blick wert.

Tropf, tropf, tropf.

Lauter und deutlicher als bisher: fette, zähflüssige Tropfen, die auf einer festen Oberfläche landeten. Aber wo? Sie hatte ihr ganzes Leben hier verbracht (also wenn sie nicht gerade im Internat war), doch auf einmal kam ihr das Haus fremd und unheimlich vor. Es war zwar total uncool, aber plötzlich wünschte sie sich, dass noch jemand anders da wäre.

Taylor machte einen tapferen Schritt auf die erste Stufe. Sie verdrehte den Hals, um den oberen Treppenabsatz in den Blick zu bekommen. Die Luft war rein. Weit über ihr warf die Lampenfassung einen klauenartigen Schatten an die Decke. Taylor zögerte. In ihrem Kopf flüsterte eine Stimme: *Geh da nicht rauf.* »Krieg dich ein, Tay«, schalt sie sich. Dann nahm sie immer zwei Stufen auf einmal, um dem Haus zu zeigen, dass sie keine Angst hatte. Das hier war doch nicht irgendein blöder Horrorfilm, den Jonny mitgebracht hatte, um sie zum Durchdrehen zu bringen; das war die Wirklichkeit und es gab nur irgendwo ein undichtes Rohr.

Als sie mit dem Kopf auf Höhe des Treppenabsatzes war, lugte sie um das Geländer herum. *Nichts zu sehen.* Der Wassertank befand sich auf dem Dachboden, aber Horrorfilm oder nicht, sie ging auf keinen Fall alleine dort rauf, in die Höhle von Spinnen so groß wie Katzenbabys. Aber das Tropfen hörte einfach nicht auf. Wenn überhaupt, klatschte die Flüssigkeit jetzt noch schneller herunter – in einem zunehmend hektischen Takt.

Hier im oberen Stockwerk gab es zwei mögliche Quellen: das große Bad und das kleine, das zum Elternschlafzimmer gehörte. Sie ballte die Fäuste und nahm sich als Erstes das Schlafzimmer vor. Im schwachen Licht der Laternen, das durch die Jalousien fiel, fand sie den Raum so makellos vor wie immer und nichts deutete auf eine Überschwemmung hin. Sie ging zu dem kleinen Bad durch, knipste das Licht an und sah durch die Glastür der Dusche sofort, dass das Tropfen nicht von dort herrührte. Alles glänzte trocken. Die Toilette schien ebenfalls in Ordnung zu sein; nirgendwo war Wasser auf den Fliesen.

Blieb nur noch eine Möglichkeit. Sie ging zurück zum Flur und fluchte. Das Leck war schlimmer geworden. Jetzt hörte man kein Tropfen mehr, sondern fast ein Plätschern, als würde jemand Flüssigkeit auf den Boden gießen.

Sie eilte ins große Bad und zog an der Lichtschnur. Die Glühbirne schien den Geist aufgeben zu wollen, sie fauchte und knisterte und nur ein schwaches, flackerndes, grünliches Glühen erfüllte den Raum. Taylor fragte sich, ob das austretende Wasser etwas mit der Elektrik anstellte. Alles sah normal aus, aber das Geräusch war jetzt richtig laut. Der Duschvorhang an der Badewanne war zugezogen. Auf einmal kam sie sich so was von blond vor. So viel Aufregung und dann kleckerte es nur vom Duschkopf in die Badewanne.

Das Licht flackerte erneut. Und war jetzt noch trüber. Das Piken in Taylors Bauch wollte nicht weggehen. *Es ist nur die Dusche*, sagte sie sich. Langsam tastete sie sich über die Fliesen, stützte sich am Waschbecken ab und erblickte im Spiegel darüber ihr aschfahles Gesicht. Sie griff nach dem Duschvorhang, nahm den Rand des Kunststoffgewebes zwischen die Finger. *Am besten ganz schnell, wie ein Pflaster ...*

Sie riss den Vorhang beiseite, so heftig, dass Shampooflaschen in die leere, weiße Badewanne polterten. Der Brausekopf hing erwartungsvoll über ihr und es kam kein Wasser heraus.

»Was zum ...?«, ächzte Taylor und trat von der Wanne weg. »Das ist doch voll krank!« *Tropf, tropf, tropf.* Superlaut jetzt. Wo kam das bloß her?

Und dann sah sie es. Aus dem Augenwinkel sah sie, wie sich im Spiegel etwas bewegte. *Etwas*, nicht sie. Mit trockenem Mund drehte sie sich zum Waschbecken um. Es war absolut unmöglich, aber ihr Spiegelbild war nicht allein; dort im Rahmen wartete noch etwas anderes. Taylor schrie.

Das Glas war nicht länger fest, es glich eher einer sich kräuselnden, silbrigen Wasserfläche. Eine schlanke Hand, weiß wie Marmor, aber schlüpfrig von Blut, griff *aus* dem Glas *heraus*, tastete nach dem Waschbecken und zog sich weiter ins Badezimmer. Glänzende rote Rinnsale liefen zwischen den gespreizten Fingern hindurch und von den toten Fingerspitzen. Die Flüssigkeit sammelte sich um die Wasserhähne herum und im Waschbecken. Als die Hand nach Taylor griff, klatschten fette rote Tropfen auf die Mosaikfliesen.

Tropf, tropf, tropf.

GEGENWART

1 HALLOWEEN

Piper's Hall, ein Mädcheninternat für die Altersstufen elf bis achtzehn, stand ganz oben auf einer zerklüfteten, ungeschützten Klippe, an der sich starke Winde und noch stärkere Wellen brachen. Wie ein Wasserspeier kauerte das Gebäude dort oben über der Küste. Nichts an der Architektur ließ an eine Schule denken; aus den Mauern und Türmen stachen Furcht einflößende Metallspitzen hervor und die großen Rasenflächen des Sportplatzes waren nicht grün, sondern grau, wie Schieferplatten in einem Gewitter. Am Tag glich die Schule einer albtraumhaften Vision, in der Nacht war es noch schlimmer.

Die Leute aus der Gegend hatten verschiedene, mitunter recht ordinäre Spitznamen für die Schule und die Einwohner der benachbarten Kleinstadt Oxsley hielten sich fern. Aus gutem Grund – das Internat war der Ursprung eines jeden Spukschlosses in den schlechten Träumen ihrer Kindheit. Selbst von weit draußen auf See konnte man erkennen, wie die gespaltenen Zungen von Blitzen herunterfuhren und an den Flügelfenstern leckten.

Schlimmer als das unheimliche Erscheinungsbild war jedoch, dass es dort von hochnäsigen Internatszicken nur so wimmelte. So lautete jedenfalls Bobbie Rowes Erklärung dafür, warum alle, die ihren Grips einigermaßen beisammenhatten, nichts mit dieser Schule zu tun haben wollten.

Die Kälte drang Bobbie bis in die Knochen, denn das armselige Feuer im Mülleimer, um das sie zu siebt saßen, wärmte kein bisschen. Sie hatten sich in einem kleinen Geräteschuppen am Außenrand des Hockeyfelds versammelt. Der Wind heulte und rüttelte an den geschlossenen Fensterläden. Bobbie konnte nur die Kiefer aufeinanderpressen, um ihre Zähne davon abzuhalten, draufloszuklappern wie ein Zeichentrickspecht.

Dieser ganze Abend war total uncool. So uncool, dass sie hätte flennen können. Die meisten Leute hier *mochte* sie nicht einmal und Halloween interessierte sie schon gar nicht.

»Und es wurde immer lauter ... tropf, tropf, tropf ...« Das lächerlich kleine Lagerfeuer warf ein dämonisch rotes Glühen über Sadie Walshs Gesicht. »Die Babysitterin griff langsam, ganz langsam nach dem Duschvorhang, dann holte sie tief Luft und riss ihn auf!«

»O Gott. Und was hat sie gesehen?«, quiekte Lottie Wiseman und kaute nervös an den Haaren.

Sadie verengte genüsslich die Augen und hielt die Spannung, bis ihr Publikum nach der großen Auflösung geiferte. »An der Duschstange hing der Pudel, die Kehle durchgeschnitten, und sein Blut tropf-tropf-tropfte in die Badewanne!«

Die beiden Jungen auf der gegenüberliegenden Bank, die auf einer Mädchenschule nichts zu suchen hatten – und schon gar nicht mitten in der Nacht –, sahen einander glucksend an.

»Und auf dem Spiegel«, fuhr Sadie mit irrem Blick fort, »waren mit Blut diese Worte geschrieben: ›Auch Menschen können Hände ablecken!‹«

Lottie und Grace brachten ein neckisches Kreischen zu Stande, das für die hereingeschmuggelten Jungen bestimmt war. Bobbie ersparte sich das und setzte sich nur ein bisschen anders hin, um wieder Leben in ihren turnbanktauben Hintern zu bekommen. Das Internat verwandelte manche Mädchen in tickende Hormonbomben, aber bei ihr hatte es nur dafür gesorgt, in der Gegenwart von Jungen schrecklich schüchtern zu sein.

»Ist ja toll, Sadie«, meldete sich Bobbies beste Freundin Naya, die neben ihr saß. »Diese Geschichte habe ich schon tausendmal gehört und falls es dich interessiert, sie handelt von einer *alten Frau* und einem Hund. Wieso sollte eine Babysitterin denn im Haus von jemand anders schlafen gehen?«

Bobbie kicherte und schob ihre angesagte (und notwendige) Nerd-Brille die Stupsnase hinauf. Zum Glück hatte sie Naya, mit ihr ließ es sich in Piper's Hall gerade so aushalten. Einer der Jungen aus dem Ort – der süßere, mit dem südländischen Einschlag und den kurz geschorenen Haaren – grinste ebenfalls, aber Sadie fand die Kritik offensichtlich nicht so toll.

»Ach, entschuldige, Naya. Ich hatte vergessen, dass du hier die Expertin bist für alles, was mit Halloween zu tun hat – mein Fehler.«

Naya spitzte ihre vollen Lippen. »Ich hab nie behauptet, dass ich eine Expertin bin, bloß hattest du uns eine Geistergeschichte versprochen, die *wirklich passiert* ist. Hallo? Fällt so was nicht unter irreführende Werbung?«

Wieder musste Bobbie lachen. Sadie litt wirklich an geistiger Verstopfung und in einer Institution, in der Abführmittel gehandelt wurden wie Zigaretten im Gefängnis, hieß das schon was. »Na schön. Ihr wollt also eine wahre Geschichte?«

Die Runde murmelte zustimmend – alle außer Bobbie. Nur auf Nayas Drängen hin hatte sie *Stolz und Vorurteil und Zombies* für diesen Quatsch beiseitegelegt. »Es ist nur einmal im Jahr Halloween«, hatte Naya gebettelt. »Du musst doch auch mal was erleben!« Dafür würde sie bezahlen. Bobbie wusste noch nicht, wie, aber bezahlen würde Naya.

»Sagt nicht, ich hätte euch nicht gewarnt …«

»Also bitte, Sadie!«, meldete sich nun auch Grace Brewer-Fay zu Wort, das siebte Mitglied ihrer unerlaubten Runde und zugleich die regierende Königin. Noch gelangweilter hätte sie auch mit viel Mühe nicht aussehen können. »Kannst du vielleicht einfach mal fertig werden? Ich will hier nicht die ganze Nacht verbringen.« Den letzten Satz hauchte die Schulsprecherin bewusst verführerisch im Seifenopernton und streichelte dabei den Jungen, an den sie sich lehnte – diesen süßen Kerl, der glatt auf ein Hollister-Werbeplakat gepasst hätte. Während Grace ihre Finger über die straffe braune Haut seines Unterarms gleiten ließ, fragte Bobbie sich, wie sich das wohl anfühlte. Er war wirklich zum Anbeißen, und obwohl sie dieses Eingeständnis für sich behielt, wurde sie knallrot. Dabei war das total albern, er nahm sie ja nicht einmal wahr; wie immer gab Bobbie das perfekte Chamäleon und fügte sich klaglos ins Tapetenmuster ein.

Sadie plusterte sich auf wie ein eitler Pfau. »Also die ist jetzt *wirklich* passiert, und zwar hier in Piper's Hall.« Grace und Naya protestierten sofort. »Es stimmt! Das ist passiert, als meine älteste Schwester hier im Internat war! Wenn ihr mir nicht glaubt, kann ich sie gern anrufen!«

Bobbie legte den Kopf auf Nayas Schulter. »Können wir gehen?« Sie flüsterte, damit nur ihre Freundin es hörte. »Ich hab noch zwei Kapitel zu lesen und das große Finale ging gerade los.«

»Machst du Witze? Jetzt kommt endlich was Gutes!« Nayas New Yorker Akzent, der nach drei Jahren in England kaum noch durchklang, meldete sich immer dann zurück, wenn sie aufgeregt war.

»Wer kennt die Geschichte von Bloody Mary?« Sadie beugte sich erneut dem Feuer entgegen. Noch ein Stück näher und ihr Gesicht würde schmelzen. Bobbie hob widerstrebend einen schlaffen Arm; einige der anderen ebenfalls. »Ihr *denkt* vielleicht, ihr kennt die Geschichte, aber wahrscheinlich ist es nur eine veränderte oder verwässerte Fassung. Die wahre Geschichte, das Original sozusagen, hat sich hier in Piper's Hall abgespielt ...«

»Von wegen!«, bellte der zweite Junge, den der tolle Typ vorhin Mark genannt hatte. Bobbie empfand immer Mitleid mit Jungen, die Mark hießen; es war so ein langweiliger Name. Mark kam ebenfalls aus Oxsley, war stämmig-muskulös und trug einen goldenen Stecker im linken Ohrläppchen. Bobbie stellte sich vor, dass er Landarbeiter oder Schornsteinfeger war, aber sie wusste, dass das wohl mehr mit ihrem Bild von Oxsley zusammenhing und nichts mit der Realität zu tun hatte. »Diese Geschichte hab ich schon x-mal gehört!«, fuhr er fort. »Die ist sogar verfilmt worden!«

»Genau, Mark, und zwar weil so viele Ehemalige von Piper's Hall sie weitererzählt und über die ganze Welt verbreitet haben. Die *wahre* Geschichte ging vor zweihundert Jahren los, als sich hier eine Schülerin namens Mary Worthington umgebracht hat. Und zwar in genauso einer Nacht wie heute ... mit Blitzen am Himmel und krachendem Donner!«

Wie aufs Stichwort erbebte der dunkle Geräteschuppen unter einem mächtigen Donnerschlag. Bobbie klammerte sich unwillkürlich an Nayas Arm.

Sadie genoss die Dramatik des Zufalls. »Es war an Halloween. Sie ist zu ihrem Freund gegangen – einem Jungen aus dem Ort –, weil sie wollte, dass er mit ihr durchbrennt. In jener Zeit wäre das ein Riesenskandal gewesen: eine junge Internatsschülerin, die eine voreheliche Affäre hat. Als er ablehnte, flehte sie ihn an, aber er lachte ihr ins Gesicht. *Er* hatte ja bekommen, was er wollte. Also ist Mary im strömenden Regen zurück zur Schule gelaufen, hat ein Stück Seil genommen und sich im Waschraum erhängt. Das Letzte, was sie sah, während sie da baumelte, war ihr Spiegelbild ...«

»Die Geschichte kennen wir doch alle schon!« Grace funkelte sie an und schnippte ihre perfekten blonden Haare nach hinten.

»Ist mit Bloody Mary nicht Queen Mary gemeint, weil die Hunderte von Protestanten ermorden ließ?«, flüsterte Bobbie, der eine vage Erinnerung an eine Geschichtslektion in der sechsten Klasse durch den Kopf geisterte, in Nayas Ohr.

Naya grinste breit. »Das Arbeitsblatt hat Sadie wohl verpasst!«

Grace stand auf und zog ihren sexy Kerl auf die Füße.

»Caine und ich hauen ab. Wir haben Besseres zu tun.« Aha, er hieß also Caine. *Caine.* Cooler Name. »Bobbie und Caine«, das klang gut zusammen. *Klar, weil das ja auch ganz bestimmt passieren wird.*

»Wartet!« Sadie lächelte und leckte sich die Lippen. »Das waren nur die Hintergrundinfos.«

»Ich will hören, wie die Geschichte ausgeht.« Caine ließ sich wieder auf die Bank plumpsen und das gefiel Grace eindeutig gar nicht. Der arme Kerl stand wohl nicht im Verteiler für den Piper's-Hall-Newsletter: Niemand, der sich Grace Brewer-Fay widersetzte, lebte lange genug, um damit angeben zu können.

Der Wind rüttelte mit einem geisterhaften Heulen am Dach des Schuppens und Bobbie schlang sich die Arme um den Oberkörper. Sadie fuhr mit ihrer Geschichte fort. »Es gibt viele verschiedene Versionen davon, was als Nächstes geschah, aber in einem stimmen alle überein: Man kann Bloody Mary *herbeirufen.* Das ist hier in dieser Schule passiert. Ein Mädchen hat das gemacht, vor ein paar Jahren, als meine Schwester hier war. Es gibt Regeln. Man muss es während der Geisterstunde tun – um Mitternacht. Man muss eine Kerze anzünden, damit Mary den Weg von der anderen Seite hierher auch findet. Und man braucht einen Spiegel, weil Marys sterbende Seele sich nämlich in den Spiegeln verfangen hat und nie ins Jenseits hinüberwechseln konnte. Und dann braucht man nur noch fünfmal ihren Namen zu sagen ...«

»Und was passiert danach?«, fragte Caine mit großen Augen.

»Das weiß man nicht, weil noch nie jemand davon erzählen konnte. Man findet nicht mal die Leichen. Die Leute lösen sich einfach in Luft auf ... so sagt man jedenfalls.«

Schweigen machte sich breit, während alle sich ausmalten, was das bedeutete; dann begann Naya langsam zu klatschen. Caine, dessen weiße Zähne im Feuerschein aufblitzten, schloss sich an. Sein Lächeln ließ sein Gesicht noch strahlender aussehen, Bobbie konnte kaum den Blick abwenden. Er hatte sogar Grübchen. Ein absoluter Traum.

Es war verrückt. Bobbie interessierte sich eigentlich überhaupt nicht für gleichaltrige Typen: Für sie sahen sie aus wie kleine Jungs. Die »Teenager«, die sie im Fernsehen toll fand, waren ja Schauspieler und in Wirklichkeit schon über zwanzig. Aber Caine stellte eine Ausnahme dar: keine Akne, keine Zahnspange, keine übergroßen Sportsachen – er sah aus wie die Jungen im Fernsehen. *Der kann sich doch auf der Radley High bestimmt gar nicht retten vor Mädchen*, dachte sie, weshalb es umso merkwürdiger war, dass er sich auf Grace eingelassen hatte. Klar, sie war hübsch, aber das waren viele giftige Blumen ja auch.

»Man findet nicht mal die Leichen? Na wenn das nicht praktisch ist«, höhnte Naya. *»Und es gab nie auch nur den Fetzen eines Beweises!«*

Grace, die ebenfalls wenig beeindruckt war, machte ein finsteres Gesicht. »Also da bin ich ja echt froh, dass ich mir das Ende noch angehört habe. Wann kommt die Verfilmung raus?«

Sadie verschränkte die Arme vor der Brust und verzog die Lippen zu einem Schmollmund. Irgendwie wusste Bobbie genau, was sie als Nächstes sagen würde. »Schön. Dann habt ihr ja nichts dagegen, es selber mal zu machen, oder?« *Das* war der eigentliche Höhepunkt ihrer Geschichte, auf den das angebliche Ende unausweichlich zugesteuert hatte. Für einen Moment herrschte Stille – selbst der Sturm schien den Atem anzuhalten.

»Wie jetzt?«, erwiderte Naya. »Ist das dein Ernst?« Lottie saß einfach nur mit buschbabygroßen Augen da und glotzte.

»Ich mach's!«, sagte Caine prompt und rieb sich die Hände.

»Nein! Bloß nicht!« Die arme Lottie war ihrem Gesichtsausdruck nach am Rande eines Nervenzusammenbruchs.

Sadie erhob sich und warf ihnen einen unsichtbaren Fehdehandschuh hin. »Also wenn die Geschichte totaler Quatsch ist, könnt ihr ja nicht ernsthaft ein Problem damit haben Mary herbeizubeschwören.«

»Beschwöre du mal lieber ein bisschen Hirn herbei!«, fauchte Naya. O Mann. Jetzt fing das wieder an. Naya Sanchez wusste einfach nicht, wann man besser klein beigab. Bobbie wappnete sich für den großen Knall. »Wieso machst du's nicht, wenn du so hart drauf bist?«

»Seufz. Rückspultaste – hab ich schon!« Sadie stemmte eine Hand in die Hüfte, sie war mindestens genauso dickköpfig wie ihre Lieblingsfeindin.

»Und wieso lebst du dann noch?«, fragte Bobbie schließlich in der Hoffnung Naya den Wind aus den Segeln zu nehmen. Sie zog sich die Ärmel ihres dicken Strickpullis über die Hände, um sie warm zu halten.

Sadie stand in der Mitte des Kreises. Diese Frage hatte ihr den ganzen Spaß verdorben. »Weiß ich doch nicht! Es hat nicht funktioniert. Aber Lottie kann's bestätigen, sie war dabei!«

Jeder Kopf im verrauchten Schuppen drehte sich zu der armen kleinen Lottie um, die natürlich alles sagen würde, was ihre beste Freundin verlangte. »Es stimmt. Vor drei Tagen ... und sie hat alles richtig gemacht, aber es ist nichts passiert. Trotzdem, es war total gruselig!«

»Ach was? Der angebliche Geist hat sich nicht blicken lassen? Große Überraschung.« Graces Lippen verzogen sich zu einem wohlbekannten Hohnlächeln.

Sadie hielt dagegen. »Gut. Dann mach du's doch. Oder hast du Angst?«

Grace lachte schrill. »Sadie, glaubst du ernsthaft, das funktioniert bei mir? Ich hab Gruppenzwang *erfunden*.«

Unter der geballten Macht der *wahren* Bloody Mary von Piper's Hall ging Sadie in die Knie. Das hatte Grace einfach drauf. Sie war wie eine Kobra; sie tanzte die ganze Nacht, aber ein Biss und alles war vorbei. Bobbie hatte keine Ahnung, wieso Grace immer so gemein war – sie musste ziemlich unsicher sein, wenn sie ständig auf anderen rumhackte. Was auch der Grund sein mochte, Bobbie hatte nicht vor, diesem menschlichen Kaktus in irgendeiner Form zu helfen; da pikte sie sich nur.

»Also ich mach's!« Caine krempelte die Ärmel seines Kapuzenpullis hoch und vollführte ein paar muntere Aufwärmbewegungen wie ein Boxer, der sich für einen Kampf in Stimmung brachte.

»Was?«, fauchte Grace giftig.

»Ich mach's. Es ist Halloween. Ich hab keine Angst vor Geistern.«

»Ich bin dabei.« Naya stand auf und trat zu ihm. »Wie

heißt es so schön – einmal richtig gruseln muss schon sein an Halloween?«

»Schlag ein!« Caine hielt ihr die erhobene Hand hin.

Das durfte doch nicht wahr sein! Diese Nacht geriet langsam zu einer Wiederholung des Frühlingsball-Fiaskos (Rückblende: Identische-Kleider-Fauxpas) und Bobbie wusste genau, was jetzt kam. Grace gegen Naya.

»Ist nicht dein Ernst!« Grace blähte die Nüstern. »Wenn du glaubst, dass du dich mit meinem Freund in die Nacht davonstehlen kannst, dann müssen deine letzten paar Gehirnzellen jetzt auch noch ihren Lebenswillen verloren haben.«

Caines Kumpel Mark wiederholte leise die Worte »mit meinem Freund« und lachte in sich hinein. Caine wirkte auch nicht gerade begeistert, verzog aber nur seinen schönen Mund zu einem Lächeln. Wieder gab es Grübchen zu sehen.

»Na, Grace, dann kommst du wohl am besten mit!« Naya lächelte wie eine Flugbegleiterin auf Speed.

Bobbie stand mühsam auf und schleppte ihre müden Glieder zu Naya hinüber. »Nay, lass uns einfach ins Bett gehen. Es ist spät.«

»Ja, hör schön auf Bobs-Mops, Naya ...«

Bobbie öffnete den Mund zu einer geistreichen Erwiderung, aber Naya grätschte wie immer sofort dazwischen. »Nenn sie nicht so! Ich mache, was ich will. Also los, Sadie, welcher Waschraum? Gehen wir. Bloody Mary on the rocks.«

2 DIE BESCHWÖRUNG

Die schrillen, allseits ignorierten Aufforderungen von Mrs Craddock, der Hausaufsicht, hallten durch die langen, hohen Gänge des Wohntrakts. Da Halloween war, hatte die nervöse Lehrerin den Schülerinnen etwas Leine zum Austoben gegeben, doch als Mitternacht näher rückte, war sie mit ihrer Geduld schließlich am Ende.

»Meine Damen! Auf Ihre Zimmer, bitte!« Sie war eine Frau am Rande des Nervenzusammenbruchs, aber wer wäre das nicht nach fünfundzwanzig Jahren Aufsicht über pubertierende Mädchen?

Bobbie, Naya, Grace, Sadie, Lottie, Mark und Caine standen im Erdgeschoss neben dem Notausgang, durch den sie gerade hereingeschlichen waren, und lauschten. Nur von dem kurzen Sprint über das regengepeitschte Hockeyfeld waren ihre Hände und Gesichter rot und empfindlich. Naya kämpfte mit der Tür, die sich in den Windböen kaum zuziehen ließ.

Sadie vergewisserte sich, dass die Luft rein war, und drückte gegen ein Eichenholzpaneel zwischen Küche und Speisesaal. »Ich kann's nicht fassen, dass ihr echte Geheimgänge habt!«, sagte Caine mit jungenhafter Begeisterung.

»Nicht so laut«, zischte Grace. »Kannst du dir eigentlich

vorstellen, was für einen Ärger wir kriegen, wenn wir erwischt werden?«

»Sorry.«

Die sogenannten »Geheimgänge« waren der einzige Grund gewesen, warum Bobbie zugestimmt hatte, auf dieses Internat zu gehen – die Aussicht auf drehbare Bücherregale wie in *Scooby-Doo* und Höhlen voller Käfer wie im *Tempel des Todes* hatte sie als Elfjährige verlockend gefunden.

Wie sich rasch herausgestellt hatte, waren die »Geheimgänge« nichts weiter als Gesindegänge aus der Zeit, als die Anlage noch ein Schloss gewesen war. Angeblich gab es hier auch Priesterlöcher, die noch weiter zurückdatierten; gesehen hatte Bobbie bis jetzt jedoch noch keines. Und wirklich geheim waren die Gänge und Treppen auch nicht; die jüngeren Mädchen benutzten sie nur meist nicht, weil die älteren den Ärger übertrieben, den man sich einhandelte, wenn man dabei erwischt wurde. Ach, und außerdem spukte es da drin natürlich auch.

»Folgt mir«, sagte Sadie. Sie schlüpften durch die Lücke in einen schmalen Gang ohne Teppich, der kaum Platz genug für Marks breite Schultern ließ.

Am anderen Ende wand sich eine ramponierte, knarrende Holztreppe die Rückseite des alten Trakts hinauf, mit Zugängen zu jedem Stockwerk. Einer hinter dem anderen folgten sie Sadie bis zum zweiten Stock. Bobbie bildete das Schlusslicht. Bestimmt bekam außer Naya niemand mit, dass sie überhaupt dabei war.

Durch die verborgene Tür, die zum Erkerfenster des Treppenabsatzes zwischen Haus Austen und Haus Brontë führte, war zu hören, wie Mädchen kicherten und Mrs Craddock sich noch mehr aufregte. Mit etwas Glück würde das Gewimmel in den Gängen die Tatsache verschleiern, dass fünf Schülerinnen noch nicht in ihren Häusern waren. Wobei Mrs Craddock das jetzt ohnehin nicht überprüfte, schließlich fing in fünf Minuten *CSI: Miami* an.

»Wir warten, bis es ruhig wird ... Sonst liegt die Craddock um diese Zeit längst im Bett, da schläft sie bestimmt gleich ein«, hauchte Sadie mit einem Ohr am Paneel.

»Wenn du meinst«, ächzte Grace. Lustigerweise war sie als Schulsprecherin eigentlich dafür verantwortlich, dass alle Mädchen nach 21 Uhr in ihren Häusern waren, und musste unerlaubte Besucher der Leitung melden. Bobbie freute sich diebisch, dass Grace sich Caine jetzt doch nicht zu ihrem Privatvergnügen krallen konnte, jedenfalls nicht heute Nacht. Vorausgesetzt natürlich, sie überlebten Bloody Mary. Bobbie wusste nicht, ob sie lachen oder weinen sollte. Aber ehrlich gesagt war sie schon irgendwie gespannt, ob sie das wirklich durchzogen. Und zumindest konnte sie so noch ein bisschen Caines Anblick genießen.

Die Wohntrakte gehörten mit zum eigentlichen Schulgebäude und waren in vier Häuser aufgeteilt, die nach berühmten Schriftstellerinnen benannt waren – Austen, Brontë, Christie und Dickinson. Dass sie nicht einfach A, B, C und D hießen, belegte einmal mehr, wie unglaublich wichtig sich Bobbies Schule nahm. Austen und Brontë befanden sich in gegenüberliegenden Flügeln der zweiten Etage, während Christie und Dickinson ein Stockwerk höher lagen.

Tatsächlich wichen Schritte und Stimmen binnen einer

Viertelstunde der Stille. Nur das elektrische Summen der Neonröhren und das klagende Heulen des Sturms erfüllten die Schule.

»Schön, dann wollen wir mal!« Sadie führte die kleine Truppe aus ihrem Versteck.

Lottie machte sich sofort aus dem Staub und schlich nach oben ins Haus Christie. Bobbie zupfte an Nayas Arm. »Wieso tun wir das?«

»Ach komm schon, Bobbie!« Naya nahm ihre Hand. »Ich hab das schon auf hundert Pyjamapartys gemacht. Ich will Grace und Sadie nur verarschen. Das wird ein Brüller!«

»Ernsthaft? Das musst du mir schon erklären.« Sie zuckte ungläubig mit den Schultern.

»Ist doch ganz einfach! Ich zieh das durch und dann schleiche ich nächste Woche überall herum, schreibe Sachen an die Spiegel und hänge Galgenstricke auf! Die sollen richtig ausflippen vor Angst – ich will erleben, dass Grace Brewer-Fay sich in die Hosen macht!«

Bobbie sah zu Grace, die sich an Caines Arm klammerte wie die Heldin in einem schlechten Film. Das war total geschauspielert; Grace hatte mehr Testosteron als beide Jungs zusammen. Würde es Spaß machen, ihr mal einen Dämpfer zu verpassen? Aber hallo.

Sadie und Mark standen als Erste im Flur von Haus Brontë. Nur die Lichtleisten der Notbeleuchtung erhellten den langen, friedlich daliegenden Flur – schwache silbrige Lichter, die durch ihr Fließen den Weg zum nächsten Notausgang wiesen. Die Luft war rein, die Tür zum Waschraum stand offen und erwartete sie. Bobbie konnte nichts dagegen machen, sie fand den Anblick schon ein bisschen gruselig, so im Dunklen an Halloween und mitten in einem tosenden Sturm ...

Sie kippte sich in ihrer Vorstellung einen Eimer voll Realität über den Kopf. Sie sollte es doch besser wissen. Überall auf der Welt leierten beknackte Teenager vor dem Spiegel »Bloody Mary«; wenn dann wirklich etwas passieren würde, hätten die Medien doch längst darüber berichtet.

»Kommt!« Sadie schlich auf Zehenspitzen in den Waschraum. Bobbie holte tief Luft und wehrte sich nicht, als Naya sie über die Schwelle zog.

Wie immer hing in dem feuchten, gefliesten Raum der an Eier erinnernde Geruch von Abflüssen voller Haare in der Luft, kombiniert mit einem Hauch Seife und Shampoo. Hinter den zerschlissenen Plastikvorhängen tropfte Wasser auf den Keramikboden; die rostigen Duschköpfe leckten ständig. Bobbie fand, dass ein Geist schon total verzweifelt sein musste, um sich in so ein Loch rufen zu lassen.

»Mach die Tür zu«, wies Sadie sie an und Bobbie gehorchte. Sadie öffnete ihre Kulturtasche, die überraschenderweise mit Kerzen gefüllt war, holte sie heraus und fing an sie auf den Gemeinschaftswaschbecken unter dem breiten Spiegel aufzustellen. Das Ganze war bis ins kleinste Detail durchgeplant – Bobbie fragte sich, wie lange Sadie schon darauf hingearbeitet hatte. Zwischen Sadie und Grace bestand eine gewisse ungelöste Spannung: Beide gehörten den »Eliten« von Piper's Hall an, einer schon lange bestehenden Institution in der Institution. Jedes Jahr wurden ein, zwei Mädchen aus reichen, mächtigen oder berühmten Familien in diesen »besonderen Club« aufgenommen, der sich geheimen Treffen und grundsätzlicher Gemeinheit widmete – so etwas wie Freimaurertum, nur mit Lipgloss. Nach dem, was Bobbie als Außenseiterin so mitbekam, kämpften Grace und Sadie beständig um den Posten der Bienenkönigin/Leithündin.

Es war der totale Quatsch. Weil ihre Mutter einigermaßen bekannt war, hatten sie Bobbie im ersten Jahr angeboten Mitglied zu werden. Doch die »Eliten« waren ihr vorgekommen wie eine Sekte von zuckerabhängigen Magersüchtigen im Minirock; also hatte sie abgelehnt und das ließen sie Bobbie bis heute spüren. Sozial gesehen war sie unten durch – wobei ihr das am Arsch vorbeiging. Naya dagegen *hatte* Mitglied werden wollen, unbedingt. Grace, die vom ersten Moment an etwas gegen die temperamentvolle Neue aus Amerika gehabt hatte, sorgte dafür, dass daraus nichts wurde.

Bobbie bedachte ihr Spiegelbild nur mit einem kurzen Blick und wuschelte ihre platten mausbraunen Haare zurecht, dann sah sie zu dem um Längen interessanteren Caine und bewunderte den Bronzeton seiner Haut und die samtige Beschaffenheit seiner Haare. Als der Caine im Spiegel zu ihrem eigenen Spiegelbild hinübersah, senkte sie rasch den Kopf. Hoffentlich hatte er nicht bemerkt, dass sie ihn anstarrte. Oder viel schlimmer, wenn Grace sie nun dabei ertappt hatte? Sie musste sich dringend zusammenreißen.

»Gut. Fast Mitternacht ... wer macht den Anfang?«

Grace richtete sich zu ihrer vollen Höhe auf, bewunderte sich im Spiegel und strich ihre makellosen blonden Haarsträhnen glatt. »Ich mach das nicht. Punkt. Das ist Kinderkram.«

»Und wieso bist du dann hier?«, fragte Naya.

»Weil ich weiß, wie *du* drauf bist.« Die Unterstellung ließ ihre Stimme giftig klingen.

Caine, der anscheinend spürte, dass sich ein Streit anbahnte, trat vor den Spiegel und zog den stämmigen Mark mit. »Wir machen den Anfang!«

Der kleinere Junge riss seinen Arm zurück. »Ich mach das nicht. Vielleicht funktioniert es ja wirklich? Ich filme nur, damit ich dich für alle Zeiten damit ärgern kann!«

»Was ist denn los mit euch?« Caine zeigte wieder sein unwiderstehliches Lächeln. »Ihr seid ja totale Weicheier!«

Naya stellte sich neben ihn und stemmte die Hände in die Hüften. »Leute aus New York können überhaupt keine Weicheier sein, Süßer.«

Bobbie zog eine Augenbraue hoch und wusste nicht recht, ob Naya gerade einen auf verführerisch machen wollte. Falls ja, dann funktionierte es nicht. Und dann merkte Bobbie, wie ihre Füße etwas sehr Fremdartiges machten: Sie begannen sich auf die anderen zuzubewegen. Es war, als wäre Caine ein Computervirus, von dem ihre komplette innere Festplatte befallen war. Alle ihre gängigen Entscheidungsregeln waren blockiert, alle vernünftigen Selbstverteidigungsmechanismen der Unsichtbarkeit wurden von ihrem Wunsch überwältigt einen Jungen zu beeindrucken, den sie erst vor ein paar Stunden kennengelernt und mit dem sie kein Wort geredet hatte.

Naya sah sie an und schien geschockt und stolz zugleich. »Bobbie?«

»Was denn?«, entgegnete sie. »Ich hab keine Angst. Das ist beknackt.« Sie war sauer, dass Naya sie für feige hielt, obwohl sie doch wusste, wie sie wirklich war. Grace warf ihr einen mitleidigen Blick zu, wie ihn normalerweise Hunde mit drei Beinen abbekamen.

»Klasse, Bobbie! Ich liebe Mädels mit Eiern in der Hose!« Caine brach ab. »Äh, also nicht solche ... Du weißt, was ich meine.«

Bobbie verlor sich für eine Sekunde in seinen Augen; zum ersten Mal hatte er ihr für mehr als einen flüchtigen Moment Aufmerksamkeit geschenkt. *Er weiß, wie ich heiße.* Sie straffte sich. Jungen sind wie gefährliche Hunde – wenn du Angst zeigst, zerfleischen sie dir vielleicht das Gesicht. »Jetzt lasst uns endlich damit fertig werden, bevor wir noch alle von der Schule fliegen.«

»Ja, bitte«, stimmte Grace ihr zu. »Bloody Mary ist das eine, eine öffentliche Schule das andere.«

Sadie zog sich zur schmollenden Grace zurück, Mark klappte sein Handy auf und begann ihren persönlichen Low-Budget-Horrorfilm zu drehen.

»Ihr könnt loslegen. Mitternacht ist vorbei. Falls ihr euch traut.« Das letzte Wort flüsterte Sadie wie ein reichlich klischeehafter Gruftwächter.

Zu dritt sahen sie in den Spiegel. Wie zu erwarten war, starrten drei Personen zurück. Bobbie: klein und zierlich, hinter ihrer dicken Brille versteckt. Caine: groß, mit der Statur eines Schwimmers. Und die amazonenhafte Naya: dicke schwarze Locken, die ihr über die Schultern fielen. Ein so merkwürdiges Trio, wie man es um Mitternacht auf keinem Mädchenklo vermuten würde.

Caine atmete geräuschvoll durch die Nase ein und sah von der einen zur anderen. »Bereit?«

»Ja.« Naya wirkte in dieser Phase des Spiels nicht mehr ganz so selbstsicher. Bobbie antwortete mit einem leichten Nicken.

»Okay. Bei drei«, fuhr er fort. »Eins, zwei ... drei ...«

Sie zögerten; niemand wollte den Anfang machen.

»Na kommt!« Er lachte. »Aber jetzt ...«

»B ... Bloody Mary«, begann Naya und die anderen fielen brav mit ein. Ihre Stimmen waren leise und monoton. Bobbie spürte, wie die Luft aus dem Raum entwich. Die Nacht selbst hatte gehört, wie sie anfingen, und hielt jetzt den Atem an.

»Bloody Mary ...« Die Anspannung wurde zu groß. Caine und Naya brachen in ein Kichern aus und Bobbie fiel mit ein, weil sie nicht außen vor bleiben wollte.

»Macht weiter«, ermunterte Sadie sie vom Rand her. »Das waren erst zwei.«

Sie unterdrückten ihr Gelächter. »Bloody Mary ...« Und noch einmal: »Bloody Mary.«

Die Kerzen flackerten und fauchten, als ein dünner, eisiger Wind in den Waschraum drang; Voodooschatten tanzten über die Wände und überall um die drei Gesichter im Spiegel herum. Das Flackern ließ sie hager und hohlwangig aussehen, wie Totenköpfe.

»Einmal noch.« Bobbie sah Naya in die Augen und erkannte, dass von ihrem Mut nicht mehr viel übrig war.

»Alle zusammen«, trieb Caine, der zwischen ihnen stand, sie an. Er nahm Nayas rechte Hand und Bobbies linke. Bobbies Herz schlug gegen die Rippen; sie konnte kaum atmen, geschweige denn noch einmal den Namen sagen. Sie fixierte die entfernteste Stelle hinten im Spiegel. Es war verrückt, aber er schien sich zu dehnen, als würde sie einen langen schwarzen Tunnel hinuntersehen. Es spiegelte sich nicht einmal mehr etwas, da war nur ein dunkler Gang. Ewig weit entfernt, ganz am anderen Ende, regte sich etwas.

Caines Lippen teilten sich. Naya nickte ihr diskret zu. Bobbie holte tief Luft und kniff die Augen zu.

»Bloody Mary.« Sie sagten es alle zusammen.

Der Raum wurde dunkler, als würden alle Kerzen zugleich verlöschen. Und dann war es vorbei. Der Waschraum lag still bis auf das monotone Tropfen von den Duschkabinen her. Bobbie sah zu ihren beiden Mitstreitern. Naya war dermaßen angespannt, dass die Sehnen an ihrem Hals hervortraten. Caine kaute nervös auf der Unterlippe.

Nichts.

Bobbie erwischte es als Erste. Sie brach in wildes Lachen aus und die anderen fielen sofort mit ein. Sie brüllten fast, es war eine verrückte Mischung aus Erleichterung, Hysterie und totaler Peinlichkeit. Für den Bruchteil einer Sekunde waren sie wirklich alle drei voll darauf hereingefallen. »Als ob es dafür noch einen Beweis gebraucht hätte ... ich bin der totale Loser!« Bobbie kicherte.

»Dein Gesicht war echt zum Wegschmeißen!« Caine zeigte auf Naya und krümmte sich vor Lachen.

»Meins? Kumpel, du hast auch nicht gerade toll ausgesehen!«

Sadie musste ebenfalls lachen und hielt sich an der Wand fest, während Grace weiterhin so ungerührt und grimmig guckte wie ein kalter, nasser Fisch. Sadie gackerte: »Das war zum Totlachen! Ihr habt ausgesehen, als würdet ihr euch jeden Moment in die Hose machen!«

»Vielen Dank dafür, Sadie!« Bobbie hielt ihr eine Hand hin und Sadie schüttelte sie. »Okay, ich geb's zu, das war eine gelungene Aktion. Krönender Abschluss eines Eins-A-Horrorfestes. Ich weiß ja nicht, wie es euch geht; aber ich muss jetzt ins Bett.«

»Na Gott sei Dank«, höhnte Grace. »Caine?«

»Nee, wir müssen los. Ich übernachte heute bei Mark.«

Grace zog enttäuscht einen Flunsch, bevor ihr wieder einfiel, wer sie war: das Mädchen, das alles im Griff hatte. »Gut. Dann hören wir voneinander.« Sie fegte aus dem Waschraum, dicht gefolgt von Sadie.

Caine schaute zu Mark und verzog das Gesicht. »Kumpel, da hab ich mir jetzt was eingebrockt. Bloody Mary ist nichts dagegen!«

»Die kriegt sich schon wieder ein.« Naya lächelte lieb. »Nichts für ungut, Süßer, aber sie schleppt hier jedes Wochenende einen anderen Jungen aus dem Ort an. Findet ihr alleine raus?«

»So, wie wir reingekommen sind?«, fragte Mark.

»Ja, du lernst schnell.«

»Dann viel Spaß noch, Mädels.« Caines leichter Dialekt klang irgendwie toll. Bobbie fragte sich, woher er wohl kam – jedenfalls nicht hier aus der Gegend, da sprachen sie anders. Caine umarmte Naya freundschaftlich. »Wir sehen uns, hm?« Er näherte sich Bobbie mit derselben Geste, die sie linkisch erwiderte. Ihr Herz blieb stehen und sie vergaß das Ausatmen, als sie seinen Jungsduft aufschnappte – Waschpulver und

Macho-Deodorant. Für ihn war das bloß eine beiläufige, unbedeutende Geste – er würde nie wieder daran denken und sie würde sich für immer daran erinnern. Typisch. »Nett dich kennenzulernen, Bobbie – cooler Name übrigens.«

»Ja. Danke.« Ihre Zunge war ein dicker Knoten.

Die Jungen überzeugten sich, dass die Luft rein war, dann huschten sie hinaus. Bobbie drehte sich zu dem dunklen Rechteck des Spiegels und pustete die Kerzen aus. Einen Geist hatten sie vielleicht nicht heraufbeschworen, aber irgendwo tief in ihr drin war definitiv etwas geweckt worden. Sie schüttelte den Kopf. Wie albern von ihr, sie sollte wirklich über solchem Kitschkram stehen.

Bobbie folgte Naya aus dem Waschraum und beachtete das monotone Geräusch kaum, das von den Fliesen widerhallte.

Tropf, tropf, tropf.

TAG EINS

3 DIE BOTSCHAFT

Bobbie wurde geweckt wie jeden Morgen – indem Naya so laut sang, wie sie konnte. Auf Spanisch.

»Lieber Himmel«, flehte Bobbie und wälzte sich im Bett herum. »Kannst du nicht bitte mal eine Pause einlegen? Es ist Sonntag – ein Tag, der komplett zur Ruhe und Erholung gedacht ist!«

Sie schob den Kopf unters Kissen, das Naya jedoch sanft wegzog, um ihr etwas ins Ohr zu singen: »Zeit zum Aufstehen! Zeit zum Rausgehen und Sachenmachen!«

»Bist du bekifft? Das hier ist Piper's Hall. Da kann man nirgendwo hingehen, buchstäblich nicht.«

»Komm schon, es ist Sonntag. Kirche!«

Bobbie setzte sich ruckartig auf, strich sich die Haare aus dem Gesicht. »Was?«

»Reingelegt!« Naya kicherte. »Aber wenigstens bist du jetzt auf. Komm, sonst verpassen wir das Frühstück.«

Jetzt, wo sie zu den Älteren zählten, hatten Bobbie und Naya glücklicherweise ein Zweierzimmer. Die Jüngeren wurden manchmal zu viert in einen Raum von der Größe einer Sardinenbüchse gequetscht. Verglichen damit war das hier Luxus.

»Findest du, ich bin fett?« Naya stand vor dem Spiegel und kniff in einen praktisch nicht vorhandenen Bauch.

Bobbie warf ihre Bettdecke zurück. »Du spinnst, weißt du das?«

»Ich schwöre, ich esse nie wieder Kohlehydrate ...«

Es klopfte an die Tür und Mrs Craddock steckte ihren Kopf ins Zimmer. »Roberta, meine Liebe, ein Anruf für Sie.«

Das konnte nur eines bedeuten: Es war Zeit für das wöchentliche Update von ihrer Mutter. Bobbie schlüpfte in ihren Bademantel. »Naya, hebst du mir was vom Frühstück auf?«

»Klar, Süße.«

Sie begleitete Naya noch bis zu dem Büro neben Mrs Craddocks Zimmer, das die Mädchen aus irgendeinem unerfindlichen Grund die Loge nannten. Bobbie hatte sich (ungeachtet der letzten Nacht) den Ruf verdient, zu den »braven Mädchen« zu gehören und durfte deshalb unbeaufsichtigt in das winzige Zimmer.

»Hi, Mum.« Der ernste Ton ihrer Begrüßung überraschte sie selbst.

»Bobbie? Alles in Ordnung, Schatz?«, schrie ihre Mutter. Unter einem Brüllen tat es ihre Mutter nicht.

»Hi, ja, sorry, mir geht's gut. Bin bloß gerade erst aufgewacht.«

»Dann ist ja gut. Ich hab mir schon für einen Moment Sorgen gemacht. Du solltest Mummy nicht so einen Schrecken einjagen, Liebes.«

»Tut mir leid. Wie läuft's in New York?«

»Schätzchen, ich bin kaum draußen gewesen seit der

Landung – ich war noch nicht mal bei Barneys bummeln. Wir hatten eine Probe nach der anderen. Ich komm' kaum dazu, mich am Hintern zu kratzen, Darling!«

Bobbie wusste nicht recht, was sie dazu sagen sollte. In New York war es noch sehr früh am Morgen. Wahrscheinlich war ihre Mutter gerade von einer Cocktailparty oder so nach Hause gestolpert und rief sie vor dem Umfallen noch rasch an. Als Nächstes würde sie sich endlos über den Regisseur und das Buch und das Theater beschweren, obwohl sie ganz offensichtlich jede Minute ihres durchgeknallten Lebens genoss. »Aber für die Premiere kommst du doch rübergeflogen, Darling, oder?«, schloss ihre Mutter.

»Kann sein. Nach Weihnachten gehen die Klausuren los – ich muss lernen.«

»Ach jetzt mach' bloß kein Drama aus der Sache, Schatz.« Na das sagte ja die Richtige. »Von Heathrow aus dauert es keine acht Stunden hierher und den Stoff wiederholen oder was auch immer kannst du auch im Flieger! Ich besorg dir sogar einen Fahrer, der dich von der Schule abholt.«

»Okay, Mum, schon gut. Ich möchte mir das Stück wirklich gern ansehen.«

»Na und ob du das möchtest, es ist das absolut beste Stück, in dem ich je gespielt habe!« Das sagte sie über alle Stücke. »Wie läuft es in der Schule, Darling?«

Bobbie zuckte mit den Schultern, dann fiel ihr ein, dass man das übers Telefon nicht hören konnte. »Gut so weit.«

»Bobbie, ich zahle diese exorbitanten Studiengebühren doch nicht für *gut so weit*!«

»Ach, es läuft *hervorragend*, Mum, ich kann gar nicht genug von Piper's Hall kriegen. Die müssen mich hier operativ entfernen, wenn ich achtzehn werde!«

»Sei nicht so sarkastisch, Roberta, davon kriegt man Falten.«

»Ich dachte, wenn man ein böses Gesicht macht?«

»Und neunmalklug sollst du auch nicht sein! Du weißt, dass Mummy dich lieb hat, oder?«

»Ich hab dich auch lieb, Mum.« Und das stimmte. Nicht jedem würde es gefallen, eine halb berühmte, halb vergessene Schauspielerin zur Mutter zu haben, aber Bobbie kannte ja nur diese und liebte sie sehr. Ihre Mum hatte einen Knall, aber sie konnte jederzeit mit ihr telefonieren. Manche Schülerinnen hier konnten froh sein, wenn sie einmal im Jahr Besuch von ihrer Nanny bekamen.

»Einen extradicken transatlantischen Kuss, bitte«, bestellte ihre Mum.

Bobbie machte ein lautes Schmatzgeräusch ins Telefon; es war ja niemand da, der es hören konnte. Irrtum. Ein makelloser Kopf wurde durch die Tür gesteckt. Es war die Rektorin, Dr. Price. »Mum, ich muss Schluss machen. Hab dich lieb.«

»Hab dich auch lieb, Schatz.«

Bobbie legte den Hörer auf. Dr. Price betrat den Raum. Obwohl Sonntag war, trug sie einen schicken maßgefertigten Hosenanzug. Die Rektorin war eine schöne, wenn auch etwas knochige Endvierzigerin, die Bobbie an die lakonischen, unterkühlten Frauen in den Lempicka-Gemälden erinnerte, die sie in Kunst durchgenommen hatten. Sie hatte eine rotblonde Bobfrisur und sah Bobbie unter ihren schweren Lidern hervor an. »Entschuldigen Sie, dass ich Ihr Telefongespräch unterbreche ... äh ...«

»Roberta, Miss.«

»Roberta, genau. Aber wenn Sie nicht achtgeben, verpassen Sie das Frühstück.«

»Entschuldigung, Dr. Price. Ich gehe gleich, ich dusche nur noch schnell.« Irgendwie war Bobbie immer total schüchtern, wenn sie mit den Lehrerinnen zu tun hatte, dabei kannte sie viele schon seit fast fünf Jahren. Ihre Noten waren GUT, ihr Benehmen TADELLOS, Fehlzeiten KEINE – entsprechend hatte Bobbie die ganze Internatszeit lang unterm Radar bleiben können. Trotzdem, bei Dr. Price mutierte sie praktisch zum Mäuschen, denn die war nicht nur die Leiterin, sondern auch immer total elegant und selbstsicher, während Bobbie nur zu gut wusste, dass sie selbst in der Schuluniform wie ein Straßenkind aussah.

Sie brauchte nicht zu fragen, wieso die Rektorin an einem Sonntag in der Schule war. Bobbie erkannte eine Arbeitssüchtige, wenn sie sie sah, und Gerüchten zufolge machte Dr. Price außerdem gerade eine »schwierige Scheidung« durch. Bobbie senkte den Kopf, schlüpfte an der Rektorin vorbei und trottete verlegen zu ihrem Zimmer zurück, um ihre Kulturtasche zu holen.

Der Gedanke an die grauenvollen verkohlten Überreste, die sonntags um neun noch in der Mensa zu kriegen sein dürften, ließ sie schnell machen. Sie hatte die Dusche schon angedreht, bevor ihr die Aktion der vergangenen Nacht überhaupt wieder einfiel. Bei Tageslicht war der Waschraum wie verwandelt. Sie stellte sich vor den Spiegel, den mindestens ein

Dutzend Mädchen mit Zahnpasta, Pickeleiter und Lipgloss verschmiert hatten, und grinste sich selber an. Was hatten sie sich gestern eigentlich dabei gedacht? Das war so was von uncool.

Dann musste sie an Caine denken und hatte plötzlich Zuckerwatte im Bauch. Sie legte ihre Brille auf den Waschbeckenrand und betrachtete ihr Gesicht im Spiegel, der kein schwarzer Tunnel der Verdammnis mehr war. Also *hässlich* war sie nicht, aber auch keine Grace oder Naya. Jedenfalls bestimmt nichts, wonach Jungs wie Caine suchten. Bobbie überlegte, dass es zwei Sorten Mädchen auf der Welt gab: diejenigen, die selbst bei dreißig Grad Hitze Strumpfhosen trugen, und diejenigen, die ihre Beine an die Luft ließen. Sie gehörte zur ersten Kategorie, die Graces und Nayas dieser Welt zur zweiten. Zum Glück hatte sie niemandem von ihrer Schwärmerei erzählt; die »Eliten« kreuzigten einen für so was.

Der Spiegel beschlug allmählich und sie zog ihren Bademantel aus. Wenn doch nur schon Weihnachtsferien wären und sie in einem Raum duschen könnte, der nicht die versammelten DNA-Proben von zwanzig anderen Mädchen enthielt! Wenigstens war das Wasser heiß. Der Druck war auch nicht schlecht und sie ließ sich von dem Strahl ein paar Minuten lang den Rücken durchwalken, bevor sie sich die Haare wusch. Endlich einmal hatte sie den Waschraum für sich – ein seltener Luxus – und sie wäre am liebsten noch länger dringeblieben; nur knurrte ihr bereits der Magen.

Sie drehte die Dusche aus, und da sie kein Wasser in die Augen kriegen wollte, tastete sie blindlings nach ihrem Handtuch. Sie bog den Arm um den Vorhang und schwenkte ihn nach rechts und links, konnte den Handtuchhalter gleich neben der Duschkabine aber nicht finden.

Ihre Hand streifte etwas – die Haare von jemandem.

Sie zuckte zurück. Sie war hier drin doch eindeutig allein gewesen. »Sorry! Ich hatte keine Ahnung, dass noch jemand ...« Sie rieb sich die Augen und zog vorsichtig den schimmeligen Duschvorhang zurück. Der Waschraum *war* leer.

Bobbie wickelte sich ins Badetuch und lauschte. Der Raum war voller Dampf und aus der anderen Dusche kam ein permanentes Tropfen, aber es war niemand hier. »Hmm«, sagte sie und trat aus der Kabine auf die kalten Fliesen. »Das ist seltsam.« Vielleicht hatte ihre Hand das Badetuch gestreift. Aber es hatte sich wirklich wie Haare angefühlt.

Als die Lüftung quietschend und ächzend den Dampf nach draußen saugte, sah Bobbie wieder den Spiegel. Jemand hatte etwas in den Beschlag geschrieben und Rinnsale liefen wie Adern von den Worten herunter.

Bobbie hatte keine Ahnung, was sie bedeuteten. Dort stand einfach nur:

FÜNF TAGE

4 SONNTAG

Die wässrigen Worte beschäftigten Bobbie nicht lange, ihr knurrender Magen ging vor. Vermutlich wartete eine Mitschülerin verzweifelt auf ihre Periode, was die Welt natürlich erfahren musste. Als der Beschlag verflogen war, dachte sie schon nicht mehr daran.

Die Mensa lag im alten Gebäude und war ein hoher Saal mit prächtigen gewölbten Holzbalken – Bobbie stellte sich immer gern vor, dass sie sich in Noahs Arche befand. Schmale Fensterschlitze mit Bleiglas ließen selbst an Sonnentagen nur wenig Licht herein; deshalb wirkte der Raum heute besonders düster und erdrückend. Die Mahlzeit war beinahe vorbei und der Saal vielleicht halb voll – die ehrgeizigen Bulimikerinnen machten die Abwesenheit der ehrgeizigen Magersüchtigen wieder wett. Egal welcher Wettbewerb, Internatsschulen weckten bei leistungsbewussten Teenagermädchen definitiv den Killerinstinkt.

Als Bobbie an Grace und den restlichen »Eliten« vorbeizockelte, die wie immer am inoffiziellen »Kopftisch« saßen, tuschelten sie darüber, was sie anhatte oder etwas ähnlich Banales; das taten sie ständig. Bobbie verdrehte die Augen. Sie wusste nicht, was sie abstoßender fand: die Existenz dieser krassen Hierarchie, die von den Lehrern bewusst ignoriert wurde, oder dass anscheinend niemand begriff, wie albern es war, für eine Handvoll Mädchen das Wort »Elite« auch noch im Plural zu benutzen. Bobbie hatte keinerlei Interesse an der ganze Sache – sie würde nie die Klügste, Schönste oder Schnellste sein. Wobei, im Schreiben zählte sie zu den Besten. Das war *ihr* Ding.

Naya winkte sie herbei. »Hey, ich hab dir von allem ein bisschen was geholt.«

»Du bist die Beste.« Die Tüten-Rühreier sahen nicht essbar aus, aber Bobbie wagte sich an einen Speckstreifen.

»Und, was ist der Plan für heute?«, fragte Naya.

»Keine Ahnung.« Bobbie mampfte eine Gabel voll geronnene Bohnen. »Ich wollte an dieser neuen Geschichte arbeiten, von der ich dir erzählt habe.«

»Nein, das ist langweilig! Lass uns nach Oxsley fahren! Ach komm, etwas anderes kann man doch eh nicht unternehmen, oder?«, sagte Naya, als sie Bobbies mangelnde Begeisterung bemerkte. »Rumsitzen und zuschauen, wie die Farbe trocknet?«

Piper's Hall ist das, was Farbe sich anschaut, wenn das Trocknen zu aufregend wird, dachte Bobbie. Am Wochenende wurde von den Schülerinnen erwartet, dass sie auf irgendeine Weise an sich arbeiteten, die sich gut in den Bewerbungen für Cambridge oder Oxford machte. Bobbie besuchte am Samstagvormittag einen Kurs in Kreativem Schreiben, aber sonntags wurde nur Sport angeboten – was nun überhaupt nicht ihr Ding war. »Ja, meinetwegen. Wir könnten zur Bücherei gehen.« Das war nicht so öde, wie es klang; die Bibliothekarin legte ihr immer ein paar Bücher von Susan Hill zur Seite *und* man konnte dort kostenlos DVDs ausleihen.

»Kind, du weißt, wie man Party macht!«

»Aaach, oder wir könnten vielleicht draußen vor dem Spirituosenladen rumhängen und gucken, ob wir Männer dazu kriegen uns Drinks zu spendieren, indem wir ihnen sexuelle Gefälligkeiten in Aussicht stellen wie nuttige Schnapsdrosseln?« Bobbies Stimme triefte von Sarkasmus.

»Sehr witzig. Aber ich hätte nichts dagegen, mit den Jungs von gestern Nacht abzuhängen. Die waren doch ganz witzig, oder?«

Unvermittelt sah Bobbie wieder Caine vor sich und ihre Wangen wurden heiß. »Ja, die waren ganz nett.«

Naya musterte ihr rotes Gesicht. »Roberta Rowe! Hast du dich etwa ein bisschen verguckt? Du kleine Schlampe! In welchen?«

Bobbie konnte ihr schlecht in die Augen sehen und lügen. »Nein! Du kennst mich doch.«

»Püppchen, wir müssen uns wirklich mal um dein Jungsproblem kümmern, sonst denken die Leute noch, du bist gleichgeschlechtlich orientiert, wobei ich dagegen natürlich nichts hätte. Ich unterstütze deine Lebensentscheidungen total. Ach, sieh an, wo wir gerade dabei sind ...«

Sadie Walsh hatte den Speisesaal betreten; das sonst so strahlende Mädchen war nur ein blasses Abbild seiner selbst. »Sadie ist doch nicht lesbisch.« Bobbie hatte keine Ahnung, warum sie sie verteidigte.

»Und ob! Das soll keine Wertung sein, aber alle sagen, sie hat eine Internetfreundin in Neuseeland!«

Bobbie verdrehte die Augen. »Na dann *muss* es ja stimmen!«

Sadie ging zum Tresen, nahm sich ein kärgliches Frühstück und kam wie ein Zombie zu ihnen herübergeschlurft. Sie hatte tiefdunkle Augenringe.

»Total kaputt, die Frauenfreundin«, flüsterte Naya. »Meinst du, sie ist krank?«

»Pst! Sie kommt!«

Sadie stellte unsanft ihr Tablett auf den Tisch. »Kann ich bei euch sitzen? Für die Eliten fehlt mir heute die Kraft«, sagte sie lustlos.

»Klar«, sagte Naya.

»Geht's dir gut, Sadie? Du siehst ein bisschen angeschlagen aus.«

Einen Moment lang machte Sadie ein Gesicht, als würde sie Bobbie den Kopf abreißen wollen, aber es fehlte ihr sichtlich an Energie. »Ich hab schon wieder schlecht geschlafen.«

»Was ist los?«

»Komische Träume.«

»Kannst du dich daran erinnern?«, fragte Naya. »Meine Mum sagt, alle Träume haben eine Bedeutung.«

Bobbie konnte nicht widerstehen. »Ja, aber ist deine Mum nicht bei Scientology?«

»Vielen Dank auch, Bob.«

»Nein, ich kann mich nicht erinnern, aber die letzten beiden Nächte bin ich aufgewacht, als ob ich Fieber hätte, schweißnass. Vielleicht kriege ich ja eine Grippe oder so.«

»Das muss echt ein Albtraum gewesen sein ... Oder vielleicht war's ja auch einer von *diesen* Träumen. Über jemanden Bestimmtes, Sadie?« Naya grinste anzüglich.

»Haha, sehr witzig. Nein, keine Ahnung. Und irgendwo in der Nähe von unserem Zimmer ist eine Leitung undicht – es tropft jetzt schon seit Tagen. Das macht mich total fertig.« Sie schob ihre durchgeweichten Frühstücksflocken weg. »Ich hab nicht mal Hunger und dabei habe ich sonst ständig Hunger.«

Bobbie räumte die Schale auf ihr Tablett. »Wieso gehst du nicht wieder ins Bett? Es ist Sonntag.«

»Ich kann nicht. Ich trainiere das U16-Hockeyteam. Solltest du wissen.«

»Jetzt lass es nicht an ihr aus«, knurrte Naya.

Bobbie nahm das Tablett und stand auf. Für einen von Nayas Zickenkriegen war es definitiv zu früh. »Ich mach mich fertig. Komm mich abholen, sobald du in die Stadt gehst.«

Naya machte prompt einen Rückzieher. »Ich komm jetzt gleich mit.«

Also kein Zickenkrieg, sehr schön. Auf dem Weg zum Ausgang warf Bobbie noch einmal einen Blick über die Schulter. Sadie sah wirklich abgespannt und grau aus und Bobbie fiel unwillkürlich das Wort »heimgesucht« ein.

Der einstöckige Bus rollte durch die windgepeitschte, einsame Moorlandschaft hinter Piper's Hall. Himmel und Straße zeigten sich im gleichen melancholischen Grau und die Luft war von dem Benzingeruch gesättigt, der auf ein Gewitter folgte. Heute hingen Schwaden über dem Moor, teils Nebel, teils Niesel.

Im Bus dagegen war es knallheiß von diesen Heizkörpern unter den Sitzen, die sich anfühlten wie Knöchelföne. Bobbie fragte sich, ob Dampf aus ihrem feuchten Dufflecoat aufstieg, weil sämtliche Fenster beschlugen. Sie teilte sich mit Naya einen MP3-Player und die Kopfhörer baumelten zwischen ihnen wie ein Telefonkabel. In kameradschaftlichem Schweigen übersprangen sie die Nieten und wiederholten Lieblingslieder während der ganzen Fahrt.

In Oxsley angekommen, gingen sie gleich zur Bücherei. Naya sorgte dafür, dass die Bibliothekarin sie für achtzehn hielt, und sie konnten sich *Psycho Killer, Zombie Rage* und *Hatchling 3: Die Brut* ausleihen. Es gab auch ein Café in Oxsley, aber da hatten sie nur Tee und Kuchen, keine tollen Kaffeespezialitäten, also blieb ihnen kaum mehr übrig, als ihre Freiheit zu genießen.

Naya checkte ihr Handy, als sie die feuchten Stufen der Bücherei hinuntergingen. »Caitlin meint, sie sind alle beim Friedhof. Wollen wir da hin?«

»Ich hab mich doch deutlich ausgedrückt, was meine Meinung zum Friedhof betrifft, oder nicht?« Dort abzuhängen fand Bobbie respektlos und zwar aus mindestens hundert guten Gründen.

»Ja, weiß ich, aber Mark ist dort. Der war ziemlich süß. Ich fand seine Arme toll. Die waren so ... männlich.« Das war der wahre Grund, warum die Internatsschülerinnen nach Oxsley kamen – auf die vage Möglichkeit eines XY-Chromosoms hin.

Bobbie horchte auf. Wenn Mark dort war ... »Ist Caitlin mit Grace dort?«

»Du meinst, ist Caine mit Mark dort?« Sie zockelten am Kriegsdenkmal vorbei und bogen zur Kirche ein.

»Das habe ich nicht gesagt.«

Naya grinste. »Du weißt doch, meine *abuelita* hat immer gesagt, ich hätte hellseherische Fähigkeiten.«

»Caine ist süß.« Bobbie wickelte ihren Schal neu. »Aber er ist auch mit Grace zusammen. Ende der Geschichte. Ich spanne niemandem den Freund aus.«

»Mädchen, da gibt's nichts auszuspannen. So wie ich es gehört habe, war Caine mit irgendeinem Mädchen aus der Radley High zusammen und die hat ihn so kirre gemacht, dass er sich von ihr getrennt hat. Er ist ein freier Mensch. Dass Grace auf ihn steht, heißt doch noch gar nichts.«

Bei dieser Info flatterte Bobbies Herz ganz komisch. Sie schnaubte. »Es heißt jedenfalls schon mal, dass sie mir auf jeden Fall die Augen ausreißen und als Ohrringe tragen würde.«

»Vor Grace Brewer-Fay brauchst du keine Angst zu haben. Die reißt nur den Mund auf.«

»Die aufgespießten Köpfe draußen vor Haus Christie sprechen eine andere Sprache.«

Naya lachte – sie hatte ein dermaßen dreckiges Lachen, einfach toll. »Ach komm schon, Bobbie. Lass uns eine Stunde lang Jungs anstarren. Das ist biologisch so vorgesehen, wieso dagegen ankämpfen?«

»Himmel, als ob Caine überhaupt weiß, dass es mich gibt. Der würde in tausend Jahren nicht auf jemanden wie mich abfahren.«

Naya machte ein Gesicht, als hätte sie in eine Zitrone gebissen. »Du willst doch jetzt nicht ernsthaft, dass ich mit dir die *America's Next Top Model*-Nummer durchziehe. Du bist eine seltene und wunderschöne Perle.«

»Und du redest echt nur Scheiße! Aber meinetwegen, gehen wir.« Bobbie gab nach, ließ sich dafür aber von Naya beim Café ein Gebäckstück spendieren. Es sind die kleinen Dinge.

St Paul war eine zerfallende, verwitterte Dorfkirche an der Straße, die aus dem Ort führte. Das gedrungene Gebäude hatte ein moosbedecktes, durchhängendes Dach und einen eckigen Turm, der nicht in eine zentrale Turmspitze auslief, sondern an jeder Ecke in eine kleinere, fiese Eisenspitze. Auf dem verwilderten, weitläufigen Friedhof wogten wilde Gräser und Büsche und die Grabsteine standen schief wie Betrunkene, wo die Erde im Laufe der Zeit abgesackt war. Hier herrschte eine verlassene, endzeitliche Stimmung, die Bobbie nervös machte.

Die lärmende Horde stand im krassen Gegensatz zu all dem: ein Regenbogen aus bunten Kapuzenpullis und neonfarbenen Turnschuhen. Grace und Caitlin (ihre Stellvertreterin) saßen auf einem steinernen Sarkophag und schlenkerten mit den Beinen. Bei ihnen waren insgesamt vier Jungen, Mark und Caine sowie zwei fremde. Als Naya und sie durch den überdachten Eingang traten, sah Bobbie, dass Caine nicht mit den anderen redete, sondern Kunststücke auf einem dieser kleinen Fahrräder übte, die Stangen am Hinterrad hatten.

»Hey, hey, hey!«, kündigte Naya ihr Kommen an.

»Hi!« Caitlin winkte sie hinüber. Irgendwo unter der dicken Schicht Make-up verbarg sich eine Schönheit, aber ihre Eltern zahlten die volle Gebühr – eine höfliche Umschreibung dafür, dass sie die Aufnahmeprüfung nicht gerade mit wehenden Fahnen bestanden hatte. Da war es schon gut, dass sie so hübsch wie eine Disneyprinzessin aussah. Ihr Äußeres und ihre gut betuchten Eltern hatten dafür gesorgt, dass sie in die

Eliten aufgenommen worden war. »Alle mal herhören. Das hier sind Charlie und Tom ... Caine und Mark kennt ihr ja schon, oder? Und das sind Naya und Bobbie. Sie gehen auch auf unsere Schule«, verkündete sie mit ihrer Micky-Maus-Stimme.

»Bobbie«, sagte der Rothaarige namens Tom. »Ist das die Kurzform von irgendwas?«

»Ja.« Bobbie fing schon an sich zu langweilen. Sie waren eindeutig eingeladen worden, damit die Pärchen aufgingen. Ekelhaft. »Es ist kurz für Bobbilene.«

Hinter ihr lachte Caine und sprang vom Rad.

»Wow.« Tom hatte es nicht geschnallt. »Deine Eltern sind ganz schön heftig drauf.«

»Tom, du Trottel, sie verarscht dich.« Caine trat zu ihnen. »Ist es Roberta?«

Bobbie nickte und lächelte scheu. Auf einmal kamen ihr die »witzigen« Fäustlinge an der Schnur, die aus ihren Jackenärmeln baumelten, gar nicht mehr so witzig vor und sie fürchtete, dass sie damit sehr nach jemandem aussah, der einen Ausflug mit seiner Betreuerin machte.

Grace nahm einen Schluck von dem billigen Weißwein, den sie verbotenerweise im Eckladen von Oxsley gekauft hatten. »Jedenfalls hat Bobbie eh keine Eltern. Sie ist ein Retortenkind.«

O Mann. Bobbie wäre am liebsten vom Erdboden verschluckt worden. Beziehungsweise sie wünschte sich, sie könnte eine Zeitmaschine erfinden und zu dem Moment zurückkehren, als sie Naya von ihrer Herkunft erzählt hatte, und somit den verhängnisvollen Abend ungeschehen machen, als Naya sich mit Malibu betrunken und Grace gegenüber geplappert hatte.

»Was?«, fragte Mark, der versuchte einen Fußball in der Luft zu halten.

»Grace, jetzt sei nicht so fies«, knurrte Naya.

»Ist schon gut.« Bobbie richtete sich zu voller Größe auf (womit sie Naya oder Caine immer noch nur bis zur Schulter ging). Sie wusste längst, dass die Leute einen Schwachpunkt nur ausnutzen konnten, wenn man zuließ, dass sie ihn fanden. »Ich bin durch künstliche Befruchtung gezeugt worden.«

»Was?«, fragte Tom, der eindeutig nicht der Hellste war.

Bobbie holte ein weiteres Mal tief Luft. »Ich habe praktisch ein anonymes Spermium zum Vater. Ich nenne ihn gern Spermy. Und ich stelle mir auch gern vor, wie am Ende des Arbeitstages ein riesiges Spermium mit Aktentasche und Melone nach Hause kommt.«

Inzwischen wieherten Naya und Caine hysterisch. Möglicherweise hatte Caitlin den Witz ebenfalls verstanden oder sie lachte bloß, weil die anderen lachten. Selbst Grace schien insgeheim beeindruckt zu sein.

»Du bist echt seltsam. Aber witzig. Gefällt mir«, sagte Charlie – der mit seinen Schlabberhaaren und den Pausbacken selbst wie das Klischee vom lustigen Dicken aussah.

»Wegen so was ist sie doch nicht seltsam.« Caine lehnte sich mit dem Hintern an einen Grabstein, riss eine riesige Haribotüte auf und mampfte drauflos. »So ist das mit Familien eben. Die sind alle irgendwie verkorkst. Meine Mum hat meinen Dad wegen meines Onkels verlassen und dann hat mein Dad versucht die beiden abzustechen.«

Bobbie konnte nicht anders, sie musste lachen. Es lag daran, wie er es sagte – so, wie die meisten Leute sagen würden: *Ich habe zwei Schwestern und eine Katze.* »Echt wahr?«, fragte sie.

»Yep. Darum sind wir ja hier mitten in der Pampa gestrandet. Ich komme aus Croydon.«

»Wow«, sagte Naya. »Wir sind ja eine richtige Durchgeknallte-Eltern-Gang.«

»Meine Eltern sind dermaßen langweilig, dass es nicht mal mehr witzig ist«, warf Grace ein.

»Von wegen.« Caine biss einen Gummiring mittendurch. »Die, die einen normalen Eindruck machen, sind in Wirklichkeit die Seltsamsten.«

Naya drehte sich zu ihrer blonden Erzfeindin um. »Tja, Grace, da frage ich mich aber, was für kleine schmutzige Geheimnisse deine –« Sie brach ab, denn in diesem Moment schoss ihr plötzlich das Blut aus der Nase.

5 ALLES ZUFALL

Es passierte ganz viel auf einmal. Caitlin reagierte mit einem »Igitt« und zog ihre Beine auf den Steinsarg. Grace dagegen ließ sich vom Blut nicht abschrecken und wollte helfen. Caine sprang auf. Bobbie brauchte einen Moment, dann gab sie sich einen Ruck und griff nach ihrer Freundin.

»O Gott«, gurgelte Naya.

»Ganz ruhig. Leg den Kopf in den Nacken und kneif dir in die Nase.« Grace war, wie sich herausstellte, überraschend gut in einer Krisensituation.

»Bist du dir sicher, dass man das so machen soll?« Bobbie wühlte in ihrem Rucksack nach Taschentüchern.

Grace sah sie an, als hätte sie ihre Anwesenheit gerade erst bemerkt. »Klar bin ich mir sicher.«

»Ist halb so schlimm.« Naya verschmierte ihre Wange versehentlich mit klumpigem rot-lila Blut. »Als Kind habe ich ständig Nasenbluten gehabt.«

Charlie zog sich still von der Gruppe zurück, ganz blass und angeschlagen beim Anblick solcher Mengen Blut. Es schoss immer noch aus Nayas Nase, dicke Tropfen klatschten auf den Weg und bildeten ein immer dichteres Muster. Naya ließ sich von Bobbie eine Handvoll Taschentücher geben, hielt sie sich vors Gesicht und legte den Kopf in den Nacken.

Bobbie entdeckte Blutflecken auf ihrem Schal; anscheinend hatte Naya sie vollgekleckert. Ein weiterer Tropfen landete auf der grauen Wolle. In dem Moment begriff sie, dass das Blut aus ihrer eigenen Nase kam.

»Was zum ...?« Sie drehte sich um und stellte fest, dass Caine ebenfalls an sein Gesicht fasste. Ein rotes Rinnsal lief aus seinem linken Nasenloch auf seine volle Oberlippe. Bobbie drückte ihre Finger an die Nase, doch zwischen ihnen sickerte warme, dicke Flüssigkeit hervor.

»O mein Gott.« Grace verzog das Gesicht. »Habt ihr irgendwas geschnupft? Was habt ihr genommen?«

»Gar nichts!«, rief Bobbie und presste sich den ohnehin ruinierten Schal unter die Nase. Das Blut sickerte in die Wolle, eine rasch wachsende dunkelrote Wolke.

»Jetzt hör aber auf«, fauchte Caine und wischte das Blut mit dem Handrücken ab. Bei ihm war es anscheinend weniger schlimm.

»Das alles hängt bestimmt mit dem Luftdruck zusammen«, erklärte Tom. »Viele Leute kriegen Nasenbluten, wenn ein Gewitter im Anmarsch ist.«

Naya nahm die Taschentücher weg und begutachtete den Schaden. Ihr Gesicht war blutverschmiert. »Ich glaube, es hört auf.«

Bobbie betastete ihre Nase und schniefte probehalber. Bei ihr ließ es offensichtlich auch nach.

»Hast du auch oft Nasenbluten?«, fragte Naya.

»Nein«, sagte Bobbie. »Noch nie.«

»Ich auch nicht«, fügte Caine hinzu. »Nur einmal, als ich einen Basketball abgekriegt hab.«

»Alles okay mit euch?« Caitlin sah richtig entsetzt aus, wie sie die Knie bis ans Kinn zog und unter mascaraschweren Wimpern eine Grimasse zog.

»Denke schon«, antwortete Naya. »Mann. Ganz schön heftig.«

Grace musterte die drei misstrauisch. »Das ist das Verrückteste, was ich je erlebt habe. Dass es Synchronbluten gibt, ist mir neu.«

»Ich sag's euch, Leute, das liegt am Wetter.«

»Ach, jetzt schnalle ich's.« Mark lachte und applaudierte langsam. »Sehr witzig.«

»Wie jetzt?« Caine sah zu seinem Freund.

»Das ist ein Gag, stimmt's? Wegen gestern Nacht. Alter ... ihr habt mich voll erwischt. Wie habt ihr es gemacht? Habt ihr euch das Blut da oben reingespritzt? Oder habt ihr euch solche Kügelchen besorgt, wie sie sie im Fernsehen nehmen?«

Jetzt begriff Bobbie. Die Mutprobe. »Bloody Mary.« Als sie das sagte, lief ihr Blut in den Mund. Nichts schmeckte wie Blut: kupferig und irgendwie nach etwas Teurem.

»Ach, verstehe.« Grace zog einen Flunsch. »Sehr witzig. Psychomäßig.« Sie klang wenig beeindruckt.

Caine legte die Stirn in Falten; auch das stand ihm gut. »Alter, das ist kein Witz, ich schwöre.«

Marks Grinsen war wie weggefegt, doch sein Blick besagte, dass er nach wie vor mit einem lautstarken »REINGELEGT!« rechnete.

Bobbie musste zugeben, dass es ein ganz schön großer Zufall war. Wenn nur Naya und sie Nasenbluten gehabt hätten, wäre das kaum Grund zur Sorge gewesen, aber gleich drei Leute? Dieselben drei, die gestern diesen Namen vor dem Spiegel gerufen hatten. Auf einmal brannten ihre Augen.

Nun mal halblang, versuchte sie sich zu beruhigen; das war es doch eben, was Zufälle ausmachte – sie fielen einem auf, weil ständig welche passierten. Einmal war sie vor Topshop in der Oxford Street ihrer Cousine in die Arme gelaufen, weil sie beide an diesem Tag nach London gefahren waren, ohne es voneinander zu wissen. Das war reiner Zufall gewesen und niemand hatte einen Geisterfluch dafür verantwortlich gemacht.

Trotzdem stand ihnen allen dieselbe Mischung aus Angst, Ungläubigkeit und verschmiertem Blut ins Gesicht geschrieben – sogar Grace schien das Ganze ein bisschen unheimlich zu finden. Bobbie versuchte es mit einem Lachen abzutun und sagte betont munter: »Das war dann wohl solidarisches Nasenbluten.«

»Ach, was für eine tolle Freundin du doch bist.« Naya versuchte vergeblich ihr Gesicht zu säubern – sie sah aus wie ein fleischeshungriger Zombie aus den Büchern, die sie so gern las. »Du konntest mich nicht mal eine Minute lang im Mittelpunkt stehen lassen, stimmt's?« Sie zwinkerte, um zu zeigen, dass sie es lustig meinte.

»Komm.« Bobbie ergriff die Hand ihrer Freundin. »Gehen wir rüber ins Café, da können wir uns waschen.« Beim Losgehen bemerkte Bobbie, wie ernst Caine schaute – der Junge aus dem Ort konnte nicht darüber lachen. Ohne etwas zu sagen, sah er ihnen hinterher und Bobbie spürte den ganzen Weg entlang seinen Blick im Rücken.

Sonntagsabends wurde von den Schülerinnen erwartet, dass sie sich etwas Schickes anzogen für das gemeinsame Essen im großen Speisesaal, an dem auch der Schulpriester teilnahm. Er sprach jede Woche das Gebet, zu dem alle nur die Lippen bewegten oder es einfach komplett ignorierten. Sein Platz war am Kopftisch bei Dr. Price, Mrs Craddock und Grace. Dr. Price lächelte höflich, als er den mangelnden Glauben in der heutigen Gesellschaft beklagte.

Bobbie saß wie immer mit Naya und ein paar von den netteren Mädchen aus Haus Brontë zusammen. Sie trug ein Vintagekleid mit Tupfen und ihre Lieblingsstrickjacke – ein riesiges Wollteil, das ihrem verstorbenen Großvater gehört hatte. »Ich sage euch«, gab Naya ihr Friedhofsmartyrium zum Besten, »das war wirklich gruselig. Ich dachte echt, dass ich jeden Moment abkratze.«

»Hast du einen hellweißen Tunnel gesehen?« Bobbie grinste. »Du bist das totale Drama-Lama. Das war Nasenbluten, weiter nichts.« Sie goss sich aus einer verbeulten Metallkanne Wasser ein. Sobald sie die alte Dame, die das Café führte, überzeugt hatten, dass sie nicht in einen Bandenkampf verwickelt gewesen waren (oder ihr Gehirn fressen wollten), und sich das Blut abgewaschen hatten, waren sie zum Internat geeilt, um sich für das Sonntagsessen zurechtzumachen.

»Trotzdem. Das war voll der Horror. Und außerdem fühle ich mich schon ein bisschen krank.« Naya drehte sich zu Bobbie um und ließ ihren klebrigen Karamellpudding stehen. Sie sah sie mit ihren großen Schokoladenaugen an. »Bobbie, wenn ich sterbe, sorgst du dann dafür, dass ganz viele Leute zu meiner Beerdigung kommen?«

Bobbie lachte. »Und ob ich das mache. Wozu hat man denn Freunde?«

»Das ist echt meine größte Angst. Dass es allen egal ist, wenn ich sterbe.«

In Nayas Augen lag ein Schimmer von aufrichtiger Traurigkeit. Ganz selten einmal legte sich die Lautstärke und Bobbie bekam einen Eindruck davon, wie brüchig Nayas Selbstbewusstsein in Wirklichkeit war. »Was auch passiert, ich werde da sein, okay? Und ich werde dafür sorgen, dass sie alle deine Lieblingslieder spielen, sogar die peinlichen.«

»Du bist die Beste.«

Bobbie wurde durch Kellie Huang abgelenkt, die den kürzesten und engsten Rock aller Zeiten trug und auf den Kopftisch zusteuerte. Das gehörte sich eigentlich nicht, solange noch gegessen wurde. Und der Rock gehörte sich sowieso nicht.

»Was ist denn mit Kellie los?«, fragte Naya.

»Pst, ich will lauschen. Ich könnte mir vorstellen, dass sie einen kalten Hintern hat.«

Während Naya kicherte, achtete Bobbie auf das, was geredet wurde. Kellie wandte sich gleichzeitig an Mrs Craddock und Dr. Price. »... ich glaube, sie ist vielleicht ernsthaft krank.«

»Was fehlt ihr denn?«, fragte Mrs Craddock. Bobbie nahm an, dass sie damit Sadie meinten, mit der sich Kellie ein Zimmer teilte.

»Keine Ahnung. Aber sie ist irgendwie am Durchdrehen.«

»Irgendwie am Durchdrehen?« Dr. Price lächelte schief. »Könnten Sie das genauer ausführen?«

Bobbie hatte *gewusst*, dass mit Sadie etwas nicht stimmte,

so wie sie beim Frühstück ausgesehen hatte. Kellie fuhr fort. »Ich weiß nicht. Sie weigert sich jedenfalls, das Zimmer zu verlassen.«

Dr. Price sah zu Mrs Craddock. »Ich schaue sie mir nach dem Essen mal an«, sagte die.

Das Gehirn einer Schriftstellerin zu haben konnte manchmal zum Problem werden, dachte sich Bobbie, zum Beispiel wenn man überall Muster und Verbindungen sah, wo es eigentlich nur langweilige Fakten gab. Sadie war krank, sie hatten Nasenbluten gehabt. Sie waren *alle* gestern um Mitternacht in diesem Waschraum gewesen. Plötzlich schrumpelte Bobbies Magen zusammen wie eine Rosine und sie bekam den Pudding nicht mehr hinunter.

Zufälle. Einfach lauter Zufälle. Wenn die Straßen vereist sind, rutschen die Leute aus. Das macht Eis nicht zu etwas Bösem. Die Tatsache, dass sie sich alle mitten in der Nacht draußen herumgetrieben hatten, erklärte wahrscheinlich, wieso sie sich heute nicht so fit fühlten. Bobbie verfluchte ihre überaktive Fantasie dafür, sofort bei »Spuk im Spiegel« zu landen und erst dann bei »logische Erklärung«. Es gab *immer* eine logische Erklärung.

Nach dem Abendessen schlüpfte Bobbie in ihren Schlafanzug und holte ihr Notizbuch unter dem Bett hervor. Ihre Mutter hatte es von Dreharbeiten für eine Fernsehserie der BBC aus Norwegen mitgebracht. Der Einband war mit hellem Wildleder bezogen und Bobbie brauchte es nur anzufassen, um etwas hineinschreiben zu wollen.

Naya versuchte gerade zu Sadie vorzudringen; also hatte

Bobbie das Zimmer für sich allein. Am besten ging ihr das Schreiben von der Hand, wenn im Hintergrund Danny Elfmans melancholische Soundtracks liefen. Die Stücke waren grüblerisch und dramatisch, ganz ähnlich wie ihre Prosa.

Wo ich einmal warme, weiche Zufriedenheit gefühlt hatte, gab es jetzt nur noch eine hohle Stelle. Einen Abgrund gewissermaßen. Ja, das war es – eine Leere, wie ein schwarzes Loch im kältesten Winkel des Alls, schrieb sie. *Es war, als hätte eines Nachts im Schlaf eine ungesehene Hand einen inneren Stöpsel gezogen und alle Freude war hinausgesickert und hatte mich leer zurückgelassen. Für immer ausgetrocknet.*

Bobbie kaute an ihrem Stift. Sie schrieb immer zunächst mit der Hand und tippte nur die Passagen ab, mit denen sie zufrieden war. Einmal hatte sie eine Kurzgeschichte auf ein Online-Autorenforum hochgeladen und sie war sechstausendmal aufgerufen worden. Sobald sie das Abitur geschafft hatte und nicht mehr so viele nutzlose Sachen für die Schule schreiben musste, würde sie sich an einen Roman machen – das einzige Problem war, dass sie mehr Ideen in ihrem Notizbuch stehen hatte, als sie je in Romane würde umsetzen können.

Naya kam ins Zimmer – ihre Schlafshorts ließen endlos lange olivbraune Beine sehen. Ihre schwarzen Haare waren noch vom Gesichtwaschen zu einem Knoten hochgebunden. »Was machst du?«

»Schreiben.«

»Die Geschichte, von der du mir erzählt hast?«

»Die von der Selbstmörderin? Ja.«

»Richtig so, gib ihnen die Plath!«

Bobbie lachte. »Das habe ich vor. Wie geht's Sadie?« Sie

legte den Stift ins Notizbuch und klappte es zu – sie wäre lieber gestorben, als jemandem eine Rohfassung ihrer Texte zu zeigen. Außerdem war sie ehrlicherweise schon ein bisschen neugierig, was mit ihrer Klassenkameradin los war.

»Also für mich sah es nach dem schlimmsten Fall von PMS aus, den ich in der letzten Zeit gesehen habe – sie heult und flennt und sagt, sie will nach Hause. Die Frauenfreundin braucht eine Wärmflasche und eine Ibuprofen. Punkt.«

Bobbie rollte sich aus dem Bett. »Dein Mitgefühl ist echt vollständig verbraucht, stimmt's? Ich gehe mir die Zähne putzen.« Sie schnappte sich ihre Kulturtasche von der Kommode und schlenderte aus dem Zimmer. Die Bodenfliesen waren eiskalt unter ihren nackten Füßen.

Auf dem Flur war nichts mehr los. Mrs Craddock hatte bereits das Licht ausgeschaltet, so dass nur aus den Zimmern noch ein schwacher Schimmer fiel. An Sonntagen zogen sich die Schülerinnen üblicherweise nach dem Abendessen auf ihre Zimmer zurück. Dann wurden noch rasch die letzten Hausaufgaben erledigt und über die Wohntrakte legte sich die gefürchtete Sonntagabend/Montagmorgen-Depression. Während Bobbie den Flur entlangtapste, blieben ihre warmen Füße am Boden kleben und machten beim Gehen ein leises, saugendes Geräusch.

Der Waschraum war leer, roch jedoch nach Pfefferminzzahnpasta und Duschgel mit Blumenduft. Wie immer war es feucht hier drin; der Raum wurde nie vollständig trocken. Jemand musste gerade erst fertig geworden sein. Vom Duschkopf tropfte es gleichmäßig und hallend in die Kabine. Da Bobbie Wasserverschwendung hasste, griff sie hinein und drehte den Hahn fest zu. Sie runzelte die Stirn. Das Tropfen ging unvermindert weiter. Es musste von irgendwo in den Leitungen kommen; da konnte sie nichts machen.

Tropf, tropf, tropf.

Sie putzte sich die drei empfohlenen Minuten lang die Zähne, dann ließ sie das Waschbecken volllaufen, um sich das Gesicht zu waschen.

Tropf, tropf, tropf. Gott, wie das nervte.

Sie nahm die Brille ab und legte sie neben ihren Kulturbeutel. In der Drogerie in Oxsley hatte sie ein neues schäumendes Wunder-Aknemittel gekauft und nun brannte sie darauf es auszuprobieren. Angeblich brachte es »Resultate schon nach einmaliger Anwendung«. Wer weiß, vielleicht verwandelte es sie ja in ein Supermodel. Die Augen fest geschlossen, schrubbte sie nach Gebrauchsanweisung ihre T-Zone und spülte sich das Zeug dann ab. Sie tastete blindlings nach ihrem Handtuch, tupfte das Gesicht trocken und achtete darauf, dass sie sämtliche Seife von ihren Augen entfernte.

Als sie nach ihrer Brille griff, war sie verschwunden. »Das gibt's doch nicht ...«

Die Tür zum Waschraum schlug zu. Bobbie zuckte zusammen und stieß dabei ihre Kulturtasche vom Waschbeckenrand. Die Pflegespülung rollte unter das Becken. »Was zum ...?« Die Brille war doch eben noch da gewesen. Sie sah auf dem Boden nach, aber zwischen den Toilettenartikeln lag die Brille nicht.

Sie trat über die verstreuten Sachen hinweg, zog die Tür auf und sah den Gang hinunter. Ohne Brille konnte sie kaum etwas erkennen – als hätte jemand ihr Gesichtsfeld mit Fett beschmiert. Sie spähte mit zusammengekniffenen Augen ins Halbdunkel und sah ganz hinten am Ende des Flurs eine Gestalt, die Richtung Treppe ging. »He! Hast du meine Brille genommen?«, rief sie der vermeintlichen Mitschülerin hinterher.

Diese blieb nicht stehen, sondern marschierte tiefer in die Schatten, den Kopf gesenkt, mit schlaffen Schultern. Sie bewegte sich fast, als würde sie schlafwandeln.

»Entschuldige mal! Die Brille gehört mir!«

Wenn das irgendein lahmer Witz sein sollte, dann fehlte Bobbie dafür wirklich die Geduld. Sie war jetzt eine von den Älteren; sie sollte die Jüngeren terrorisieren und nicht andersherum. »Kommst du jetzt bitte zurück? Das ist nicht witzig.« Bobbie lief dem Mädchen nach. Ihre Füße klatschten auf den eiskalten Boden.

Die andere schien hinüber ins Haus Austen gehen zu wollen. Bobbie blieb stehen und runzelte die Stirn. Anstatt den Treppenabsatz zu überqueren, bog das Mädchen ab und ging die Treppe hinunter. Vielleicht hatte das gar nichts mit den Rivalitäten zwischen Austen und Brontë zu tun. Trotzdem, sie brauchte ihre Brille. Ohne war alles ganz verschwommen, als wäre ein dichter Nebel in die Gänge der Schule eingedrungen. Sie folgte dem Mädchen.

Als sie bei der Treppe anlangte, sah sie gerade noch, wie ein Kopf mit dunklen Haaren, die in diesem Licht fast schwarz aussahen, unten um die Ecke verschwand. »Also wirklich, jetzt reicht's!« Bobbie eilte hinterher und nahm immer zwei Stufen auf einmal. Sie kam ins »Foyer«: ein offener Aufenthaltsraum mit mehreren Sofas, einem Fernseher und einer

Tischtennisplatte. Das Mädchen war nirgends zu sehen. Zum Versteckspielen war es wirklich zu spät. Außerdem sah es hier ohne herumwimmelnde Mitschülerinnen und bei abgeschaltetem Licht gar nicht mehr wie in ihrer vertrauten alten Schule aus. Durch die langen, seltsamen Schatten, die über den Boden geworfen wurden, bekam sie fast den Eindruck, als würden sich ihr die Wände entgegenneigen. Bobbie presste ihre Fingernägel in die Handflächen. Als sie schluckte, war ihre Kehle ganz eng.

Weiter vorn kam die Treppe, die hinunter zum Empfang und Haupteingang führte, mit weiteren schwarzen Gängen links und rechts. Es roch noch stark nach dem Kohl vom Abendessen. Über sich hörte sie leises Lachen – ein paar Mädchen im Haus Brontë machten sich gerade bettfertig. »Hallo?«

Bobbie durchquerte das Foyer und gelangte zum Kopf der nächsten Treppe. Wie sie es sich gedacht hatte, war der Umriss des Mädchens schon in dem milchigen Mondlicht zu sehen, das durch die Eingangstür hereinströmte. Das komplizierte Bleiglasmuster in den Türscheiben warf Schatten über den Boden: wirbelnde, verzerrte Weinranken und Blätter. Das Mädchen stand dort einfach mitten in den Linien und Kurven mit dem Gesicht zur Tür und dem Rücken zu Bobbie. Das war seltsam. Bobbie blieb auf der ersten Stufe, die nach unten führte, stehen. Das Mädchen war nass ... Sie tropfte richtig den Boden voll; um ihre Füße herum bildete sich eine dunkle Pfütze, die glänzte wie ein Ölfleck. Sie war vollständig angezogen, aber klatschnass. »He«, sagte Bobbie. »Alles okay mit dir?«

Oben im Gang schepperte etwas und jemand kreischte. Bobbie riss den Kopf herum und fiel vor Schreck beinahe die

Treppe hinunter. Sie hielt sich mit feuchten Händen am Geländer fest. »Gib her, du Miststück!«, erklang ein Schrei, gefolgt von schrillem Gelächter. Als Bobbie sich wieder zum Erdgeschoss umdrehte, stand das seltsame Mädchen nicht mehr beim Eingang. Bobbie runzelte die Stirn. Wie hatte sie so schnell verschwinden können? Vorsichtig ging Bobbie die letzten Stufen zur Halle hinunter. Hm, das wurde ja immer seltsamer. Der Fußboden war kein bisschen nass. Bobbie bückte sich und fuhr mit dem Zeigefinger darüber: staubtrocken. Sie hatte doch *gesehen*, wie das Mädchen überall auf die Fliesen getropft hatte. Oder nicht? Sie konnte wirklich nicht viel erkennen ohne Brille.

Sie bekam ein flaues Gefühl im Magen – wie bei einem Aufzug, der zu schnell nach unten fuhr. Es war eiskalt in der Halle, viel kälter als im Treppenhaus. Bobbies Haut kribbelte und sie verspürte einen starken Drang, möglichst schnell hier abzuhauen. Vielleicht sollte sie ihre Brille besser morgen früh suchen ...

Sie zuckte erschrocken zusammen. Das Mädchen wartete still am anderen Ende der Halle, noch hinter dem Empfangstresen, bei der Krankenstation und dem Büro der Rektorin. Sie stand einfach da und wartete. Bobbie strengte ihre Augen an, aber es war umsonst – sie konnte kaum einen Meter weit scharf sehen. »Hör mal, haha, sehr witzig, aber kann ich jetzt bitte meine Brille wiederhaben?«

Das Mädchen wurde von dem hohen Bogenfenster am Ende der Halle umrahmt. Sie stand so still wie eine Statue, fast schon unnatürlich still. Bobbie konnte gerade noch die langen, strähnigen Haare ausmachen, die an dem dünnen Körper hinunterhingen. Na wenigstens hatte Bobbie sie jetzt in die Enge getrieben. »Pass auf, ich will dich nicht verpetzen – ich will nur meine Brille wiederhaben.«

Jetzt konnte sie das Gesicht des Mädchens schon ein bisschen deutlicher sehen. Irgendetwas stimmte da nicht. Auch mit der Körperhaltung nicht. War sie verletzt? Vielleicht brauchte sie Hilfe.

»Bleib einfach da stehen, ja?« Bobbie streckte die Arme vor, tastete sich durch die Dunkelheit und näherte sich dem schattenhaften Mädchen.

6 DIE ALTEN ZEITEN

Die Tür zum Büro der Rektorin schwang auf und knallte Bobbie fast ins Gesicht. Licht fiel in den Flur und sie kreischte auf – eigentlich war sie keine Kreischerin, aber sie hatte den Atem angehalten und dann war die Tür aufgeplatzt und dann und dann ...

Die Rektorin riss sich eine Hand vor die Brust, bevor sie sich wieder im Griff hatte. »Grundgütiger! Sie sorgen noch dafür, dass einer alten Frau das Herz stehenbleibt! Sie sind Roberta, oder?« Dr. Price trat aus ihrem Büro. Sie hatte eine Laptoptasche über der Schulter und schien gerade Feierabend zu machen. »Was machen Sie denn hier unten? Stimmt irgendetwas nicht?«

»Ich ... Jemand ist mit meiner Brille weggerannt.« Bobbie trat nach hinten und zeigte zum Ende des Ganges, zu dem Bogenfenster.

Dort war nichts. Na ja, dort standen ein gemütlicher Sessel für Besucher und eine stachelige Topfpflanze, aber es stand kein *Mensch* beim Fenster, schon gar kein gruseliges, seltsames, schweigendes Mädchen. »Ach herrje, Roberta, gleich werden Sie sich über sich selbst ärgern.«

»Was?«

»Sie haben sie sich in die Haare gesteckt – Ihre Brille. Ich mache das auch ständig. Keine Sorge«, fügte sie mit einem flüchtigen Lächeln hinzu, »das bedeutet nur, dass Sie langsam den Verstand verlieren.«

Bobbie betastete ihren Kopf. Und fand tatsächlich ihre Brille. Unmöglich … sie hatte sie auf den Waschbeckenrand gelegt. Sie war doch keine verschusselte Spinnerin. »Aber ich …«

Dr. Price lächelte. Selbst wenn sie lächelte, hatte die Rektorin noch etwas Frostiges an sich. »Keine Sorge, wenn Sie es für sich behalten, werde ich es auch niemandem erzählen. Und jetzt ins Bett, junge Dame, morgen ist Schule.«

»Okay«, sagte Bobbie. Sie war frustriert, aber sie hatte ganz bestimmt nicht vor, sich mit der Rektorin zu streiten. Was sollte sie denn machen? Mit dem Fuß aufstampfen und schwören, dass irgendeine blöde Schülerin aus der Unterstufe mit ihrer Brille davongerannt war und sie ihr dann irgendwie wieder aufgesetzt hatte? »Entschuldigen Sie bitte.«

»Kein Problem. Und jetzt ab nach oben.«

Bobbie rannte zurück zu ihrem Zimmer, weil sie keine Sekunde länger als nötig in dem zugigen Korridor bleiben wollte. Die ganze Zeit über konnte sie das Gefühl nicht abschütteln, dass hinter ihr jemand war. Sie schloss die Zimmertür und warf sich auf Nayas Bett. »Naya, hier passiert echt irgendetwas total Seltsames.«

Nayas Buch war zu Boden gefallen und sie war trotz eingeschalteter Nachttischlampe schon fast eingeschlafen. »Was?«

»So verrückt es klingt, ich glaube, ich habe gerade Bloody Mary gesehen.«

»Du spinnst.« Naya drehte sich auf den Bauch und vergrub ihren Kopf ins Kissen.

»Wirklich. Jemand hat meine Brille aus dem Waschraum gemopst.«

Naya hob den Kopf. »Ach, na ja, dann ist es definitiv Bloody Mary. Ruf schnell bei der Hotline an.«

»Hör auf«, ächzte Bobbie. »Ich bin ihr gefolgt, weil ich gedacht habe, es wäre jemand aus der Unterstufe, aber mit ihr *stimmte* etwas nicht. Es war total gruselig, ehrlich.«

»Natürlich war es das. In dieser Schule ist es nachts überall gruselig. Geh schlafen. Morgen kommst du dir total bekloppt vor, versprochen.«

Da fiel Bobbie etwas ein. »Naya, warst du das?«

»Was?«

»Bevor wir das mit dem Spiegel gemacht haben, hast du gesagt, du willst dafür sorgen, dass Grace ausflippt ... Ist das alles irgendein Streich?«

Ihre Freundin kam auf die Ellbogen hoch. »Mädchen, ich schwöre bei den Louis-Vuitton-Handtaschen meiner Mutter, die ich hoffentlich eines Tages erben werde, dass ich nichts damit zu tun habe. Und auch niemand anders – du machst dir nur selber Angst. Geh. Jetzt. Schlafen.« Sie ließ sich wieder auf ihr Kissen plumpsen.

Bobbie begriff, dass sie heute Abend nichts Vernünftiges mehr aus ihrer Freundin herausbekommen würde, und ein bisschen hatte sie ja Recht. Morgen früh würde tatsächlich alles anders aussehen. Sie ließ den Blick durchs Zimmer wandern, betrachtete die Verschönerungen, die sie vorgenommen hatten – ihre plüschigen Überwürfe, ihre gerahmten

Fotos, ihre Poster von Hello Kitty, John Green und *Satanville*. All das strahlte Geborgenheit aus. »Können wir eine Lampe anlassen?«

»Nichts dagegen. Hauptsache du hörst auf zu reden.«

Bobbie merkte nicht, wie sie einschlief. Sie blätterte noch ein bisschen in ihrer Kurzgeschichte, während Naya leise schnarchte, aber schließlich schlief sie wohl ein. Sie merkte auch nicht, wie ihr die Augen zufielen – sie starrte noch ewig auf den zentimeterbreiten Spalt unter der Tür, um sicherzugehen, dass keine Füße an ihrem Zimmer vorbeikamen.

»MARY!«

Bobbie saß im Unterricht. Es war der Musikraum – mit seinen vertrauten Bogenfenstern vom Boden bis zur Decke, die den Blick zum Hockeyfeld freigaben. Nur dass aus irgendeinem Grund alles anders war. Zunächst einmal hatten sie November, aber draußen war es mild und sonnig und der Unterrichtsraum roch nach frisch gemähtem Gras. Die Einrichtung war auch verändert worden; jemand hatte sämtliche Musikinstrumente und Notenständer weggeräumt. Jetzt standen überall ordentlich aufgereihte altmodische Einzeltische, wie sie sonst nur für die Prüfungen herausgeholt wurden. Es waren diese richtig alten Pulte mit einem Fach unter der aufklappbaren Schreibfläche.

Das kam ihr alles sehr merkwürdig vor. Über dem Raum lag sommerlicher Dunst, als würde sie die Welt durch eine mit Vaseline überzogene Linse sehen. Ein paar Mädchen wuselten um sie herum und verteilten Übungshefte, aber sie bewegten sich in Zeitlupe, als würden sie sich auf dem Mond befinden.

»Mary!«, trällerte dieselbe Stimme wie eben schon.

Bobbie sah hinter sich und stellte fest, dass sie in der letzten Reihe saß. Sie trug die Haare sauber zu Zöpfen geflochten, wie früher als ganz kleines Mädchen.

»Mary Worthington, hörst du mir überhaupt zu?« Bobbie kannte die Lehrerin nicht. Sie trug eine Kombination aus Strickjacke und Rock, die superkratzig aussah, mit dicken Wollstrumpfhosen, die über ihren klassischen Damenschuhen in Falten lagen. Bobbie brauchte einen Moment, um zu begreifen, dass die gestrenge Lehrerin sie böse ansah.

»Ich?«

»Ja, gibt es denn noch eine weitere Mary Worthington, von der ich nichts weiß?« Die Schülerinnen kicherten und sahen alle zu Bobbie. Sie kannte keine einzige. Brave weiße Mädchen, die alle die Schuluniform von Piper's Hall trugen, allerdings eine etwas andere Version. Die Röcke waren länger und die weißen Socken gingen höher. »Könnten Sie jetzt bitte die Frage beantworten?«

Bobbies Wangen wurden heiß. »Ich ... ich weiß es nicht, Miss.«

»Natürlich wissen Sie das nicht – Sie haben ja halb geschlafen. Miss Worthington, sind Sie sich eigentlich darüber im Klaren, wie *glücklich* Sie sich schätzen können? Ein Mädchen wie *Sie* auf einer Schule wie *dieser*?« Das Wort *glücklich* tat weh wie eine Ohrfeige.

Es klingelte – derselbe Glockenton, der immer noch das Ende der Stunde ankündigte. Die Mädchen packten ihre Sachen zusammen. »Bitte nicht alle auf einmal loslaufen.«

Die anderen Mädchen funkelten Bobbie mit kaum verhohlener Verachtung an und machten einen weiten Bogen um sie, als sie den Raum verließen. Bobbie folgte ihnen verwirrt. Das war ein Traum, aber er fühlte sich irgendwie fragil an, als würde sie jeden Moment aufwachen. Ein Traum, der aus feinster Zuckerwatte gemacht war.

Der Flur sah beinahe genauso aus wie zu Bobbies Zeit, trotzdem spürte sie, dass das hier lange her war – die Art, wie die Lehrerin gekleidet war, die fehlenden Poster, die schwarze Kreidetafel, wo heute ein interaktives Smartboard hing. Überall gab es kleine Unterschiede.

Bobbie ließ sich treiben und kam sich in ihrer eigenen Schule fremd vor. Seitenblicke und Geflüster – alles galt ihr. Sie hörte es nicht deutlich genug, aber die lautesten Worte klangen wie »Scary Mary«. Gruselige Mary.

Das war einer von *diesen* Träumen. Sie war halb Teil davon und halb Zuschauerin. Sie war jemand anders. Sie fühlte sich nicht wie Bobbie Rowe, sie fühlte sich trauriger, als gäbe es nichts, worauf sie sich freuen konnte, nichts zu lachen. Sie spürte eine tintige, hoffnungslose Schwärze in ihrem Inneren – die Sorte, über die sie bisher nur geschrieben hatte. Da sie von den anderen Mädchen wegwollte, zog Bobbie sich in die nächstbeste Toilette zurück. Da war etwas, das sie erledigen musste.

Der Waschraum im Erdgeschoss war fast genauso wie heute – sämtliche Rohre waren jadegrün lackiert, passend zu den türkisgrünen Kacheln. Bobbie ging zum erstbesten Spiegel.

Und wachte schlagartig auf.

Draußen vor den Fenstern dämmerte es schon und die Vorhänge hielten das Licht kaum ab. Irgendwann im Laufe der Nacht war Naya zu ihr ins Bett gekrochen. Entweder hatte ihr das Gespräch Angst gemacht oder sie hatte einen Albtraum gehabt – Naya schlich sich oft zu ihr ins Bett, wenn sie schlecht geträumt hatte. Bobbie rutschte dicht an sie heran, wegen der Wärme, und wenn sie ehrlich war, auch wegen der Geborgenheit. Heute Nacht war sie es, die schlecht geträumt hatte. Naya bei sich zu haben gab ihr ein sicheres Gefühl.

Bobbie hatte fast zu viel Angst, um die Augen zu schließen. Sie wusste nicht mehr, was sie im Spiegel gesehen hatte. Es war zu schrecklich gewesen.

TAG ZWEI

7 DAS VERSCHWINDEN

Am nächsten Morgen musste Bobbie sich richtig aus dem Bett hochkämpfen. Ihr Schlaf war so leicht gewesen, so esspapierdünn, dass er kaum als Ausruhen zählte. Bei Tageslicht fand sie es immerhin nicht mehr so unsicher, die Augen zu schließen; darum drückte sie noch dreimal die Schlummertaste.

Naya lag nicht mehr neben ihr und das andere Bett war leer, also war sie wohl schon unter der Dusche, um dem Massenandrang zuvorzukommen. Frühstück gab es um sieben und der Unterricht begann nicht vor neun, also war es Bobbies Entscheidung, ob sie vor oder nach dem Essen duschte und ihre Schuluniform anzog. Am Ende sprang sie um zehn vor acht aus dem Bett, in der letztmöglichen Minute, in der sie sich noch zum Frühstück anstellen konnte. Sie schnappte sich Leggings, Nayas Yankees-Pulli und ein Paar Flipflops und schlurfte zum Waschraum.

Sie war noch nicht weit gekommen, da begriff sie, dass irgendetwas nicht stimmte. Anstatt beim Frühstück zu sein, schwirrten Mädchen durch die Gänge und zwischen den Zimmern hin und her wie gestresste Bienen. Die Luft war wie aufgeladen – überall helle Aufregung und nervöses Geplapper.

Caitlin kam aus einem der Brontë-Zimmer gestürzt und eilte die Stufen hinunter. »Caitlin, was ist denn los?«

»O mein Gott, hast du es noch nicht gehört? Irgendwas stimmt mit Sadie nicht. Niemand darf ins Christie rein. Manche sagen, sie ist ... sie ist tot.«

Der Fußboden begann sich zu drehen, bis Bobbie ihn zum Anhalten zwang – die Gerüchteküche machte eindeutig Überstunden. Bobbie hielt sich am Geländer des Treppenabsatzes fest. »Was? Das kann nicht sein.«

»Ich schwöre. Ich muss Grace finden. Die weiß bestimmt, was los ist.«

Bobbie sprang sofort die Stufen hinunter. Sie wusste genau, wie schnell sich hier Klatsch verbreitete. Letztes Jahr hatte Maisie Spence-Guillame *einem* Mädchen erzählt, dass sie mit Mr Granger, dem einigermaßen gut aussehenden Mathelehrer, geschlafen hatte, und innerhalb von *zwei* Stunden war die Polizei in der Schule gewesen. Es war nicht einmal die Wahrheit gewesen, aber es zeigte, wie sehr man in einer Schule, die Ohren hatte, darauf achten musste, was man sagte.

Naya hatte sich im Foyer postiert und fungierte als Multiplikatorin für eine Traube Mädchen aus der Unterstufe. Sie ließen Bobbie durch. »Naya, was ist los?«

»Ach, da bist du ja. Wir haben keine Ahnung – niemand sagt uns was. Nur dass mit Sadie irgendwas nicht stimmt.«

Bobbie stieß einen gewaltigen Seufzer der Erleichterung aus. »Ach, Gott sei Dank – Caitlin hat gesagt, sie wäre tot.«

»Könnte sie ja sein«, sagte die frettchenhafte Rose Clarkson. »Niemand darf in ihr Zimmer. Dr. Price und Mrs Craddock sind gerade drin.«

»Erzähl keinen Quatsch.« Naya sah sie finster an. »Wenn da oben ein totes Mädchen liegen würde, meinst du nicht, dass wir dann inzwischen ein Polizeiauto oder einen Krankenwagen zu sehen bekommen hätten?«

»Nicht unbedingt«, entgegnete Rose mit schriller Stimme.

Mrs Craddock lehnte sich oben über das Geländer des Treppenabsatzes und schaute ins Foyer hinunter. Sie sah mitgenommen aus. »Alle mal herhören! Dr. Price lässt ausrichten, Sie sollen sich alle in fünfzehn Minuten in Schuluniform in der Aula einfinden. Ohne Diskussion und ohne Ausnahme.« Die Mädchen bei der Tischtennisplatte bestürmten die Lehrerin sofort mit Fragen. »Ach nun machen Sie schon! Los!«

Naya zog einen Flunsch. »Die können uns doch nicht einfach zum Unterricht schicken. Wenn Sadie wirklich tot ist, dann kriegen wir doch wenigstens ein paar Tage frei, oder etwa nicht?«

Bobbie zog eine Augenbraue hoch. »Du bist wirklich pures Mitgefühl.« Der Appetit aufs Frühstück war ihr komplett vergangen. »Komm, dann kriegen wir noch Plätze in der ersten Reihe.«

Unglücklicherweise wollten alle in der ersten Reihe sitzen. Bis Bobbie und Naya im Grau und Weinrot der Schuluniform von Piper's Hall steckten, mussten sie sich mit der dritten Reihe begnügen. Bobbies Herz war ein Klumpen hinten in der Kehle, der sich nicht hinunterschlucken ließ. Sie verspürte nicht bloß Neugierde – sie musste *unbedingt* wissen, was Sadie zugestoßen war. So viele Zufälle konnte es gar nicht geben, das stand für sie fest.

Gerüchte und Spekulationen flogen zwischen den eichengetäfelten Wänden der Aula hin und her. Protzig gerahmte Porträts früherer Rektoren schauten mit grimmiger Missbilligung auf die Schülerinnen herunter. »Meningitis«, »Schwangerschaft« und »Selbstmord« waren beliebte Vermutungen; den meisten Eindruck machte auf Bobbie jedoch: »Sie hat sich Heroin gespritzt, das ihr ein Junkie in Oxsley verkauft hat.« Trotzdem brachte sie kein Grinsen zu Stande. Ihre Kiefermuskeln waren angespannt und sie biss sich auf die Wangen, bis Dr. Price in den Saal gefegt kam, so gefasst wie immer, aber mit stahlblitzenden Augen.

»Hinsetzen, SOFORT.« Alle Mädchen verstummten. Die Rektorin nahm ihren Platz auf dem Podium ein und sah über das Meer klatschhungriger Gesichter. »Dies ist eine sehr, sehr ernste Angelegenheit. Sadie Walsh aus Haus Christie wird vermisst. Seit Beginn der Nachtruhe gestern Abend hat sie niemand gesehen.«

Kurz machte sich Unruhe in der Versammlung breit. Naya flüsterte Bobbie etwas ins Ohr, aber sie brachte sie mit einem »Pst!« zum Schweigen.

»Ruhe!« Dr. Price glättete ihren rotblonden Bob und fuhr fort. »Es ist mir egal, was passiert ist, was gesagt wurde, was irgendjemand angestellt hat – ob nun legal oder nicht. Nur eines ist wichtig: dass Sadie gefunden wird und dass sie in Sicherheit ist. Falls irgendjemand etwas über ihren Verbleib weiß, dann muss ich es jetzt erfahren.«

Weiteres Gemurmel, als die Mädchen einander fragten, was sie wussten. Bobbie merkte, dass sie kaum noch Luft bekam. Sadie und sie waren keine Busenfreundinnen gewesen oder so, aber die Vorstellung, dass ihr etwas zugestoßen sein könnte, war schrecklich. Außerdem hatte Bobbie das unbestimmte Gefühl, dass sie irgendetwas vergessen hatte, das ihr dringend wieder einfallen sollte.

»Wenn Sie nicht sofort aufhören zu tuscheln, werde ich sehr, sehr ärgerlich, meine Damen. Ich will weder Klatsch hören noch Spekulationen. Sadie befindet sich eindeutig nicht mehr im Internat und ich glaube nicht eine Sekunde lang, dass sie niemandem erzählt hat, wohin sie wollte.«

Und nun, wo doch irgendjemand aufstehen *musste*, um mit Bestimmtheit zu sagen: »Sie ist zu ihrer lesbischen Internetfreundin nach Neuseeland durchgebrannt«, da war es im Saal so still wie in einer Kapelle.

»Sie brauchen nicht jetzt gleich zu reden, aber wenn Sie wirklich etwas über Sadie wissen, dann wenden Sie sich bitte umgehend an mich. Ich werde heute selbstverständlich den ganzen Tag mit dieser Angelegenheit beschäftigt sein und die Polizei ist unterwegs. Das bedeutet, der Rest von Ihnen wird sicherstellen müssen, dass Sie sich zur richtigen Zeit am richtigen Ort befinden. Sie werden alle sofort Ihren jeweiligen Raum für die erste Stunde aufsuchen, haben wir uns verstanden?«

Ein geleiertes »Ja, Miss« war die Antwort.

Bobbie ging wie auf Autopilot zum Unterricht. Der Montag begann grausamerweise mit einer Doppelstunde Englische Literatur und sie hatte ihre Lesehausaufgaben nicht gemacht, was ungewöhnlich für sie war. Beim Betreten des Unterrichtsraums hörte sie, wie Grace gerade mit Caitlin redete. Beide sahen sogar in Krisenzeiten so mühelos toll aus, dass Schottenrock und Blazer an ihnen eher wie ein Fashion-Statement wirkten und nicht wie eine Uniform. Grace trug immer stolz die goldene Plakette der Schulsprecherin am Revers, als wäre sie der Sheriff der verdammten Stadt. »Gott, sie giert einfach total nach Aufmerksamkeit«, ätzte sie. »Die wird in Oxsley bei irgendeiner Radley-High-Lesbe rumhängen, die aussieht wie Justin Bieber. Jede Wette.«

Bobbie beachtete sie nicht weiter und glitt auf ihren Stuhl. Das heutige Thema war Poes *Der Fall des Hauses Usher*, worüber sie sich eigentlich hätte freuen müssen, aber sie konnte sich nicht konzentrieren. Ein Sorgenwurm bohrte sich in ihren Schädel. Sie trommelte mit ihrem Bleistift auf den Rand des Übungsheftes; ihre Finger konnten einfach nicht still halten. Bruchstücke von Ideen, Geräuschen und Bildern schossen ihr durch den Kopf – nichts ergab einen Sinn. Nasenbluten, ihr Traum, das Mädchen im Flur ... Was hatte das mit Sadie zu tun? Dann kam noch ein Erinnerungsfetzen vorbeigetrieben; etwas, das sie völlig vergessen hatte.

Der Stift entglitt ihren Fingern, rollte vom Tisch und fiel mit einem hellen Klirren auf den Boden.

Sie stand auf und warf dabei fast ihren Stuhl um. Die Metallbeine schrammten lautstark über den Boden. Sie schnappte sich ihre Bücher und schoss zur Tür, wo sie beinahe mit Miss Foster zusammenstieß, der Englischlehrerin, die gerade hereinkam. »Bobbie, wo wollen Sie denn ...?«

»Ich muss zu Dr. Price.« Die Lüge kam ihr nur schwer über die Lippen, aber anders ging es nicht. Miss Foster nahm jetzt zwangsläufig an, dass sie irgendetwas über Sadie wusste, und würde sie ohne Zögern gehen lassen. Mit gesenktem Kopf schlüpfte sie an der Lehrerin vorbei. Das war sonst gar nicht ihre Art, aber solange sie die Antwort auf die drängende Frage, die in ihr rumorte, nicht wusste, konnte sie ohnehin nicht arbeiten.

Als Erstes musste sie Lottie Wiseman finden, Sadies Zimmergenossin und beste Freundin. Lottie hatte alle möglichen Sprachen belegt – aber welche jetzt gerade? Bobbie beschloss es mit dem Raum zu versuchen, in dem Naya Spanisch hatte, weil Lottie da ja vielleicht auch war. Aber im letzten Moment überlegte sie es sich anders.

Sie verließ den hellen Millar-Flügel mit seinen sauberen Sandsteinmauern und gläsernen Trennwänden und ging zurück zum alten Gebäude, in dem Dr. Price ihr Büro hatte. Wahrscheinlich wurden die Schülerinnen, die Sadie am nächsten standen, noch immer befragt – also auch Lottie.

In der Mitte der Schulanlage befand sich ein offener Hof aus Beton und ein feiner Niesel hatte dort alles holzkohlegrau gefärbt, passend zu der Wolke, die schwer am Himmel hing. Bobbie machte, dass sie unter das Regendach kam, und schlüpfte auf der anderen Hofseite durch den Notausgang hinein. Im alten Teil der Schule wurde nur noch wenig Unterricht gegeben; hier befanden sich lediglich der Musikraum, die Aula, die Wohntrakte, die Mensa und die Büros. Entsprechend war es um diese Tageszeit sehr still, da die meisten Mädchen entweder im Unterricht waren oder auf dem Sportplatz bibberten.

Bobbie huschte an der Mensa vorbei, die gerade für die nächste Mahlzeit hergerichtet wurde, und ging schnurstracks zur Eingangshalle, die bei Tageslicht völlig anders aussah. Dass sie das geheimnisvolle Mädchen verfolgte hatte, schien viel länger her zu sein als gestern Nacht. Nun drang verschwommenes bernsteinfarbenes Licht durch das Bleiglas der großen Doppeltür und beleuchtete den Empfangstresen. Lorraine, die langjährige Empfangssekretärin der Schule, sah auf. »Hallo …«

»Bobbie.«

»Ja, genau! Ist alles in Ordnung, meine Liebe?«

»Ja.« Sie verwendete dieselbe Lüge noch einmal. »Ich muss mit Dr. Price sprechen.«

»Also, die redet gerade mit der Polizei. Geht es um Sadie?«

»Sozusagen. Ja.« Bobbie sah um den Tresen herum in den Gang, der zu Dr. Prices Büro führte. Tatsächlich saßen dort Lottie und Kellie, die dritte Zimmergenossin, auf dem Sofa, ganz in der Nähe der Stelle, wo sie letzte Nacht diese seltsame Mädchengestalt gesehen hatte. Das unmögliche Geistermädchen.

»Gut, dann wartest du am besten bei den anderen.«

Bobbie dankte ihr, schlurfte den Gang entlang und überlegte dabei, wie sie die Sache angehen sollte, um nicht wie eine Verrückte zu klingen. Die arme Lottie, die schon zu ihren besten Zeiten zart und empfindlich wirkte, sah schrecklich aus. Ihre Augen waren rot geweint und ihr Gesicht feucht und grau. Wenn Sadie *wirklich* irgendetwas vorgehabt hatte, dann war ihre beste Freundin eindeutig nicht eingeweiht.

Kellie hob den Kopf. Ein langes schwarzes Haar war in ihrem Lipgloss hängengeblieben und aus irgendeinem Grund verstörte Bobbie das. »Hey, hey, hey, Bobbie. Weißt du irgendwas wegen Sadie? Hast du sie gestern Nacht gesehen?«

»Nein«, gab Bobbie zu. »Ich muss mit Lottie reden.«

»Mit mir?«, schniefte diese. »Wieso?«

Bobbie holte tief Luft und wusste auf einmal nicht, was sie mit ihren Händen machen sollte. Sie verschränkte sie vor sich, damit die Finger ruhig blieben. »Kannst du dich noch an Halloween neulich erinnern?«

»Ja.«

»An Sadies blöde Geschichte über Bloody Mary?«

Lotties Augen wurden groß. »Ja.«

»Und weißt du auch noch, wie Sadie gesagt hat, dass sie es längst gemacht hat? Du hast gesagt, du wärst dabei gewesen.«

Das dünne Mädchen verzog zutiefst verwirrt das Gesicht. »Ja, und? Sie hat es vor dem Spiegel in ihrem Kleiderschrank gemacht.«

Bobbies Herz schlug viel zu schnell. »Und du auch?«

»Nein.«

»Wann war das?«

Lottie überlegte, die Stirn in Falten gelegt. »Dienstag ... nein, Mittwochabend. Ja, nach dem Chor.«

Bobbie musste sich an der Wand abstützen. Sie hatte das Gefühl, dass ihre Füße gar nicht den Boden berührten. Genau wie sie gefürchtet hatte. Das konnte doch nicht wirklich passieren. »Das ist jetzt fünf Tage her.« Das letzte Wort blieb ihr fast in der Kehle stecken und kam nur als heiseres Flüstern heraus.

Die Nachricht auf dem Spiegel. *FÜNF TAGE.*

8 FÜNF TAGE

Bobbie stürmte in den Raum E7 und die Tür knallte gegen die Lehne eines Stuhls, der zu dicht davor hingestellt worden war. »Kann ich Ihnen helfen?«, fragte Mr Carlos, machte seinen typischen Schmollmund und zog die übermäßig gestutzten Augenbrauen hoch.

Bobbie schob ihre Brille nach oben auf die Nase. »Ja. Entschuldigen Sie bitte ... aber Naya soll dringend zu Dr. Price.«

Naya sah zu ihr herüber und begriff sofort, dass es sich um eine Lüge handelte. Mr Carlos entließ sie mit einer schwungvollen Armbewegung. »Schön. Dann gehen Sie besser schnell los.«

»Ja, Sir.« Naya schob ihren Stuhl an den Tisch und schwang sich ihre Tasche über die Schulter. Dann ging sie mit Bobbie hinaus auf den Flur, einem der sterilen, nach Plastik riechenden Gänge im neuen Anbau. Der Millar-Flügel war in Bobbies erstem Jahr hier eröffnet worden – er bestand komplett aus unverputzten Mauersteinen und inspirierenden Postern: DU BIST ETWAS BESONDERES.

»Was ist denn los? Du siehst aus, als hättest du irgendwas nur knapp überlebt«, sagte Naya und warf ihre ebenholzfarbenen Haare nach hinten.

»Naya, ich weiß, was Sadie zugestoßen ist.«

»O und M und G. Ich wusste doch, dass du irgendetwas vor mir geheim hältst!«

Bobbie zog sie von dem Unterrichtsraum und eventuellen Lauschern weg Richtung Treppenhaus. »Ich glaube ... Ich glaube, das war Bloody Mary.«

Naya wartete auf die Pointe. »Hä? Fängst du jetzt wieder mit deinem Gebrabbel von letzter Nacht an?«

Bobbie seufzte frustriert. »Ernsthaft. Vor fünf Tagen hat Sadie vor dem Spiegel in ihrem Zimmer fünfmal *Bloody Mary* gesagt und jetzt ist sie verschwunden. Nachdem wir das gemacht haben, habe ich im Spiegel diese Nachricht gesehen: *fünf Tage.* Das ist leider kein Witz. Ich meine es ernst.« Naya entglitten die Gesichtszüge, dann winkte sie ab und lachte leise. »Was?«, fragte Bobbie.

»Das kann nicht sein. Auch wenn ... nein. Das musste der krönende Abschluss von Sadies kleinem Streich sein. Also, wenn ich die erwische ...«

Bobbie wusste sofort, dass das nicht alles war. Naya hatte so einiges drauf, aber lügen konnte sie nicht. »Naya, was ist los?«

»Gar nichts.«

»Naya ...«

Sie griff in ihre Baumwolltasche und zog ihr Hausaufgabenheft hervor. »Guck. Irgendeine blöde Kuh hat da was reingeschmiert.«

Bobbie nahm das Buch und schlug die aktuelle Woche auf. In kleinen, krakeligen Buchstaben standen dort die Worte *fünf Tage*, und zwar in dem Feld für den Sonntag – genau an diesem Tag hatte Bobbie die Nachricht im Spiegel erhalten. Sie schnappte nach Luft. »O Gott.«

»Ach komm – das könnte doch alles mit zu Sadies Streich ...«

»Nein!«, fauchte Bobbie lauter als beabsichtigt. Hitze stieg ihr in die Wangen. »Kann Sadie vielleicht auch mit meinen Augen Mist anstellen? Und mit meinen Träumen? Ich *sehe Sachen*, Naya.«

Ihre Freundin verdrehte die Augen, griff sich Bobbies Krawatte und führte sie wie einen Hund den Flur im ersten Stock entlang. Als sie beim Getränkeautomaten ankamen, warf Naya ein paar Münzen ein und eine Dose fiel in den Ausgabeschacht. Sie gab Bobbie die Cola. »Hier. Trink. Dir fallen fast die Augen aus dem Kopf und das macht mich ganz kirre.«

Bobbie öffnete die Cola und nahm einen Schluck. Sie hatte gar nicht gemerkt, wie dringend sie den Zucker brauchte. Vor dem Zimmer der Berufsberatung standen ein paar Polsterstühle und Bobbie, deren Beine sich wie Gummi anfühlten, ließ sich auf einen plumpsen. »Danke.«

Naya setzte sich neben sie. »Gehen wir das noch mal durch. Du glaubst also echt, ein Geist hat Sadie getötet? Bob –«

»Keine Ahnung. Vielleicht. Menschen lösen sich nicht einfach in Luft auf. Gott, die arme Sadie ... Sie muss total Angst gehabt haben.«

»Bobs ...«

»Ich weiß. Es klingt total verrückt. Aber du kennst doch diese Stelle in den Filmen, wo du einfach nur willst, dass die Helden endlich diese unmögliche Sache als möglich akzeptieren? Na ja ... das eben.«

Naya brachte ein trockenes Lachen zu Stande. »Gut, ist angekommen. Aber ... du verlangst da ganz schön viel. Ich glaube nicht mal an Gespenster.«

»Tu ich ja auch erst, seit ich eins gesehen habe.« Bobbie nippte an der Cola. »Das kommt alles ein bisschen dicke. An dem Tag, nachdem wir ihren Namen gesagt haben, kriegen wir *beide* eine Nachricht. Wir hatten *alle* Nasenbluten. Ich habe im Erdgeschoss dieses Mädchen gesehen ... Mary. Ich hab von ihr geträumt ... in dem Traum *war* ich Mary. Von Gespenstern zu reden ist wirklich ziemlich blöd, aber genauso blöd ist es, nicht wahrhaben zu wollen, was sich direkt vor deiner Nase abspielt.«

Naya holte dramatisch tief Luft. »Na schön. Nehmen wir mal für einen Moment an, ich glaube das Ganze. Was willst du dann dagegen machen?«

»Keine Ahnung. Uns bleibt nur noch bis Donnerstag ...«

»Und dann?«

»Keine Ahnung.« Ihr steckte ein stacheliger Klumpen in der Kehle. »Dann passiert mit uns dasselbe, was Sadie zugestoßen ist.«

Endlich schien Naya zu begreifen. Sie wurde blass; ihre Wangen hatten jetzt nicht mehr die Farbe von Kaffee, sondern von Tee mit viel Milch. »O Gott.«

Nun war Bobbie mit Aufmuntern an der Reihe. Sie ergriff Nayas Arm. »Nein, das ist nicht so schlimm. Es bedeutet, dass wir noch fast vier Tage Zeit haben sie aufzuhalten. Hoffe ich. Sie hätte mir gestern Nacht etwas tun können, wenn sie gewollt hätte, hat sie aber nicht. Sie hat uns fünf Tage gegeben, aus welchem Grund auch immer.«

»Damit wir Abschied nehmen können.«

»Nun reiß dich mal zusammen. Ich glaube, sie *will* irgendetwas. Sieh mal, vielleicht können wir ja rauskriegen, wer sie war ... ist ... was mit ihr passiert ist. Es *muss* eine Möglichkeit geben sie aufzuhalten.«

»Wie jetzt? Du denkst, wir können ihr ausreden, dass sie uns die Haut abzieht oder so was?«

Bobbie verzog das Gesicht. »Sie könnte ja auch ein freundliches Gespenst sein ... wie Casper.«

»Schätzchen, das erzähl mal Sadie und all den anderen, die genauso blöd gewesen sind wie wir.«

Bobbie drückte die Dose zu fest und Cola spritzte auf ihre Schenkel und die Sitzfläche zwischen ihren Beinen. »Naya, du bist ein Genie.«

»Ach so?«

»Ja. Das hier passiert nicht zum ersten Mal.«

Da in der Schule das reinste Chaos herrschte – Polizisten in neonfarbenen Warnwesten schwirrten in den Unterrichtsräumen und den Häusern umher –, kümmerte sich niemand darum, dass Bobbie und Naya nicht in den Unterricht zurückgekehrt waren. Ständig mussten Mädchen zu Befragungen ins Sekretariat; also machten die beiden sich die Aufregung zu Nutze.

Sie gingen in den Lesesaal der Bücherei, da sie wussten, dass zwei Schülerinnen der Oberstufe dort nicht deplatziert wirken würden – denn die Bibliothekarin musste davon ausgehen, dass sie eine Freistunde hatten. Bobbie versicherte sich, dass niemand in der Nähe war, loggte sich ins System ein und ging ins Internet. »Wonach willst du denn suchen?«, fragte Naya. Bobbie ging nicht darauf ein, sondern tippte MARY WORTHINGTON PIPER'S HALL ins Suchfeld. Die ersten paar Suchergebnisse drehten sich um die »älteste Halle in Ohio«, die offensichtlich einer gewissen Mary Worthington gehört hatte. Das nächste Dutzend bezog sich auf eine Figur in der Fernsehserie *Supernatural.* Die Legende um dieses Mädchen war weltweit verbreitet. Bei den meisten Googletreffern handelte es sich um Facebookseiten von echten, lebendigen Mary Worthingtons. »Irgendwas gefunden?«, fragte Naya.

»Nichts, was uns weiterbringt. Doch, warte ... Guck dir das hier mal an.« Bobbie klickte auf einen Link. Es war eine dieser grässlichen Frage-und-Antwort-Seiten für alles Mögliche. Bobbie las das erste Posting laut vor. »›Habe die *Supernatural*-Folge mit Bloody Mary gesehen. Ist das eine wahre Geschichte? Sehr gruselig LOL!‹ – Dann kommen alle möglichen Antworten und dann schreibt jemand das hier: ›Ich habe von einem Freund in England gehört, dass das wirklich passiert ist, in irgendeinem schicken Internat.‹«

»Heilige Scheiße.« Naya zog ihren Stuhl dichter heran. »Die meinen uns.«

»Ja.«

Naya beugte sich vor. »Was ist mit der Alumni-Seite auf der Schul-Homepage? Wenn sie hier Schülerin gewesen ist ...«

Bobbie hätte sie küssen können, wieso war ihr das nicht eingefallen? »Siehst du, deshalb liebe ich dich. Du bist schön *und* klug.«

»Ha!« Naya grinste.

Bobbie rief die Webseite von Piper's Hall auf und klickte

sich zu den Ehemaligen durch. Sie waren nach Jahrzehnten sortiert. »Das müssen Tausende und Abertausende von Mädchen sein.«

Naya biss sich auf die Lippen. »Wie war es denn in deinem Traum? Hatten sie alle Schlaghosen an oder so was?«

»Nein.« Bobbie nahm die Brille ab und rieb sich die Augen. »Dreißiger- oder Vierzigerjahre, würde ich mal schätzen.«

»Wäre einen Blick wert.«

Bobbie tat es und sah sicherheitshalber auch noch in den 1920ern und 1950ern nach, aber in keiner der Listen war eine Mary Worthington aufgeführt. »Ist ja merkwürdig. In dem Traum, da war ich – ich meine, sie – definitiv eine Schülerin hier. Ich war in Uniform.«

»In der Geschichte hat sie Selbstmord begangen«, sagte Naya. Bobbie startete eine neue Suche mit PIPER'S HALL SELBSTMORD. Diesmal gab es ein positives Ergebnis, doch das betraf eine Internatsschülerin, die sich in den Neunzigern umgebracht hatte, während sie zu Hause gewesen war. Bobbie machte den Tab wieder zu und Naya zuckte ratlos mit den Schultern. Dann kam Bobbie noch eine andere Idee. »Weißt du noch? Samstagnacht im Geräteschuppen hat Sadie doch irgendeinen Vorfall erwähnt, der passiert ist, während ihre Schwester hier Schülerin war.«

»Ja.«

»Weißt du, wie die heißt?«

Naya schüttelte den Kopf. »Nein – die mittlere Schwester war zur selben Zeit hier wie wir, aber die älteste war schon weg, als wir hier angefangen haben. Such einfach nach Walsh – es kann ja nicht allzu lange her sein.«

Bobbie ging die letzten beiden Jahrzehnte durch. Sie fand eine Claudia Walsh, die vor vier Jahren Abitur gemacht hatte und jetzt in Oxford studierte, und dann noch dreizehn Jahre früher eine Tabitha Walsh. Das war ein recht großer Altersunterschied; Bobbie fragte sich, ob die beiden vielleicht Stiefschwestern waren. Sie rief die Alumni-Liste für Tabithas Abiturjahrgang auf und ging die Namen durch, bis ihr etwas ins Auge sprang. »Ach, ist ja seltsam. Sieh mal.«

»Was denn?«

Bobbie zeigte auf zwei Namen ganz am Ende der Liste.

Abigail Hanson und Taylor Keane – für immer in unseren Gedanken

»Tja, und was soll das heißen?«

»Das finden wir am besten mal heraus.« Bobbie war jetzt im absoluten Detektivmodus, googelte ABIGAIL HANSON PIPER'S HALL und drückte die Enter-Taste. »Hauptgewinn.«

Diesmal waren sie auf Gold gestoßen.

Polizei weitet Suche nach vermissten Schülerinnen aus ...
Verzweifelter Appell der Eltern an das verschwundene Paar ...
Keinerlei Hinweise auf Verbrechen im zweifachen Vermisstenfall ...

Jeder Bericht war um ein Foto der beiden Mädchen ergänzt. Abigail war eine hinreißend schöne Brünette mit Wangenknochen zum Sterben, während Taylor aussah wie eine Cheerleaderin, ganz Bronzehaut und zerzauste blonde Haare. »Wieso haben wir noch nie davon gehört?«, fragte Bobbie sich laut.

»Ohne Leichenfund kein Verbrechen, würde ich mal sagen.«

Bobbie rief einen Zeitungsbericht auf. Die Sache hatte es bis in die überregionalen Nachrichten geschafft, aber damals war Bobbie erst ungefähr vier Jahre alt gewesen und hatte in ihrer begrenzten Kinderwelt gelebt. Beide Mädchen waren aus ihren Elternhäusern verschwunden: Abigail in London und Taylor an der Grenze zu Wales. Das ergab keinen Sinn. Für die Polizei damals anscheinend auch nicht. Zwei Mädchen, die am selben Tag verschwanden, meilenweit voneinander entfernt. So weit Bobbie sagen konnte, hatte es nur eine einzige Theorie gegeben, nämlich dass die beiden gemeinsam durchgebrannt waren; allerdings hatte keine irgendwelche persönlichen Sachen mitgenommen.

Sie waren verschwunden. Genau wie Sadie. Kälte breitete sich in Bobbie aus, kroch von der Wirbelsäule aus durch ihre Knochen und ihren ganzen Körper. »Jede Wette, dass sie fünf Tage, bevor sie verschwunden sind, vor irgendeinem Spiegel gestanden haben ...« Sie brauchte den Satz nicht zu beenden.

»Guck mal, ob noch mehr Mädchen verschwunden sind«, schlug Naya vor. Bobbie tat es und bekam nur ein einziges positives Ergebnis – eine Schülerin rund acht Jahre vor Abigail und Taylor. Die gleiche Geschichte – sie war plötzlich weg, wie vom Erdboden verschluckt. Naya blies die Wangen auf. »Bestimmt gab es noch mehr – bevor alles online gestellt wurde. Wieso weiß niemand davon? Meine Mutter hätte mich vielleicht auf eine andere Schule geschickt ...«

»Wer würde es denn glauben?« Bobbie riss die Augen auf. »Bloody Mary ist eine Geistergeschichte. Das machen doch jeden Tag hundert Leute ... und nur diejenigen, die es *hier* machen, lösen sich in Luft auf. Und weißt du, was das Komische daran ist? Wir können nicht mal behaupten, niemand hätte uns gewarnt! Sadie hat uns genau erzählt, was passieren würde.«

»Bobbie. Wir verschwinden dann auch, oder? Irgendetwas kommt uns holen.«

Bobbie wollte sagen: *Ja, sieht ganz danach aus.* Aber sie konnte nicht – sie konnte es Naya nicht sagen und sie konnte es nicht laut zugeben. Weil es ihr wie Aufgeben vorkam. »Nein. Wir haben immer noch dreieinhalb Tage. Wir können ... sie irgendwie aufhalten.«

»Und wie?«

»Ich ... keine Ahnung. Ich lass mir irgendwas einfallen. Wir haben doch nicht ohne *Grund* fünf Tage bekommen. In meinem Traum, da kam ich ... sie ... mir gar nicht *böse* vor. Sondern hauptsächlich traurig.«

»Vielleicht könnten wir ja mit Sadies Schwester reden oder so.«

Bobbies Blick blieb an dem letzten Suchergebnis auf der ersten Googleseite hängen. »Das brauchen wir vielleicht gar nicht. Guck.«

Der Spuk von Piper's Hall. Die WAHRHEIT über Abi und Taylor

Bobbie klickte den Link sofort an. Es handelte sich um ein recht simples Online-Tagebuch. Die Verfasserin verfolgte nur ein Ziel, eine fixe Idee, die ihr keine Zeit oder Kraft für die Gestaltung des Blogs gelassen hatte. Jeder Eintrag drehte sich um

Bloody Mary. Der jüngste Eintrag ganz oben auf der Seite war kaum mehr als ein Bewusstseinsstrom.

Je mehr ich sage desto weniger glaubenmir die Leute keine Ahnung warum ich mir die Mühe überhaupt mache oder wie oftich es noch sagen soll ... die verstehen einfachnciht dass sie in meinem Kopf ist. Sie beobachtet mich auch.

Autorin des Blogs war, dem Banner am Kopf der Seite zufolge, eine gewisse Bridget Horne. Selbst der jüngste Eintrag war fast zehn Jahre alt. Bobbie scrollte nach unten. Je älter die Einträge waren, desto zusammenhängender und normaler wirkten sie. Naya bremste Bobbie. »Sieh dir den mal an.«

Ich habe den Polizisten alles erzählt, was ich weiß. Ich hab ihnen von der Mutprobe erzählt. Und von BM. Ihr könnt euch bestimmt denken, wie sie darauf reagiert haben. Ich weiß nicht, was ich noch machen soll außer die Leute zu warnen. Sagt nie, niemals ihren Namen.

»Dafür ist es jetzt ein bisschen spät, hm?« Bobbie strich sich die Haare aus dem Gesicht. »Warte mal! Wenn diese Bridget auch hier aufs Internat gegangen ist ...« Bobbie sprang zu dem Tab mit der Alumni-Seite. Tatsächlich war dort eine Bridget Horne aufgeführt. Ein Klick, und ihre Kontaktdaten wurden angezeigt. »Ta-da!«

»Meinst du, die halten die Daten auf dem neuesten Stand?«

»Ich glaube schon – die brauchen sie doch für den Newsletter und die Einladungen zum jährlichen Festessen und so weiter. Du kennst doch das Motto ...«

»Eine dauerhafte, lebenslange Schwesternschaft.« Naya bekam Dr. Price ziemlich gut hin.

»Einen Versuch ist es wert.«

Sie gingen ganz normal zum Mittagessen, aber es war ihnen sehr bewusst, dass sie den Vormittagsunterricht komplett versäumt hatten. Bobbie bekam kaum etwas herunter. Gleich der erste Bissen matschige Pasta Bolognese verwandelte sich auf ihrer Zunge in Pappe und sie musste ihn mit einem Schluck Wasser hinunterzwingen. Sie war so aufgedreht wie ein Hund mit einem Stofffetzen. Ihr Fuß klopfte unter der langen Bank ungeduldig auf den Boden, während sie darauf wartete, dass es zum Nachmittagsunterricht klingelte, damit sie endlich ihre Mission fortsetzen konnte.

Am Nachmittag hatte sie eine offizielle Freistunde, aber Naya musste erneut schwänzen. Das wurde langsam ein bisschen riskant.

Es gab unzählige Regeln in Piper's Hall und Bobbie hatte sie so lange befolgt, ohne sie zu hinterfragen, dass sie oft vergaß, wie lächerlich sie waren. Jetzt gerade kam ihr die Tatsache, dass sie ihre Handys nur von 19 bis 22 Uhr benutzen durften und ausschließlich auf ihren Zimmern, einfach nur irre vor. Andererseits gab es in dieser Schule eigene Wege und Gänge für die Oberstufe und ein generelles Verbot schwarzer Socken. Eine weitere Regel besagte, dass die Schülerinnen in den Pausen oder während der Hausaufgabenzeit nicht auf ihre Zimmer durften, weil man (zu Recht) davon ausging, dass sie die Gelegenheit zum Schlafen nutzen würden.

Als es klingelte und alle sich zur vierten Stunde aufmachten, gingen Bobbie und Naya hinüber in die Loge, um das Telefon zu benutzen. »Meinst du, jemand hat uns gesehen?«, fragte Naya.

»Glaube nicht. Aber vielleicht solltest du jetzt lieber zu Schauspiel gehen, nur um auf der sicheren Seite zu sein?«

»Spinnst du? Ich lasse mir doch das hier nicht entgehen, nur um Ms Flemming zuzuhören, wie sie endlos vom beknackten Stanislawski-System labert.«

Bobbie lachte glucksend und sah nach, ob die Luft rein war. Der Himmel allein wusste, wo Mrs Craddock steckte – sie hatte bis fünf dienstfrei. Weiter hinten im Flur, wo die Reinigungskräfte mit den Zimmern beschäftigt waren, brummte ein Staubsauger. Der Trubel rund um Sadies Zimmer im Haus Christie hatte anscheinend nachgelassen, wenngleich die Streifenwagen in der Auffahrt darauf hindeuteten, dass die Polizei noch in der Schule war. Mit ein bisschen Glück hielt ihre Anwesenheit den Freundinnen das Lehrpersonal vom Leib.

Bobbie holte den verkrumpelten Zettel aus der Jackentasche und wählte die Nummer aus den Kontaktdaten von Bridget Horne.

»Soll ich das lieber übernehmen?«

»Nein, ist schon okay.« Bobbie lauschte dem Klingeln.

»Vielleicht sind ja alle unterwegs – ist schließlich noch mitten am Tag.«

»Oder vielleicht stimmt die Nummer längst nicht –«

Beim sechsten Klingeln ging jemand ran. »Hallo?«

»Oh, hi. Spreche ich mit Bridget?«

»Nein. Wer ist denn da?«

Bobbie hatte einen Namen von der Alumni-Liste parat.

»Hier ist Clarissa True. Ich war zusammen mit Bridget im Internat.«

Die Frau am anderen Ende klang vorsichtig, nervös. »Ach so. Na ja, meine Liebe, hier ist ihre Mutter.«

»Ist Bridget da?« Zehn Jahre nach dem Abitur wohnte Bridget höchstwahrscheinlich nicht mehr bei ihren Eltern, aber mit etwas Glück bekam Bobbie ihre neue Nummer.

»Sagten Sie gerade, Ihr Name wäre Clarissa?«

Es fühlte sich an, als hätte sie Seifenblasen im Herzen. »Ja.«

»Sind wir uns je begegnet, meine Liebe?«

»Ich meine schon.« Bobbie wagte einen Schuss ins Blaue. »Bei dieser Aufführung damals ...«

»Und Sie kannten Bridget gut?«

Die Vergangenheitsform gefiel Bobbie gar nicht. »In der Schule haben wir uns recht nahegestanden, aber Sie wissen ja, wie das ist, später haben wir uns aus den Augen verloren ... nach dem, was passiert ist.« Die Vermutung lag nahe, dass das spurlose Verschwinden zweier Mitschülerinnen für einige Aufregung gesorgt hatte.

Am anderen Ende der Leitung gab es eine Pause. »Verstehe. Nun, vielen Dank, dass Sie sich gemeldet haben. Ich werde Bridget gern von Ihnen grüßen.«

Bobbie musste unbedingt verhindern, dass sie das Gespräch beendete. »Kann ich nicht vielleicht selbst mit ihr sprechen?«

»In der Klinik?«

»Ja.« Bobbies Fähigkeit zu bluffen wurde einem echten Härtetest unterzogen. »Gibt es denn keine Besuchszeiten, während der ich anrufen könnte?«

Wieder eine Pause: ein kaum hörbares, trauriges Seufzen.

Obwohl ihr Tonfall so betont fröhlich war wie gelbe Wandfarbe, klang Bridgets Mutter erschöpft. »Das ist lieb von Ihnen, doch Bridget redet eigentlich nicht mehr so viel. Schon gar nicht am Telefon.«

Bobbie sah zu Naya, die nur mit den Schultern zuckte. »Ähm ... wie hieß die Klinik noch gleich? Ich schicke ihr einen Brief.«

»Ach, das wäre nett – ich glaube, darüber würde sie sich wirklich freuen. Seit sie in der Ganztagsbetreuung ist, kommen nicht mehr allzu viele Briefe oder Anrufe. Es handelt sich um die Psychiatrische Pflegeabteilung beim Royal-Seahaven-Klinikum.«

Bobbie achtete darauf sich den Triumph nicht anmerken zu lassen. »Vielen Dank, Mrs Horne, ich schicke ihr nachher eine Postkarte.«

»Danke, Clarissa. Passen Sie auf sich auf.«

Sie beendete das Gespräch und sah Naya an. »Das wird alles immer verwirrender. Bridget ist in der Seahaven-Klinik, in der Psychiatrie.«

»Gibt's doch nicht. Das ist gleich hinter Oxsley.«

Bobbie nickte. »Ich weiß. Ich glaube, da müssen wir ...«

Sie brach ab. In der Milchglasscheibe der Tür zeichnete sich eine hochgewachsene Gestalt ab. Die Tür ging quietschend auf und irgendwie schaffte es Dr. Price, den Rahmen auszufüllen, obwohl sie so schlank war. Bobbies Herz machte einen Satz.

Die Rektorin kniff die Augen zusammen und funkelte sie an. »Und was genau machen Sie zwei hier?«

9 AM ZUSAMMENBRECHEN

»Nun?« Dr. Prices kühler Tonfall wurde von ihrem zornigen Blick Lügen gestraft.

Bobbie wollte etwas sagen, aber sie bekam nichts heraus. Naya legte einen Arm um sie. »Bobbie war richtig außer sich wegen Sadie. Da dachte ich, es geht ihr vielleicht besser, wenn sie mit ihrer Mutter telefoniert.«

»Also wirklich, Miss Sanchez, ich darf doch sehr bitten. Da erwarte ich ja selbst von der Unterstufe schon mehr. Außerdem hat mich Mr Carlos darüber in Kenntnis gesetzt, dass Sie heute den Spanischunterricht verlassen haben, angeblich auf meine Anweisung hin.«

Bobbie beschloss, es mit etwas Krassem zu versuchen – mit der Wahrheit. »Es tut mir wirklich leid, Dr. Price. Ich war außer mir wegen Sadie. Es ist meine Schuld. Ich habe Naya gebeten Schauspiel zu schwänzen, weil ich Hausaufgabenzeit hatte.« Sie machte so große Kulleraugen, wie sie nur konnte.

Es wirkte Wunder. »Ich muss sagen, Roberta, das sieht Ihnen *gar* nicht ähnlich. In sechs Jahren haben Sie sich nie auch nur das kleinste Fehlverhalten zu Schulden kommen lassen und nun finde ich Sie zum zweiten Mal innerhalb von zwei Tagen am falschen Ort vor.«

Noch mehr Bambiaugen. »Tut mir leid. Ich ... ich habe mir nur richtig Sorgen gemacht wegen Sadie.«

Dr. Price spitzte die Lippen. »Nun, das geht uns allen so, darum ist es ja unbedingt nötig, dass die Oberstufe mit gutem Beispiel vorangeht.«

Bobbie nickte ernst und bekam leichte Schuldgefühle. Dann stellte Naya eine Frage und Bobbie hätte schwören können, dass der Boden zur Seite kippte, als hätte jemand der Erdachse einen Schlag verpasst. »War es damals vor dreizehn Jahren, als diese Mädchen verschwunden sind, genauso?«

Bamm. Dr. Price zuckte buchstäblich zusammen. Auf diese Bombe reagierte sogar eine seelenlose Roboter-Rektorin. Sie biss die Zähne zusammen und in ihren Augen flackerte etwas auf, das Panik sein mochte; dann hatte sie sich wieder im Griff. »Woher wissen Sie davon? Das ist sehr lange her.«

»Das weiß doch jeder«, sagte Naya beiläufig, als wäre es keine große Sache.

»Das bezweifle ich sehr.« Ihre Stimme hatte einen winzig kleinen schrillen Unterton, dann klang sie wieder ruhig. Bobbie konnte spüren, dass sie die Vergangenheit herunterspielen wollte. Aber wieso? Zum ersten Mal fragte Bobbie sich, ob damals vielleicht etwas vertuscht worden war. »Muss ich Ihnen wirklich erklären, wie sich Klatsch und Hysterie in dieser Situation auf die Schule auswirken könnten, Naya?«

Bobbies Wangen wurden heiß vor Scham. Ihr Grundschulbedürfnis, den Lehrern zu gefallen, hatte nie nachgelassen.

»Sie hören mir jetzt beide genau zu. Diese Mädchen sind weit entfernt von Piper's Hall verschwunden. Was damals geschehen ist, war natürlich extrem beunruhigend, aber es hatte nichts mit der Schule zu tun. Haben wir uns verstanden? Ich will keine weitere Erwähnung dieser Angelegenheit; anderenfalls werden Sie beide isoliert.«

Die Mädchen widersprachen nicht. Bobbie wagte es nicht einmal, der Rektorin in die Augen zu sehen, weil sie dann ja vielleicht in Stein verwandelt wurde. In ihren sechs Jahren auf dem Internat hatte Bobbie nur einmal erlebt, dass ein Mädchen in den Isolierraum gesteckt worden war – weil es während einer Prügelei in der Mensa mit einem Messer auf eine Mitschülerin losgegangen war. Dr. Price musste es todernst meinen, wenn sie damit auch nur drohte.

»Bobbie. Wenn Sie Ihre Mutter anrufen möchten, dann gebe ich Ihnen fünf Minuten. Ich warte draußen vor der Tür. Naya, Sie finden sich sofort im Unterricht ein, mit einer schriftlichen Entschuldigung für Ihre Unpünktlichkeit. Gehen Sie!«

Naya sagte nichts, sondern schlich mit hängendem Kopf an der Rektorin vorbei. Bobbie nahm den Hörer und wählte die Nummer ihrer Mutter – mit Price draußen vor der Tür blieb ihr ja nichts anderes übrig. Sie überschlug kurz, dass es in New York ungefähr acht Uhr morgens sein musste; da war ihre Mutter hoffentlich noch nicht bei den Proben. Sie ging beim zweiten Klingeln ran und Bobbie sagte Hallo.

»Bobbie, Darling!« Ihre Mutter klang heiser, als wäre sie gerade erst aufgewacht.

»Hi, Mum.«

»Darling, du klingst ja schrecklich – was ist denn los?«

»Hab ich dich geweckt?«

»Ja, aber das ist nicht weiter schlimm. Ich war gestern auf dieser albernen Party – du wärst gestorben. Eine Poolparty oben auf dem Dach vom Soho House. Für Jared, zum Vierzigsten. Die totale Dekadenz, man glaubt es nicht!«

Bobbie schmeckte Tränen in ihrer Kehle. Sie wusste nicht einmal, warum – es hatte irgendwie mit dem vertrauten Klang der Stimme ihrer Mutter zu tun. Sie sah sie richtig vor sich: das Vogelnest aus fachmännisch blondierten Haaren auf dem Kopfkissen; Pandaaugen, die noch immer von künstlichen Wimpern umrahmt waren.

Sie begriff, dass ihr die Zeit davonlief. Über ihrem Kopf schwebte eine imaginäre Sanduhr und die Körnchen rieselten in einem beängstigenden Tempo. Was, wenn sie ihre Mutter nie mehr wiedersehen würde? »Mum, kannst du herkommen?« Bevor sie sich bremsen konnte, war die Frage schon heraus.

»Was?«

»Hier passiert was total Seltsames. Ich kann es nicht erklären.«

»Jetzt mach Mummy keine Angst, Darling. Was ist los? Steckst du in Schwierigkeiten? Geht es um Drogen? Es geht um Drogen, stimmt's? Ich hätte nicht so tolerant sein dürfen, oder?«

»Nein. Nein. Himmel, nein, mit Drogen hat es nichts zu tun.« Bobbie nahm ihre Brille ab, kniff sich in den Nasenrücken und zwang die drohenden Tränen zurück. Sie spürte, wie sie wieder zu dem kleinen Mädchen wurde, das seine Mutter brauchte. »Mum, ich hab Angst.«

Es gab eine Pause. »Darling, wirst du gemobbt? Sag mir, wer es ist, und ich sorge dafür, dass Dr. Price sie von der Schule verweist. Das geht ganz leicht. Das ist dein Problem, Schatz, du bist zu nett. Du vertraust den Leuten und dann nutzen sie dich total aus. Wie ich dir immer gesagt habe ...«

»Bitte, Mum. Du fehlst mir total. Ich will dich sehen.«

»Bobbie, wenn du mir nicht sagen willst, was los ist, dann kann ich auch nichts unternehmen, oder?«

Bobbie schloss die Augen. In ihrem Kopf rasselten grelle, schrille Bilder und Vorstellungen herum wie Glasscherben und Nägel. Sie fühlte sich kraftlos, machtlos. »Du verstehst es ja doch nicht.«

»Und ob ich das verstehe, Darling. Heimweh haben wir doch alle. Ich vermisse unser Zuhause ständig – was würde ich gerade für einen anständigen Schinken geben. Aber wart's nur ab, ehe du dich versiehst, sind Weihnachtsferien.«

Die erste Träne fand ihren Weg hinaus. Ein dickes, warmes Monster, das die Nase entlanglief und auf das Telefon tropfte. Bobbie konnte ihrer Mutter nicht sagen, dass sie nur noch knappe vier Tage hatte und dann nichts mehr. Es würde keine Weihnachten geben – sie würde nicht einmal mehr die *Bonfire Night* am Donnerstag miterleben. »Mum, bitte ...«

»Ach komm, Bobbie. Es sind doch nur noch gut anderthalb Jahre Schule. Das wirst du schon schaffen. Mummy muss im Moment wirklich in New York sein. Ich dachte, du verstehst das.«

Bobbie wischte die Träne ab und nickte. »Ich weiß.« Sie riss sich zusammen, weil sie wusste, dass sie ihre Mutter nie davon überzeugen würde, herüberzufliegen; und dass ihr die Flucht nach New York auch nichts bringen würde, zeigte das Schicksal von Taylor und Abigail nur zu deutlich. Bloody Mary würde sie finden, da konnte sie so weit weglaufen, wie sie wollte. Tiefe Atemzüge. So verlockend der Kleinmädchenmodus auch war, sie musste jetzt tief nach »stark wie eine Wölfin« graben. Das war nur ein kurzer Durchhänger – sie schaffte das, sie musste es schaffen. »Tut mir leid. Die letzten Tage waren ganz schön hart.«

»So kenne ich dich gar nicht, Darling.«

»Ich weiß.« Bobbie schloss die Augen und stellte sich vor, wie sie über die Telefonleitung von ihrer unverwüstlichen Mutter Kraft bezog. »Ich komme schon klar.«

»Bist du sicher? Brauchst du Geld?«

Wenn es doch so einfach wäre! »Nein. Mir geht's ganz gut. Beachte mich gar nicht.«

»Na schön, Schatz. Ich muss los. Ich bin um zehn mit Chloë Sevigny zur Shiatsu-Massage verabredet. Aber ich werde mein Handy anlassen ... Wenn du mich brauchst, ruf einfach an.«

Bobbie zog sich die Knie vor die Brust, sie fühlte sich leer. »Klar doch. Ich gehe jetzt besser wieder in den Unterricht.«

»Küsschen, Schatz!«

»Tschüs, Mum.« Sie legte auf.

Dann saß Bobbie in der Philosophiestunde und musste sich anschließend mit Lippenbewegungen durch den Chor mogeln. Sie konnte sich keine Sekunde lang konzentrieren; das fiel einfach schwer, wenn eine riesige, laute Uhr die Sekunden wegtickte. Zum ersten Mal in ihrem Leben zählte jede Minute und sie hatte das dringende Gefühl, dass sie ihre Zeit verschwendete.

Sie ging mit Naya zum Abendessen, bekam aber nur eine jämmerliche Schale Gemüsesuppe hinunter. Feste Nahrung ging gar nicht. Naya war auch nicht gerade begeistert und schob einen geleeartigen Eintopf auf dem Teller herum. »Meinst du, da sind Kohlehydrate drin?«

»Kommt mir sehr wahrscheinlich vor«, antwortete Bobbie lustlos.

Naya streckte die Zunge heraus. »Mann, mir ist total eklig. Schon allein bei dem Geruch möchte ich kotzen.«

Das Gefühl kannte Bobbie. Über der Schule lag eine noch gedrücktere Atmosphäre als sonst immer. In der vergangenen Woche waren die Uhren umgestellt worden und nun war es schon kurz vor fünf dunkel und vom Meer her trieb der Abendnebel anscheinend noch früher heran. Die Außenbereiche waren feucht und kalt und man konnte kaum ein paar Schritte weit sehen.

Die Stimmung im Speisesaal war auch nicht besser. Da Sadie nach wie vor vermisst wurde, war der sensationsgierige Klatsch verstummt und nun machten sich alle nur noch ernsthaft Sorgen – sowohl um ihre verschwundene Mitschülerin als auch wegen des anhaltenden Gefühls, dass in ihrer Schule etwas nicht stimmte. Deprimierend war Piper's Hall schon immer gewesen, aber jetzt kam ihnen das Internat auch noch *gefährlich* vor.

Die Mädchen aßen in respektvollem Schweigen und flüsterten einander höchstens gedämpft ins Ohr, anstatt zu schreien und zu kreischen wie sonst immer nach Unterrichtsende. Dr. Price saß am Kopftisch, der noch in Bobbies Hörweite war, und wachte über alles. Als der erste Schub gegessen hatte, traten Grace und Caitlin an die Rektorin heran.

»Dr. Price?«, sagte Grace mit ernster Nachrichtensprecherinnenstimme. »Einige Mitschülerinnen und ich« – damit meinte sie die Eliten – »würden gern einen Suchtrupp für Sadie organisieren. Oder vielleicht einen Appell auf YouTube stellen?«

Uh, du falsche Hexe, dachte Bobbie. Die ließ wirklich nichts aus, um sich beliebt zu machen. »Das ist sehr aufmerksam, Grace«, erwiderte Price. »Aber ich denke, das liegt jetzt in den Händen der Polizei.«

»Gut, lassen Sie uns wissen, wenn Helfer gebraucht werden.« Grace und Caitlin machten fast einen Knicks, als sie sich vom Tisch zurückzogen. Bobbie verdrehte insgeheim die Augen.

Eine andere tolle Hausregel – kein WLAN in den Wohntrakten – lief darauf hinaus, dass Bobbie sich nach dem Essen mit der stockenden Internetverbindung ihres Handys begnügen musste, sobald sie wieder im Zimmer waren. Schließlich hatte sie erfolgreich das Klinikum gegoogelt. Naya saß auf ihrem Bett und feilte sich wie verrückt die Nägel, noch unruhiger als sonst immer.

»Da haben wir sie«, verkündete Bobbie.

»Was?«

»Die Besuchszeiten der Klinik. Morgen von zehn bis zwölf oder von zwei bis vier.«

»Willst du das ernsthaft bringen?«

»Klar. Ich werde hier nicht rumsitzen und darauf warten, dass ich zu Staub zerfalle oder so. Weißt du, es ist doch inzwischen sonnenklar, dass Sadie wusste, dass etwas passieren würde. Du hast doch gesehen, wie mies sie gestern aussah.«

Naya bestritt das nicht, aber sie hörte auf zu feilen. »Wie willst du rauskommen? Du brauchst eine schriftliche Erlaubnis, um an einem Wochentag das Schulgelände zu verlassen.«

Bobbie zuckte mit den Schultern. »Ist mir egal. Schlimmstenfalls fliege ich von der Schule. Wenn wir nicht herausfinden, was das Ganze soll ... na dann wird es viel schlimmer.«

Naya setzte ein schiefes Grinsen auf. »Weißt du was, Bobbie Rowe? Ich stehe da voll drauf, wie du hier plötzlich einen auf Spionin machst. Das ist total sexy.«

Bobbie lachte. »Und ich glaube, du bist schon viel zu lange auf einer reinen Mädchenschule.« Sie nahm ihre Kulturtasche von dem Haken an der Tür. »Ich gehe mal lieber in den Waschraum, solange dort noch was los ist. Der Ort ist mir unheimlich.«

»Guter Plan.«

Um diese Zeit musste man normalerweise anstehen und der heutige Abend war keine Ausnahme. Die gedämpfte Stimmung hatte sich bis in die Flure vom Haus Brontë ausgebreitet. Obwohl es in dem Waschraum zwei Duschkabinen gab, warteten draußen vor der Tür noch zwei Mädchen, die einander gegenüber an der Wand lehnten wie zwei Buchstützen. Perfekt. Dann würde sie nicht alleine duschen müssen.

Die Mädchen waren aus der Unterstufe. Sie murmelten etwas von einem Gerücht, dass irgendein geflohener vollbärtiger Irrer in das Gebäude eingedrungen war und Sadie entführt hatte. Bobbie als die Ältere und Klügere versicherte ihnen, dass das nicht stimmte, erwähnte jedoch nicht, dass ihrer ernsthaften Meinung nach ein Gespenst in die Sache verwickelt war. Nach zehn Minuten kam ein Mädchen in einer aufeinander abgestimmten Handtuch/Turban-Kombination aus der Tür und verkündete, dass eine Dusche nun frei wäre.

Als Bobbie endlich an der Reihe war und den Waschraum betrat, stand noch eine der Jüngeren in der anderen Kabine. Ihre Nachbarin fluchte lauthals, weil sie Shampoo ins Auge bekam und Bobbie empfand das zu ihrer Überraschung als sehr beruhigend. Zum ersten Mal seit sechs Jahren fand sie es toll, zusammen mit anderen in einem Raum zu duschen.

Sie entspannte sich. Sie musste an die Zeit vor dem Internat denken, als sie viele Abende allein mit dem Kindermädchen verbracht hatte, während ihre Mutter arbeitete. Sie hatte immer erst dann friedlich schlafen können, wenn sie hörte, dass ihre Mutter nach Hause kam. Das hier war genauso; mit dem Mädchen in der Nebenkabine konnte sie abschalten. Sie wusch sich die Haare und ließ die Pflegespülung sogar die empfohlenen fünf Minuten lang einwirken. Die angespannten, harten Muskeln in ihren Schultern knackten richtig, als sie sich lockerten.

Erst als sie die Dusche abstellte, begriff sie, dass aus der Nebenkabine gar keine Geräusche mehr kamen. Das andere Mädchen war wohl fertig geworden und aus dem Raum geschlüpft, während sie unter dem Wasserstrahl vor sich hin geträumt hatte. Bobbie holte tief Luft und beschloss, sich nicht verrückt zu machen. Alles war gut. Sie befand sich in einem hell erleuchteten Waschraum mit Dutzenden von Mädchen nebenan. Was sollte da schon groß passieren?

Tropf, tropf, tropf.

Dieses Geräusch hatte sie schon einmal gehört. Dieses kräftige, hallende Tropfen, das so klang, als ob es gleichzeitig von nirgendwo und überall herkam. Bobbie trocknete sich so schnell ab, wie sie konnte, und vermied es in den breiten Spiegel zu blicken. Er war beschlagen und sie wollte nicht sehen, was dahinterlag. Ihr fiel wieder ein, wie sich durch die Lichtbrechung dieser schwarze Tunnel gebildet hatte.

Tropf, tropf, tropf.

Die Lampen flackerten, brummten, wurden dunkler. Sie gingen fast aus. Bobbie glitt über die feuchten Fliesen und schnappte sich ihren Bademantel. Sie wollte nur hier raus. Sie knotete den Gürtel zu und griff nach der Türklinke.

Tropf, tropf, tropf.

Sie erstarrte. Der dünne Plastikvorhang der anderen Duschkabine war zugezogen, aber sie war nicht leer. Obwohl die Dusche abgestellt war, stand hinter dem Vorhang eine Gestalt. Die Arme hingen schlaff herab, der Kopf war leicht zur Seite geneigt, strähnige Haare fielen bis auf die Schultern.

Tropf, tropf, tropf.

»Hallo? Penelope, bist du das?« Ihr schnürte sich die Kehle zu. Die Gestalt antwortete nicht – bewegte sich nicht einmal.

In Bobbies Kopf brüllte eine Stimme: *Raus hier! Lauf!* Doch ihre Füße bewegten sich auf die Duschkabine zu. Bobbie hatte jetzt genug von dem Versteckspiel mit der mysteriösen Gestalt. »Was willst du?« Ihre Stimme war das allerdünnste Flüstern. »Mary?« Sie streckte eine feuchte, bebende Hand nach dem Duschvorhang aus.

Hinter ihr knallte die Tür zu und schloss sie ein.

10 DER EINDRINGLING

Bobbie hatte über kreischende Mädchen immer gelästert, doch wie sich nun herausstellte, war das unberechtigt gewesen. Sie kreischte. Und gleich noch einmal. Wobei sie beim zweiten Mal immerhin ein Schimpfwort hinausschrie, anstatt nur zu wimmern – das war wenigstens ansatzweise taff. Sie wirbelte gerade rechtzeitig herum, um noch sehen zu können, wie eine vertraute Gestalt die Tür zuzog und den Riegel vorschob. »Was zum ...?«

Caine lehnte sich mit dem Rücken gegen die Tür. Er war außer Atem. »Mann, war das knapp.«

Bobbie drehte sich wieder zu der Duschkabine um, die nassen Strähnen strichen ihr dabei übers Gesicht. Sie zog den Vorhang beiseite. Und wie sie es sich schon gedacht hatte, war die Kabine bis auf ein paar Haare und Schaumreste total leer. Ihr nächster Gedanke war: *Sind etwa meine Nippel zu sehen?* Zum Glück nicht, aber sie schloss den Bademantel trotzdem enger vor ihrer Brust. »Bist du verrückt? Was machst du denn hier?«

Die Lampen brummten und kehrten zu ihrer üblichen Helligkeit zurück. »Ich musste dich sehen.« Er trug einen schwarzen Pulli mit hochgezogener Kapuze. Er hatte diesen Einbruch sorgfältig geplant und sich angezogen wie ein moderner Ninja. *Ich musste dich sehen.* Was sollte das denn heißen? Es konnte ja alles Mögliche bedeuten. Doch bestimmt nicht … Ein Gefühl irgendwo zwischen Zeichentrickschmetterlingen und Panikanfall perlte in ihrem Bauch auf.

»Hast du eigentlich eine Vorstellung, was passiert, wenn du hier mit mir erwischt wirst?«

Er zuckte mit den Schultern. »Du fliegst von der Schule?«

»Ich meinte nicht Dr. Price, ich meinte Grace. Die reißt mir die Arme aus und prügelt dich dann damit zu Tode.« Er lachte, unterdrückte es aber schnell. »Caine, was willst du?«

Er erstarrte und wurde ernster, als sie ihn bisher erlebt hatte. »Nun krieg dich ein – du bist doch auf dem Friedhof dabei gewesen. Das war nur der Anfang. Hier läuft irgendein Scheiß ab, wie in *Paranormal Activity*.«

Bobbie blieb der Mund offen stehen, als alle möglichen Sätze zur gleichen Zeit nach draußen drängten: Er hatte auch Sachen gesehen; sie hatte total vergessen, dass es ihn überhaupt gab; was hatte er gesehen? Dann legte sich der Wirbelsturm in ihrem Kopf, denn wenn Caine hier war und so etwas sagte, dann lief das ja darauf hinaus, dass all das wirklich passierte. Auf einmal, mit einem Fingerschnippen, war das Unmögliche wahr. »Du hast sie auch gesehen.«

Er sagte nichts, aber er spitzte die Lippen und atmete durch die Nase tief ein. Worte waren überflüssig, denn sein Blick besagte deutlich, wie viel Angst er hatte. »Was haben wir nur getan?«, flüsterte er schließlich.

Bloody Mary gab es wirklich. Es war überwältigend. Die Bestätigung war wunderbar und entsetzlich zugleich. *So etwas wie Gespenster gibt es nicht.* Dieser Spruch, der ihr in der Vergangenheit unzählige Male beim Einschlafen geholfen hatte, in Nächten, wenn die Rohre knackten oder Zweige an ihrem Fenster kratzten, hatte sich ein für alle Mal erledigt. So etwas wie Gespenster gab es und sie hatten beide eines gesehen. In diesem Moment, hier in diesem Waschraum, begriff Bobbie, dass sie nun in einer völlig anderen Welt lebte – in einer Welt, wo das Fantastische Wirklichkeit war.

»Was war denn? Und wo?« Sie riss sich zusammen. »Entschuldige, ich hätte mich melden sollen. Ich ... ich hätte Grace nach deiner Nummer fragen können.«

»Ja.« Caine grinste schief. »Das wäre bestimmt gut angekommen.«

Bobbie erwiderte sein Lächeln und die Stimmung im Waschraum wurde entspannter. »Himmel, wie bist du überhaupt hier reingekommen? Du musst lebensmüde sein.«

»Genauso, wie wir Samstag reingekommen sind. Ich hab gesehen, wie du hier mit den anderen Mädchen angestanden hast, und abgewartet, bis du allein warst.«

Der Geheimgang. »Respekt für deine Kamikaze-Mission, aber wir dürfen definitiv nicht zusammen in einem Waschraum erwischt werden. Ist ja wohl klar, dass das Fragen nach sich ziehen würde. Du musst mit auf mein Zimmer.«

Wieder ein schiefes Grinsen. »Weil das weniger unanständig ist?«

Bobbie zog eine Augenbraue hoch. »Komm bloß nicht auf Ideen.« Als ob das realistisch war. »Naya ist auch da.«

»Und noch einmal ... Das ist besser?«

»Du hast eine verdorbene Fantasie, junger Mann.« Bobbie öffnete die Tür einen winzigen Spalt. Anscheinend war niemand im Flur, aber einige Zimmertüren standen offen. Irgendwo weiter weg war Mrs Craddocks schrille Stimme zu hören. »Wir müssen schnell machen. Weißt du eigentlich, dass ich diesen Mädchen vorhin fünf Minuten lang erklärt habe, dass unsere Schule bestens gesichert ist und hier keine fremden Männer eindringen können?«

»Ich bin kein fremder Mann.«

»Bist du wohl, falls wir erwischt werden – kapiert?«

Er lachte in sich hinein. »Alles klar.«

Ein Mädchen trat auf den Flur und verschwand im Nachbarzimmer. Bobbie wartete noch einen Moment. »Bist du bereit?«

»Ja.«

»Okay.« Bobbie steckte den Kopf nach draußen. »Los.« Sie rannte in den Gang, mit der Kulturtasche in der Hand und Caine dicht hinter sich. Sie mussten an sechs Türen vorbei und um eine Ecke biegen. Bobbie spürte das Blut in ihren Schläfen pochen. Sie hielt den Blick aufs Ziel gerichtet und wagte es nicht, auch nur ein bisschen langsamer zu laufen. Sie warf sich praktisch gegen die Tür, drückte die Klinke, taumelte ins Zimmer.

Dann zerrte sie Caine über die Schwelle, versicherte sich, dass niemand sie gesehen hatte, und schlug die Tür zu. Erst jetzt fiel ihr ein, dass Naya vielleicht nichts anhatte. Wie sich herausstellte, schnitt sie sich gerade über dem Papierkorb die Zehennägel.

Im ersten Moment war ihr der Schock deutlich anzusehen, dann grinste sie anzüglich. »Roberta Rowe, du kleine Schlampe.«

Bobbie verdrehte die Augen. »Er ist wegen dem Gespenst hier.«

Prompt wirkte Naya nur noch halb so interessiert. »Ach so.«

»Ja. *Ach so* ist richtig. Caine ... setz dich.« Er zog den Schreibtischstuhl hervor und Bobbie drapierte sich so sittsam wie möglich auf dem Bett. In ihrem Frotteebademantel gab es schätzungsweise zwei Positionen, in denen sie nicht wie eine Exhibitionistin rüberkam. Das war bei weitem nicht ideal. Sie nahm ihre Brille vom Nachttisch und setzte sie auf. Eigentlich musste sie sich auch um ihre Haare kümmern, damit sie nicht verfilzten.

Caine zog den Reißverschluss seines Kapuzenpullis auf und hängte ihn über die Stuhllehne. Er trug ein weißes Band-T-Shirt, das anscheinend genau wusste, wo es eng sitzen musste. Unter anderen Umständen – wenn sie zum Beispiel nicht das Gefühl gehabt hätte, dass ihr gleich der Kopf platzte – wäre all das hier sehr erotisch gewesen. Aber im Moment waren Caines Lippen, Bizeps, Brust und Grübchen (obwohl praktisch hier bei ihr im Bett) die letzte ihrer Sorgen. Ein Plus war immerhin, dass sie gerade kein bisschen schüchtern oder scheu war. Diese ganze Gehemmtheit kam ihr jetzt total irrelevant vor, von unreif ganz zu schweigen. »Also, was läuft hier eigentlich?«, fragte er.

»Da kann ich auch nur raten.« Bobbie zog eine unwillige Bürste durch ihre Haare. »Du zuerst. Was hast du gesehen?«

»Es ist mir erst heute so richtig aufgefallen. Zuerst dachte ich, es wäre Einbildung – dass meine Augen mich irgendwie täuschen oder so, ja?«

Naya wirkte jetzt, wo *zwei* Leute etwas Komisches gesehen hatte, doch deutlich beunruhigter. »Ist das echt dein Ernst? Was hast du gesehen?«

»Habt ihr einen Spiegel? Dann zeige ich es euch.«

»Klar.« Naya stieg aus ihrem Bett. »Im Kleiderschrank.« Sie öffnete die Tür, an deren Innenseite ein Spiegel hing. Jeder Raum war mit dem gleichen Schrank ausgestattet – ein wuchtiges Holzmöbel, das Platz genug für die Sachen von zwei bis drei Mädchen bot.

»Kommt und seht es euch an.« Caine ging durchs Zimmer und Bobbie folgte ihm. Dann waren sie alle drei nebeneinander im Spiegel, genau wie Samstagnacht.

»Und was gibt's da zu sehen?« Naya schien wenig beeindruckt. Caine bewegte die Tür, so dass sich verschiedene Teile des Raums spiegelten.

»Hmm«, sagte er. »Könnt ihr die Zimmertür ein Stück aufmachen?«

»Nein! Was, wenn dich jemand sieht?« Bobbie erinnerte sich noch gut an die letzte Schülerin, die einen Jungen ins Internat geschmuggelt hatte. Dr. Price war knapp davor gewesen das arme Ding mit einem scharlachroten Buchstaben auf der Stirn zu brandmarken.

»Nur ganz kurz.«

Naya atmete geräuschvoll aus, aber sie gab nach. Sie öffnete die Tür und behielt die Klinke in der Hand. Nun war im Spiegel auch der Flur draußen zu sehen. Er lag dunkel, aber ihre Zimmerlampen warfen einen schwachen Lichtfleck auf den Treppenabsatz. Bobbie konnte im Spiegel die letzten zwei Zimmer und den Notausgang erkennen. »Dort«, flüsterte

Caine ohne sich zu bewegen, so wie man ein wildes Tier beobachtete, das man nicht verschrecken wollte. »Könnt ihr es sehen?«

»Was denn sehen?«

»Ganz außen am Rand. In der Ecke.«

Bobbie kniff die Augen zusammen. Auf den ersten Blick war dort nichts, aber dann sah sie genauer hin. Ganz hinten neben dem Notausgang, in der dunkelsten Ecke des Korridors, so weit entfernt wie möglich, stand das Mädchen. Völlig reglos wartete sie dort. Ein klein wenig Licht fiel auf ihre Haut. Sie hatte die blassen Hände vor sich verschränkt und wieder hingen ihr die Haare ins Gesicht. Bobbie schnappte nach Luft, wirbelte herum und stolperte gegen Caine. Im echten Flur war niemand. Sie sah wieder in den Spiegel. Als hätte sie sich erschreckt, zog sich die schwarzhaarige Gestalt tiefer in die Schatten zurück. »O Gott.«

Caine hielt Bobbie fest, die warmen Finger um ihren Oberarm geschlungen. Er drückte zu, als ob er sie dazu zwingen wollte ihm zu glauben. »Sie ist in jedem Spiegel. Man muss nur richtig gucken, dann sieht man sie.« Er riss die Augen auf. »Ehrlich. Ich kann sie im Rückspiegel sehen, wie sie am Straßenrand steht. Sie spiegelt sich im Schaufenster, wenn ich an einem Laden vorbeigehe. Sie ist *überall.*«

»O Gott.« Mehr brachte Bobbie offenbar nicht mehr heraus. Sie konnte Tränen hinten in der Kehle spüren – keine Tränen der Trauer, sondern Tränen der *Angst.* Das Mädchen im Spiegel wartete noch immer.

»Was soll das heißen?« Naya stapfte zurück zum Spiegel. Sie veränderte den Winkel, so dass man weiter in den Korridor hineinsehen konnte. Mary, wenn sie das war, scheute vor dem Licht zurück und trat ein Stück tiefer ins Dunkle. Naya ließ die Schranktür los, als hätte sie sich verbrannt. »Unmöglich! Völlig unmöglich!« Sie krallte die Finger in die Haare, als würde sie sich das Bild aus dem Kopf kratzen wollen.

»Naya, bleib ruhig«, ermahnte Bobbie sie und schloss die Zimmertür.

»Aber das kann doch nicht sein! Wie kann sie im Spiegel sein, aber nicht draußen im …?« Sie riss an ihren Haaren, so dass sich ihre Gesichtszüge zu einer Maske der Bestürzung verzerrten. »Ich meine, wie soll das gehen? Wie kann das wirklich passieren?«

Bobbie nahm Nayas Hände und lenkte sie zu ihrem Bett. Wenn ihre Freundin sich nicht langsam wieder beruhigte, würde jeden Moment Mrs Craddock in der Tür stehen. Nayas aufgerissene Augen ruckten hin und her, aber sie schien überhaupt nichts zu sehen.

»Keine Ahnung«, sagte Bobbie. »Aber das kriegen wir raus … Wir sind ja schon ein Stück weiter gekommen, stimmt's?«

Naya holte tief Luft und bat mit einem erhobenen, sorgfältig manikürten Zeigefinger um Aufmerksamkeit. Sie schien nicht mehr ganz so kurz vorm Durchdrehen zu stehen. »Da ist ein Gespenst im Spiegel.« Bobbie nickte. Naya fuhr fort: »Ich habe es wohl bis eben nicht ernsthaft geglaubt. Ich dachte wirklich, das ist alles Verarsche, Sadies Verarsche.«

»Ist es aber nicht. Das alles passiert wirklich. Mary beobachtet uns.« Bobbie drehte sich zu Caine um. Ihre Blicke trafen sich und sie hatte endlich das Gefühl, dass sie nicht mehr die Einzige im Rettungsboot war. »Als ob sie uns verfolgt.«

Caines Atem zitterte. Vor Erleichterung. »Wenigstens bilde ich es mir nicht ein. Ich dachte echt, ich werde verrückt.«

Bobbie lachte kläglich, unsicher. »Wenn es nur so wäre.«

»Was zur Hölle ist hier los, verdammt? Das geht doch nicht. Es ist unmöglich. Ich glaube nicht an Gespenster.«

Bobbie erzählte ihm, was Naya und sie am Nachmittag in Erfahrung gebracht hatten, auch wenn es nicht gerade nach viel klang. Am Ende erzählte sie ihm von Bridget Hornes Einweisung in die Psychiatrie und dass sie sie in der Klinik besuchen wollte.

»Da komme ich mit«, erklärte Caine.

»Das geht nicht«, sagte Bobbie und hätte es nicht begründen können.

»Wieso nicht? Dienstagvormittags habe ich nur Sportwissenschaft. Die merken nicht mal, dass ich fehle. Ich kann euch abholen.«

»Du hast ein Auto?«

»Ja – also ich fahre das von meiner Mutter. Macht ihr das nicht? Ich dachte, eure Eltern schwimmen alle in Geld.«

»Das Halten von Kraftfahrzeugen vor Ort ist den Schülerinnen nicht gestattet«, sagte Naya mit aufgesetzt britischem Akzent. Sie saß noch immer stocksteif auf dem Bett, aber ihre Wangen hatten wieder Farbe.

In Bobbies Kopf nahm ein Plan Gestalt an. »Hört mal. Naya, wenn wir uns morgen beide rausschleichen, ist es ziemlich wahrscheinlich, dass wir erwischt werden. Wenn ich mit Caine gehe, dann kannst du mich decken, falls jemand nach mir fragt. Würde dir das etwas ausmachen?«

»Würde es mir etwas ausmachen, *nicht* zu einer Nervenklinik zu fahren und mich nach Gespenstern zu erkundigen? Hmm, lass mich mal überlegen …« Sie starrte Bobbie ausdruckslos an.

»Du bist echt die Beste.«

»Aber damit bist du noch kein Stück weiter. Du musst immer noch ausbrechen – und es wimmelt hier gerade von Polizei.«

»Ich lasse mir etwas einfallen. Caine, kannst du mich am Ende des Küstenwegs abholen, so gegen neun?«

»Klar.«

Es klopfte. Alle drei erstarrten und sahen entgeistert zur Tür. »Mädchen? Ich bin's, Mrs Craddock. Darf ich reinkommen?«

11 EIN GESPRÄCH UNTER FRAUEN

»Versteck dich«, hauchte Bobbie. Sie warf sich gegen die Tür. »Eine Sekunde noch!«

»Warum?« Die Stimme draußen auf dem Flur klang sofort misstrauisch. Die Klinke wackelte. Bobbie hielt die Tür zu. »Lassen Sie mich bitte rein.«

»Steig in den Schrank!«, zischte Naya.

»Aber auf gar keinen Fall! Da drin ist ein *Spiegel!*«

»Mädchen! Was soll denn das? Ich bin heute Abend nicht in der Stimmung für irgendwelche Scherze, ich stehe kurz vor einem Migräneanfall.«

»Bobbie hat nichts an!«, rief Naya.

»Vielen Dank auch, Nay.«

»Da gibt es nichts, was ich nicht schon gesehen habe. Nun lassen Sie mich endlich rein.«

»Caine, du musst – ein anderes Versteck gibt es nicht«, flehte Bobbie im Flüsterton. Ihre Betten waren Holzkästen ohne Füße; darunter gab es keinen Stauraum, in den man sich hätte quetschen können.

Caine machte ein finsteres Gesicht. Leise fluchend öffnete er den Schrank und trat zwischen das Durcheinander von

Schuhen. »Sorry …« Naya schloss ihn ein. Als ihn die Dunkelheit verschluckte, hatte Caine die Augen fest zugekniffen. Er tat Bobbie richtig leid – sie hätte es da drin keine Sekunde lang ausgehalten, Auge in Auge mit *ihr.*

Sie nickte und machte die Tür auf. »Was soll denn der Unsinn?« Mrs Craddock stürmte ins Zimmer. »Die Nachtruhe beginnt heute früher, meine Damen. Anweisung von Dr. Price.« Naya ächzte, doch die Lehrerin fuhr fort. »Gehen Sie noch einmal auf die Toilette und danach dürfen Sie lesen, aber Sie *müssen* auf Ihrem Zimmer bleiben. Ich brauche Ihnen gewiss nicht zu erläutern, weshalb.«

Der Schrank wackelte ein wenig. Naya tat so, als würde sie stolpern und dagegentaumeln – leider nicht annähernd so natürlich, wie Bobbie es sich gewünscht hätte. Craddock wirkte wenig überzeugt. Armer Caine – was passierte dort drinnen gerade? Was sah er in dem Spiegel, der direkt vor seiner Nase hing?

Aber eines musste sie noch tun, bevor sie ihn herauslassen konnte. Sie zog sich mit einem Seufzer in ihr Bett zurück. »Ist alles in Ordnung, Roberta?«

»Mir geht's nicht so gut … Ich hatte ganz üblen Durchfall.« Bobbie hatte in sehr jungen Jahren gelernt, dass *niemand* je Durchfall in Frage stellte. Wer wollte schon in die Kloschüssel gucken, nachdem man gemusst hatte? Es war die ultimative Krankheit, wenn man schwänzen wollte. »Ich habe wohl irgendetwas nicht vertragen.«

Mrs Craddock hatte reichlich Erfahrung mit Durchfall und Erbrechen und ließ sich davon nicht abschrecken. »Ach herrje. Mussten Sie öfter als einmal?«

Bobbie kannte die richtige Antwort. »Ja. Ich bin einmal gegangen und dann musste ich gleich wieder.«

»Und mussten Sie sich übergeben?«

»Nein. Aber schlecht ist mir schon.« Sie durfte nicht zu dick auftragen.

»Sie Arme, das muss eine Magen-Darm-Grippe sein. Viel Wasser trinken. Naya – Sie behalten ein Auge auf sie und holen mich, wenn es schlimmer wird.«

»Ja, Miss.«

Die Lehrerin wandte sich zum Gehen. »Sollten Sie auf die Toilette müssen, dann gehen Sie, aber davon abgesehen – bleiben Sie von nun an auf Ihrem Zimmer, bitte.«

»Ja, Miss.«

Kaum fiel die Zimmertür ins Schloss, da flog der Schrank auf. Caine hatte es so eilig herauszukommen, dass er über seine Füße stolperte. »Leise!« Naya fing ihn auf.

Bobbie sprang vom Bett. »Alles okay mit dir?«

»Ich konnte sie sehen. Direkt hinter mir im Schrank.« Sein Blick war wild und auf seiner dunklen Haut glitzerten Schweißperlen.

»Das ist nicht real«, sagte Bobbie, obwohl sie selbst nicht überzeugt war. »Es ist nur ein Bild im Spiegel.«

Caine sah zu Boden und schien sich für seine Angst zu schämen. »Es sah aber real aus.« Er nahm seinen Pulli und krallte richtig die Hände in den Stoff. Seine Lippen waren blass. »Sie kommt uns holen.«

Sie warteten zehn Minuten, um sicherzugehen, dass Mrs Craddock ihre Runde beendet hatte, dann schmuggelten sie

Caine aus dem Zimmer. Bobbie begleitete ihn zu dem Geheimgang, während Naya Wache hielt. Glücklicherweise sorgte entweder die Warnung der Rektorin oder die Furcht vor einem entflohenen axtschwingenden Psychopathen dafür, dass alle brav auf ihren Zimmern blieben, und sie konnten ungestört zu dem Einstieg bei der Treppe schleichen.

Caine zog die Tür auf und drehte sich zu Bobbie um. »Wenn das nicht alles so finster wäre, wäre es echt cool.«

»Was? Das mit den Geheimgängen?«

»Ja. So was haben wir auf der Radley nicht!«

Bobbie flüsterte. »Im Theater gibt es auch einen. So konnten die Diener Getränke servieren, als es noch ein Ballsaal war. Angeblich gibt es hier auch Priesterlöcher.«

Caine runzelte die Stirn. »Was ist ein Priesterloch? Klingt schweinisch.«

»Was bringen sie euch auf der Radley eigentlich in Geschichte bei?« Bobbie lächelte.

»Ich stehe mehr auf Geografie.«

»Es gab eine Zeit, da wurden Katholiken verfolgt. Die ursprünglichen Besitzer des Hauses waren Sympathisanten, also haben sie kleine Verstecke für Priester auf der Flucht eingebaut. So heißt es jedenfalls. Gesehen habe ich noch keines.« Sie zuckte mit den Achseln.

»Mann, deine Schule ist viel cooler als meine.«

Der Treppenabsatz war in milchiges Mondlicht getaucht, das auch auf Caines Wangenknochen und Lippen fiel. Auf einmal war Bloody Mary aus Bobbies Gedanken eliminiert. »Okay.« Sie zog den Gürtel ihres Bademantels enger. »Und du bist dir sicher, dass du hier rauskommst?«

»Ich hab die Küchentür mit einem Stein verkeilt.«

Bobbie konnte nicht widerstehen. »Lernt man so was in Croydon?«

»Hey! Keine blöden Sprüche über meine Heimatstadt!« Er grinste. »Nee. Das ist 'ne miese Gegend. Da bin ich hier in der Pampa besser dran.«

Dann war es lange still. Wahrscheinlich gar nicht *so* lange, aber es kam ihr vor wie eine Ewigkeit. Sie wusste, dass Momente wie diese – Abschiede – gefüllt werden mussten. Sie hatte keine Ahnung, was sie tun, was sie sagen sollte. Wäre das hier eine ihrer Geschichten gewesen, dann hätte ihre Hauptfigur – das unkonventionelle Hipstermädchen mit Problemen, das jeder Junge retten wollte – etwas Tiefsinniges oder Hintergründiges oder wenigstens etwas total Liebes gesagt. Denkste. Sie hatte nichts zu bieten, was wohl bedeutete, dass die echte Bobbie Rowe weder postergirlmäßig sexy noch liebenswert verrückt war. Na toll. »Dann sehen wir uns also morgen früh«, war das Beste, was ihr einfiel.

»Ja.« Caine atmete aus, als wäre er ebenfalls gerade wie festgefroren gewesen. Oder machte da nur das Optimismuszentrum in ihrem Gehirn Überstunden? »Träum schön, hm?«

»Na klar, das ist ja gerade auch gar kein Problem.« Bobbie verzog das Gesicht.

Caine schlüpfte durch die Tür und benutzte sein Smartphone als Taschenlampe. »Dann mach dir halt schöne Gedanken. Oder ruf mich einfach an, du hast ja jetzt meine Nummer.«

Bobbie konnte sich nicht sicher sein, aber sie hatte durchaus den Eindruck, dass sie gerade zum ersten Mal beinahe ohnmächtig wurde vor Glück. Jedenfalls wenn sich das so anfühlte wie ein Erdbeershake-Tsunami, der bei den Füßen anfing und unterwegs alles plattmachte, bis er im Kopf ankam. Sie musste sich sogar am Türrahmen abstützen. »Ich lasse mein Handy an für den Fall, dass *du* es mit der Angst zu tun bekommst«, erwiderte sie. *Gut gekontert.* Caine lachte leise und verschwand die Gesindetreppe hinunter.

Sie machte sich wirklich schöne Gedanken. Den ganzen Weg zurück dachte sie an den Abschied, spielte die Szene wieder und wieder in ihrem Kopf durch und presste den letzten Tropfen aus der Erinnerung. Jetzt, mit genügend Zeit, fielen ihr bestimmt fünfzig witzige/süße/sexy/coole Verabschiedungen ein. Na toll.

Als sie wieder ihr Zimmer betrat, kauerte Naya nervös auf dem Bett. Sie sprang sofort auf und hielt sich an Bobbie fest. »O Gott, wo warst du denn so lange? Lass mich bloß nicht allein!«

»Entschuldige, aber ich musste sichergehen, dass Caine heil rauskommt.«

Naya zog einen Flunsch. »Ja, kann ich mir lebhaft vorstellen! Hast du die ganze Zeit über seine Hand gehalten?«

Bobbie fiel es plötzlich schwer sie anzusehen. »Nein ... gar nicht ... So ist das nicht.«

»Hör mal, normalerweise wäre ich ja sofort dabei diese Jungsgeschichte die ganze Nacht lang durchzukauen, aber – hallo? Geisterfrau im Spiegel!«

Bobbie holte tief Luft. »Ich weiß.«

»Bob, kann ich heute bei dir schlafen?«

Die Angst brannte hell in ihren Augen; Naya war mit den Nerven am Ende und stand dicht vor einem Zusammenbruch.

»Ja, klar. Und wir lassen eine Lampe an. Die ganze Nacht lang, wenn du möchtest.«

Eine Träne glitzerte in Nayas Augenwinkel. »Danke.«

Sie lenkten sich für eine Weile gegenseitig ab, indem sie hauptsächlich über Grace lästerten, bis Naya einschlief und Bobbie ihre schweren Atemzüge hörte. Sie schloss die Augen und stellte sich vor, dass Caine neben ihr liegen würde. Der Gedanke kam aus dem Nichts, aber zu ihrer Überraschung gefiel ihr die Vorstellung. Und zwar sehr.

Dann musste sie jedoch an Sadie denken und bekam ein schlechtes Gewissen, weil sie glücklich war. Sie fragte sich, was Sadies arme Eltern und Schwestern wohl gerade durchmachten. Sie mussten doch verrückt vor Sorge sein. Bobbie dachte wieder an Caine, um Sadie aus ihren Gedanken zu verbannen, aber das bereitete ihr noch mehr Schuldgefühle.

Sie verlor sich so sehr darin, dass sie einen Moment brauchte, um zu begreifen, dass sie wieder träumte. Es kam ihr so real, so lebendig vor, dass sie ebenso gut hätte wach sein können, und sie hatte nicht einmal gemerkt, wie sie eingeschlafen war.

In der Mädchentoilette im Erdgeschoss roch es so sehr nach Desinfektionsmittel, dass es ihr die Kehle zuschnürte. Sie saß in einer abgeschlossenen Kabine auf dem Klodeckel und hatte die Knie bis unters Kinn gezogen. Wieder trug sie diese alte, gestärkte Schuluniform. Kratzige Wollstrümpfe bedeckten vollständig ihre Schienbeine, hässliche knöchelhohe Schnürschuhe komplettierten den Look.

Bobbie wusste nicht, wieso, aber sie hatte Angst. Sie hatte sich hier versteckt. In einer Klokabine.

Dann wusste sie, wieso. Ein unmissverständliches Lachen war zu hören: das Fiese-Mädchen-Lachen. Es klang damals genauso wie heute. Grausam, hart, gehässig – Mädchen, die versuchten, einander an Boshaftigkeit zu übertrumpfen. Sie war auf der Toilette nicht allein. »Habt ihr je gehört, dass sie mal was sagt?«

»Ich glaube, die weiß gar nicht, wie das geht! Vielleicht ist sie ja taubstumm.«

»Seid nicht so gemein, sie ist neu hier«, sagte eine dritte, freundlichere Stimme.

»Ach, nun sei doch kein solches Tugendlamm, Judy. Ich meine, die ist eindeutig zurückgeblieben.«

Bobbie saß so still auf dem Klodeckel, wie sie nur konnte. Zwei Dinge standen fest: Die sprachen über sie und sie wäre lieber gestorben, als sich erwischen zu lassen.

»Wisst ihr, sie hat in Oxsley einen gewissen *Ruf.*«

»Woher weißt du das?«, fragte die Dritte, Judy.

»Das ist ein Nest, in dem Inzucht herrscht! Da kennt jeder jeden!« Bobbie konnte sich genau vorstellen, wie sie sich vor dem Spiegel herausputzten und Schmollmünder machten, genauso wie Grace und Caitlin in der Gegenwart. »Dass sie ein *Bastard* ist, wisst ihr aber, oder?« Das demütigende Wort wurde voller Ehrfurcht und Klatschlust geflüstert.

»Ist nicht wahr?!«, sagte die Zweite, die genauso hohlköpfig klang wie Caitlin immer.

»Es stimmt. Ich wäre überrascht, wenn ihre Hure von einer Mutter überhaupt weiß, wer der Vater ist.«

»Susan, wie kannst du nur so etwas Scheußliches sagen!«, schalt Judy sie.

Auf dem Saum von Bobbies Rock wuchs ein nasser Fleck, als ihre Tränen in den schwarzgrauen Stoff sickerten. Die Worte fuhren wie Messer in sie hinein und schabten die Knochen entlang.

»Nun sei doch nicht so naiv!«, fuhr Susan fort. »Jeder weiß, dass ihr das Schuldgeld erlassen worden ist. Ihre Mutter zahlt keinen Penny.«

»Weil sie die Aufnahmeprüfung bestanden hat ...«, argumentierte Judy vergebens.

»Ich hab gehört, weil sie auf der Radley nicht mehr wussten, was sie mit ihr machen sollten«, sagte das hohlköpfige Mädchen.

»Ihr zwei seid wirklich abgrundtief gemein.«

»Himmel, Judy. Wenn du sie so gern magst, dann freunde dich doch mit ihr an«, höhnte Susan.

Es gab eine Pause. »Nein, danke«, sagte Judy schließlich. »Sie ist so anders. Sie macht mir Angst.«

Alle drei lachten. Das Fiese-Mädchen-Lachen.

Bobbie erwachte und lag wieder in ihrem Bett. Die Heizung war noch nicht angesprungen und das Zimmer so bitterkalt, dass sie Atemwolken vor dem Gesicht hatte. Bis zur Dämmerung war es noch Stunden hin. Ihr Kopfkissen war feucht von Tränen.

TAG DREI

12 PSYCHIATRISCHE ABTEILUNG

Die Traurigkeit des Traums wollte nach dem Erwachen nicht weichen. Sie fühlte sich an wie ein bleischweres Tuch auf den Schultern. Bobbie kroch tiefer unter die Decke, versteckte sich vor dem Tageslicht. Gott, sie hasste Dienstage. An Montagen freute sie sich auf die Woche, doch dienstags hatte sich der Reiz des Neuen schon erschöpft und bis zum Wochenende war es ewig hin. Sie hatte das dumpfe Gefühl, dass dieser Dienstag noch anstrengender werden würde als sonst immer.

Sie schloss die Augen. Der Traum versetzte ihr erneut einen Stich ins Herz. Wenn Mary auf dem Internat ein solches Mobbing durchlitten hatte, dann erklärte das zumindest ansatzweise, warum ihre Seele hier festhing. Wenn Bobbie es richtig verstand, dann glaubten manche Leute, dass Gespenster die Geister von Verstorbenen waren, die mit irgendetwas noch nicht abgeschlossen hatten: Sie waren wie ätherische Finger, die sich verzweifelt in das Gewebe der Welt krallten, anstatt zur nächsten weiterzuwandern.

Wobei das natürlich alle möglichen religiösen Fragen aufwarf, für die Bobbie *definitiv* keine Zeit hatte.

Ihr fiel Sadies ursprüngliche Geschichte wieder ein, in der

Mary sich im Waschraum umgebracht hatte. Das grausame Lachen der Mädchen aus ihrem Traum jagte ihr eine Gänsehaut über den Körper. Wenn sie Mary die ganze Zeit über so zugesetzt hatten, dann war es kein Wunder, dass sie nicht mehr hatte leben wollen. Bobbie fühlte sich elend und hoffnungslos und dabei waren das nicht einmal ihre eigenen Erinnerungen. Vorausgesetzt Mary hatte sich umgebracht, welche unerledigte Angelegenheit konnte sie hinterlassen haben? Und war es jetzt an ihnen, das zu übernehmen? Bobbie seufzte. Wenn jemand sich umbrachte, dann blieben *alle möglichen* Sachen unerledigt.

Die Einblicke in Marys Vergangenheit waren erhellend gewesen, konnten aber in keiner Weise Sadies Schicksal erklären oder was am Donnerstag mit ihnen geschehen würde. Ihnen lief die Zeit davon.

Fünf nach halb neun. Es wurde Zeit für das Treffen mit Caine. Bobbie trat die Decke weg. Mrs Craddock hatte schon hereingeschaut und ihr gestattet, im Bett zu bleiben. Dazu hatte Bobbie einen auf Märtyrerin gemacht: *Nein, das geht schon, ich brauche nur eine Dusche und vielleicht einen Happen zu essen*, woraufhin Craddock erklärt hatte, dass sie viel zu geschwächt sei, um am Unterricht teilzunehmen.

Falls Craddock nicht später noch einmal nach ihr sehen kam, hatte sie jetzt freie Bahn. Wobei ihr das Schwerste natürlich noch bevorstand: aus dem Internat zu verschwinden, ohne dass sie jemand dabei erwischte.

Sie zog sich rasch an. Die Tarnung war genial, das konnte keiner abstreiten. Sie hatte die Haare zu einem nachlässigen Dutt hochgebunden, war in ein Paar Reitstiefel geschlüpft und hatte sich Nayas Barbour-Jacke geliehen. Die große insektenhafte Sonnenbrille und das Halstuch von McQueen waren das Tüpfelchen auf dem I. Sie sah total nach einer typischen pferdebegeisterten Mutter aus, die eben ihre Tochter bei der Schule abgesetzt hatte. Ungefähr ein Fünftel aller Mädchen hier waren Tagesschülerinnen. Sie waren in der Hierarchie ganz unten angesiedelt und blieben meist unter sich. Nach allgemeiner Ansicht hatten es nur diejenigen wirklich verdient auf diese Schule zu gehen, die hart genug drauf waren, um Elternhaus und Mutters Kochkünste hinter sich zu lassen.

Um fünf vor neun würde es klingeln, um die Erlaubnis zum Betreten des Schulgebäudes anzuzeigen. Es war die einzige Zeit des Tages, zu der regelmäßig Leute kamen und gingen. Jetzt oder nie.

Einige Mädchen trödelten noch im Brontë herum und holten die letzten Sachen für den Unterricht oder schlüpften nach dem Frühstück in die Schuluniform. Da war es zu riskant, in dieser Verkleidung durch das Gebäude zu gehen. Bobbie kam zu dem Schluss, dass die Feuertreppe eine bessere Option war als der Geheimgang, denn dann kam sie genau zu der Zeit bei der Küche heraus, wenn das Personal nach dem Frühstück die Mensa wieder in Ordnung brachte. Das einzige Problem: Der Notausgang war mit einem Alarm gesichert. Allerdings krachten *ständig* irgendwelche dummen Mädchen gegen die Panikriegel – mit solcher Regelmäßigkeit, dass Craddock oder andere Lehrerinnen praktisch nie nachsehen kamen. Sobald die Tür wieder zu war, schaltete sich die Alarmanlage ab. Jedenfalls hoffte Bobbie das.

Ohne ihre richtige Brille konnte sie kaum etwas sehen,

aber der Gang schien leer zu sein, also schlich sie zur Feuertreppe. Sie biss die Zähne zusammen. Das Timing war entscheidend; sie musste es schaffen drei laute, wackelige Metalltreppen hinter sich zu bringen, bevor jemand wegen des Alarms nachschaute und sie erwischte. *Na los, Bobbie. Das hast du doch ratzfatz geschafft.* Sie holte tief Luft und schob sich durch den Notausgang.

Der Alarm, ein durchdringender Brummton wie von einer wütenden Riesenbiene, hallte durch das Haus Brontë, aber Bobbie hielt sich nicht damit auf. Immer zwei Stufen auf einmal nehmend, rutschte sie praktisch die feuchten Eisengeländer hinunter und ließ sich von der Schwerkraft ziehen. Sie wollte gar nicht daran denken, wie viele Augenpaare sie jetzt vielleicht durch die Fenster sahen, an denen sie vorbeischoss. Mit ein bisschen Glück war sie nicht mehr als ein verschwommener Umriss.

Der Alarm verstummte. Bobbie drückte sich mit dem Rücken an die Wand. Wenn sie nach oben sah, konnte sie durch die Löcher in den Gitterplatten sehen. Niemand trat auf die Feuertreppe. Perfekt. Genau wie sie gehofft hatte, war anscheinend eins der Brontë-Mädchen gekommen (wahrscheinlich die Arme, die das Zimmer gleich neben dem Notausgang bewohnte) und hatte die Tür einfach wieder zugemacht. Bobbie atmete zitternd auf. Als sie wieder festen Boden unter den Füßen hatte, orientierte sie sich: Sie befand sich auf einer ungenutzten Rasenfläche gleich beim Personalparkplatz. Hoffentlich waren inzwischen alle Lehrer im Gebäude. Sie hielt sich dicht an die Wände, wich den Fenstern aus und schlich so in Richtung Haupteingang.

Vielleicht war es ja doch keine Zeitverschwendung gewesen, all die Bücher über Internate für Spione zu lesen.

Vor der Schule befand sich eine kreisförmige Auffahrt mit einem Springbrunnen in der Mitte, die dazu diente Schülerinnen beim Haupteingang abzusetzen. Die Mädchen betraten die Schule durch eine unauffällige Tür am Ende des alten Flügels, nur Besuchern war es gestattet das große Schultor zu benutzen, das von zwei mürrischen, verwitterten Steinlöwen bewacht wurde.

Die meisten Eltern oder Kindermädchen fungierten als Chauffeure und verlangsamten den BMW oder Mercedes gerade lang genug, um den Nachwuchs abzuladen; manche jedoch begleiteten ihre Kinder bis zum Eingang. Bobbie wusste, dass sie mit einem Hund noch sehr viel überzeugender gewirkt hätte, da viele Eltern die Fahrt zur Schule gleich mit dem Hundespaziergang verbanden.

So beiläufig wie möglich passte sie sich dem Tempo dreier Mütter an, die gerade durch den Besuchereingang nach draußen gingen. Sie hatten wahrscheinlich Büchereigeld bezahlt oder sich Karten für einen Klavierabend oder etwas ähnlich Ödes besorgt. Das Timing war jedenfalls perfekt und sie waren sogar ganz ähnlich angezogen. Als sie sich dem Ende der Auffahrt näherten, überholte Bobbie sie – das bedrohliche Gebäude hinter ihr wurde mit jedem Schritt kleiner. Als sie durch das verschnörkelte schmiedeeiserne Tor am Ende der Auffahrt trat, war ihr schwindelig, weil sie die Luft angehalten hatte.

Sie hatte es geschafft. Sie war tatsächlich in Freiheit.

Weit unten krachten die Wellen gegen die Felsen – ein

Tosen und dann ein Zischen, wenn die Woge über die Kiesel zurückwich. Ein ramponierter Fiat, dessen eine Tür einen anderen Rotton hatte als der Rest des Autos, wartete beim Zugang zum Küstenwanderweg. Das musste Caines Wagen sein. Sie eilte über die Straße und sah, dass vorn zwei Leute saßen – Caine und Mark. Was machte der denn hier?

Bobbie klopfte an die Seitenscheibe und Caine verdrehte sich, um ihr die hintere Tür aufzumachen. »Nettes Outfit«, sagte er und beäugte sie von oben bis unten. »Du weißt aber, dass Halloween schon letzte Woche war, oder?«

»Sehr witzig. Das ist eine Verkleidung und sie funktioniert anscheinend. Hi, Mark. Ist nicht böse gemeint, aber was machst du hier?«

Der stämmigere Junge verdrehte die Augen. Caine antwortete. »Mum braucht das Auto heute. Mark kann uns fahren, weil er eine Freistunde hat.«

»Ach so. Verstehe.«

»Ja, heute bin ich mal Taxifahrer. Ich muss verrückt sein – in meiner Freistunde zu einer verdammten Irrenanstalt zu düsen. Ich sollte im Bett liegen, Mann.« Er sah nach hinten und fädelte sich in den Verkehr Richtung Oxsley ein. Um diese Uhrzeit war die Hölle los – das konnte ewig dauern.

»Na dann.« Caine setzte sich seitlich hin, damit er mit beiden reden konnte. Heute hatte er einen coolen Pullover an, der aussah wie etwas, das man früher zum Schlittschuhlaufen getragen hatte. Das kräftige Kastanienbraun passte super zu seiner dunklen Haut. »Das hier musst du dir ansehen.«

»Was denn?«

»Alter, wo ist dein Handy?«, fragte er Mark.

»In meiner Hosentasche. Pass auf, wo du hinfasst.«

»Träum weiter, Mann.« Caine fischte mit spitzen Fingern das Smartphone heraus, während Mark fuhr. »Das ist das Video, das Mark von unserer Mutprobe gemacht hat.«

»Du hast es ihm erzählt?« Ihr wurde schlagartig heiß. Es gefiel ihr gar nicht, weitere Leute mit reinzuziehen, und wenn sie ganz ehrlich war, wollte sie Caine gern für sich haben.

»Brauchte ich gar nicht. Guck.« Er hielt ihr das Handy startbereit hin, sie brauchte nur auf Play zu drücken.

Eigentlich wollte sie das nicht sehen, aber sie hatte natürlich keine andere Wahl. Sie startete das Video und wartete, bis es richtig losging. Es kam ihr unwirklich vor, das Ganze noch einmal von außen zu sehen. In ihrem Kopf war alles viel eindrücklicher gewesen, aber das Video zeigte nur, wie sie zu dritt bei schlechter Beleuchtung in einem engen Waschraum standen. Flackerndes Kerzenlicht fiel über ihre Gestalten, aber das war auch schon alles, was sie erkennen konnte. Nicht einmal *ihre* Spiegelbilder waren richtig zu sehen. Aber der Ton war besser. Sie hörte das Kichern, als sie es beim ersten Mal nicht hinkriegten.

Dann wurde es ernst. *»Bloody Mary«*, sagten sie alle drei und starrten in den Spiegel. Es gab eine Pause und sie sagten es noch einmal. Wie hatten sie so blöd sein können? Jetzt, hier im Auto, fragte Bobbie sich, wer oder was in ihrem Leben sie auf die Idee gebracht hatte, nichts und niemand könnte ihr etwas anhaben. Sie musste an die Mädchen ihres Jahrgangs denken: Sie tranken, rauchten und aßen Junkfood, als ob nichts davon eine Rolle spielte, einfach weil sie jung waren. Sie gingen alle davon aus, dass nur anderen Leuten etwas Schlimmes zustieß – alten Leuten. Und sie, Bobbie, war genauso naiv gewesen. Sadie, Caine und sie hatten russisches Roulette gespielt und alle drei die Kugel erwischt.

Als sie in dem Video zum fünften Mal *»Bloody Mary«* sagten, sah Bobbie genau hin. Die Kerzen flackerten und für eine Sekunde war der Bildschirm fast schwarz. Der Raum tauchte wieder auf, bevor sie in hysterisches Gelächter ausbrachen. Bobbie hielt sich das Handy ganz dicht vor die Augen und suchte angestrengt nach einer Spur des Mädchens im Spiegel, obwohl sie sich gleichzeitig davor fürchtete das Gesicht zu sehen. »Ich sehe überhaupt nichts.«

»Da ist auch nichts zu sehen. Aber zu *hören*«, sagte Caine. Er zog die Lautstärke hoch. Ihr Gelächter und Geplapper wurde deutlicher. »Hörst du das?«

»Uns?«

»Nein. Im Hintergrund.«

Bobbie schüttelte den Kopf und Caine hielt ihr das Handy ans Ohr. Da hörte sie es. Hinter dem ganzen Gekicher weinte ein Baby. Ganz entfernt, aber unverkennbar. Das Baby brüllte richtig und die Schreie gingen ihr durch und durch. Diese Töne, das Weinen eines Kleinkinds, hatten etwas ganz Eigentümliches – man wollte instinktiv helfen, es beruhigen. Solches Leid zu hören war kaum auszuhalten.

»O mein Gott.« Bobbie hielt das Video an. »Das kann nicht sein.«

»Besteht irgendeine Möglichkeit, dass ein Baby in der Schule gewesen sein könnte?«, fragte Caine.

»Na ja, wir haben einen Mutter-Kind-Trakt«, sagte Bobbie trocken.

»Ernsthaft?«

»Das war ein Witz!« Bobbie lächelte und Caine erwiderte es. Er war leichtgläubig und das war irgendwie süß. »Es gibt im Internat keine kleinen Kinder. Dieses ... Baby ... das kann nicht real sein. Das ist *sie.*«

Mark schüttelte den Kopf. »Wisst ihr was – ich glaube, ihr pusht euch gegenseitig hoch. Ich glaube keine Sekunde lang an diesen Geister-Mist.«

Bobbie sah zu Caine. In seinem Blick lag Verständnis. »Das ist alles real«, sagte sie. »Ich hatte letzte Nacht wieder einen Traum. Über sie. Ich glaube sie versucht mir zu zeigen, wieso sie sich umgebracht hat.« Caine machte ein finsteres Gesicht und setzte sich wieder in Fahrtrichtung hin. »Was?«, fragte sie.

»Nichts. Nur ... nur dass ich auch komische Träume hatte.«

Bobbie beugte sich vor und hielt sich an seiner Rückenlehne fest. »Und was für welche?«

»Keine Ahnung. Sie waren ... Ich will nicht darüber reden.«

Mark warf sich in den Fahrersitz zurück und lachte. »Du hattest einen schweinischen Traum! Den musst du uns erzählen, Mann!«

Trotz seiner Hautfarbe lief Caine sichtlich rot an. Er sagte nichts. »Caine, das könnte wichtig sein«, drängte Bobbie ihn, obwohl sie von einer absolut irrationalen Eifersucht gegenüber diesem Traummädchen geplagt wurde.

»Soll ich euch mal was sagen?«, gestand Caine schließlich. »Selbst wenn ich wollte, könnte ich nicht darüber reden. Ich war wie auf Droge ... Ich meine, in dem Traum war es halb so, als ob ich das *war*, und halb, als ob ich dabei *zuguckte.*«

»Genau wie bei mir«, sagte Bobbie.

Mark lachte wieder. »Alter ... aber es war scharf, stimmt's?«

Caine sagte nichts mehr, doch über sein Gesicht huschte ein verschämtes Lächeln und Bobbie wurde zum zweiten Mal in ihrem Leben fast ohnmächtig.

Die Royal-Seahaven-Klinik sah dem Internat gar nicht so unähnlich, nur dass sie sich in den Ausläufern eines Waldes befand, was irgendwie noch einschüchternder wirkte. Während Mark die lange, von Eichen gesäumte Auffahrt entlangfuhr, musste Bobbie an *Shining* und *Die Wölfe von Willoby* denken und fand ihre Idee mit dem Besuch hier plötzlich gar nicht mehr so toll.

Die Bäume wurden weniger und die Klinik kam in Sicht. Es handelte sich um ein altes Gemäuer, in das ohne große Rücksicht moderne Details eingebaut worden waren – schimmernde Geländer und Schiebetüren an einem historischen Krankenhaus. Dadurch wirkte das Ganze auch nicht einladender.

Mark fuhr an der Notaufnahme vorbei und folgte den Hinweisschildern zur Psychiatrischen Abteilung. Diese befand sich hinter dem Haupthaus in einem kastenförmigen Bau mit kastenförmigen Fenstern, die fein säuberlich in parallelen Reihen angeordnet waren – nirgendwo eine gerundete Kante in Sicht. Damit sich die Verrückten da drin nicht aufregten, überlegte Bobbie.

»Ich muss zurück, ich hab in der zweiten Stunde Schule. Aber in der dritten kann ich euch abholen kommen, falls ihr mich braucht.«

»Nee, ist schon gut – wir können mit dem Bus zurück nach

Oxsley fahren«, bot Caine an und Bobbie nickte zustimmend. Im Moment war sie so nervös, dass sie einen bitteren Geschmack auf der Zunge hatte. Das hier war kein Spiel mehr und keine »coole Aktion«; es war Ernst. Sie waren gerade dabei in ein Krankenhaus einzudringen, um eine Frau, die psychisch krank war, mit Fragen zu löchern.

Bloß war genau das auch der Punkt: Was, wenn Bridget Horne gar nicht krank war? Oder andersrum – wenn Bridget krank *war* und sie beide sich das auch alles nur einbildeten? Bobbie bereute jetzt, dass sie in der Schule nicht noch etwas gegessen hatte; sie fühlte sich innerlich total leer und ausgehöhlt, wie die vergammelnden Kürbisfratzen, die noch vom Wochenende übrig waren.

»Alles okay?« Caine spürte ihre Unruhe.

»Eigentlich nicht. Wir könnten richtig Ärger kriegen für das hier. Mit der Polizei.«

Er schüttelte den Kopf. »Wir besuchen sie nur. Das ist nicht verboten.«

Bobbie nickte und versuchte etwas von seiner Ruhe zu absorbieren. Sie stiegen aus und Bobbie brachte kurz ihr Outfit in Ordnung. Auf der Herfahrt hatte sie ihren Dutt gelöst und die Sonnenbrille durch ihre richtige Brille ersetzt. »Wir statten nur einen Besuch ab«, sagte sie ebenso sehr zu sich selbst wie zu Caine.

Mark fuhr davon und sie standen einen Moment reglos vor der Nervenklinik. Es war überraschend ruhig hier. Bobbie hatte halb damit gerechnet, dass Verrückte in Zwangsjacken heulten und tobten, obwohl ihr klar war, dass das nur im Fernsehen so war.

Die ersten murmelgroßen Regentropfen klatschten auf den Asphalt. »Komm, gehen wir rein.« Caine legte seinen Arm um sie und lenkte sie die Stufen hinauf. Automatische Türen glitten zur Seite und die Anmeldung sah genauso aus wie in einer x-beliebigen Arztpraxis: ein Tresen, einige Polsterstühle in Eierschalenblau, schäbige Poster, die darüber aufklärten, dass jeder Vierte einmal in seinem Leben an einer psychischen Erkrankung leiden wird. Der einzige Unterschied waren die Sicherheitsvorkehrungen. Wer weiter in das Gebäude hineinwollte, musste durch eine verschlossene Sicherheitstür, die von einem Uniformierten bewacht wurde.

Bobbie zwang sich dazu die Frau an der Anmeldung anzulächeln. »Hallo, wir möchten gern Bridget Horne besuchen.«

Die übergewichtige, rotgesichtige Frau, deren Alter schwer zu schätzen war und die das Aroma von Salz und Essig verströmte, tippte etwas in ihren Computer. »Alles klar. Nehmen Sie den Aufzug zur dritten Etage, dort ist ein Wartezimmer.«

Bobbie wäre beinahe hintenübergefallen. So einfach konnte das doch nicht sein. Ein durchdringendes Hupen ertönte und die Lampe über der Sicherheitstür wechselte von Rot zu Grün. »Bitte durchgehen«, sagte der Wachmann. »Dritter Stock.«

Das ließen sich die beiden nicht zweimal sagen. Kaum waren sie im Aufzug, da atmete Bobbie zum ersten Mal seit gefühlten fünf Minuten aus. »Wieso war ich überhaupt so nervös?«

»Das frage ich mich auch«, sagte Caine. »Ist wohl einfach bloß ein Krankenhaus.«

Der Aufzug erreichte die dritte Etage und sie traten in den

nächsten Warteraum, nur dass hier leise Radiomusik lief. Der typische, schreckliche Krankenhausgeruch lag in der Luft – Desinfektionsgel für die Hände gemischt mit Erbrochenem und Reinigungsmitteln. Und merkwürdig süß roch es auch, als hätte jemand Lufterfrischer versprüht.

Diesmal ging Caine zum Tresen. »Guten Tag, wir möchten gern Bridget Horne besuchen.«

Der Krankenpfleger, ein gut aussehender Mittzwanziger mit roten Haaren, schien überrascht. »Sie wollen zu Bridget?«

»Ja«, sagte Bobbie. »Wir sind Freunde der Familie.«

Der Pfleger – David, besagte sein Namensschild – musterte sie skeptisch von oben bis unten. »Bridget bekommt ausschließlich von ihrer Mutter Besuch.«

»Ich weiß. Ihre Mum hat gefragt, ob wir vielleicht kommen könnten. Ich glaube, sie möchte, dass Bridget auch noch andere Menschen sieht.« Bobbie fühlte sich schrecklich wegen der Lüge. Bridget war einsam und ihre einzigen Besucher kamen aus selbstsüchtigen Gründen.

»Wenn Sie bitte kurz warten würden?« David zog eine Karte durch einen Schlitz und betrat die Station. Bobbie verrenkte sich den Hals, um durch die Scheibe etwas sehen zu können. Er redete mit einem anderen Pfleger oder einem Arzt – es war schwer zu sagen, weil sie alle diese pyjamaartigen Kittel-Hosen-Kombis trugen. Schließlich kam er zusammen mit einer Asiatin zurück, die ganz normal gekleidet war und ein freundliches Gesicht hatte.

»Guten Tag, ich bin Dr. Kahn. David sagt, Sie möchten gern Bridget besuchen?«

»Ja, bitte«, sagte Caine.

»Ich muss sagen, das ist recht ungewöhnlich. Bridget ist eine sehr ängstliche Patientin und bekommt eigentlich nicht gern Besuch – nicht einmal von ihrer Mutter.«

Bobbie sah ihre Mission schon scheitern, aber das machte sie nur umso entschlossener. Sie waren so weit gekommen. »Bitte. Ich ... Wir wollen nur helfen.« Das war nicht mal gelogen. Alles, was sie unternehmen konnten, um Mary aufzuhalten, half vielleicht auch Bridget. Dr. Kahn wirkte wenig überzeugt, also machte Bobbie einen erneuten Vorstoß. »Bitte. Wenn Sie ihr vielleicht nur ausrichten könnten, dass ... dass wir schon bei Tag drei sind.« Instinktiv war ihr klar, dass sie Marys Namen besser nicht erwähnte.

Dr. Kahn schien jetzt noch verwirrter, öffnete aber mit einem Seufzen die Sicherheitstür und ging zurück in die Station. Als sie wenig später wieder zu ihnen kam, war sie nicht mehr verwirrt, sondern verblüfft. »Gut. So merkwürdig es ist, sie möchte Sie sprechen.« Hinter dem Tresen warf David geschockt seinen Stift hin. »Haben Sie irgendwelche Spiegel dabei oder sonst etwas Reflektierendes? Wir können auf der Station keinerlei Spiegel gestatten, sie lösen bei Bridget einen psychotischen Schub aus.«

Bobbie wühlte in ihrer Tasche und fanden eine Puderdose mit einem Spiegel im Deckel, die eigentlich Naya gehörte. Sie gab sie David, der sie hinter den Tresen stellte. Caine gab ihm sein Handy, das eine chromglänzende Oberfläche besaß.

Die Anspannung kehrte zurück. Während Dr. Kahn sie auf die Station führte, verkrampfte sich Bobbies Bauch schmerzhaft. Ohne darüber nachzudenken, fast als würden ihre Finger auch Trost suchen, ergriff sie Caines Hand. Er drückte sie.

Die Station war einem Klassenzimmer gar nicht so unähnlich: In der Mitte eines Gemeinschaftsraums standen zwei große Tische für Aktivitäten. Ein Mann um die vierzig mit angeklatschten schütteren Haaren schnitt gewissenhaft Buchstaben aus einer Zeitschrift. Die Schere folgte präzise dem Rand des Rs, das er gerade in Arbeit hatte. Ihm gegenüber saß eine Schwarze mit rasiertem Kopf, die etwas in ein Tagebuch schrieb; sie hatte die winzigste Handschrift, die Bobbie je gesehen hatte, beinahe als würde sie einen Weltrekord aufstellen wollen. Die mikroskopischen Notizen füllten ganze Seiten.

Am nächsten Tisch hatte ein jüngerer Patient, der gar nicht so viel älter als Caine und sie war, gerade einen Tobsuchtsanfall und stampfte mit den Füßen, während ein Pfleger ihn ganz ruhig und vernünftig ansprach. »Gut.« Dr. Kahn blieb mit ihnen vor einer Tür stehen. »Bridget verlässt praktisch nie ihr Zimmer, also werden Sie hier mit ihr reden müssen.«

»Kein Problem«, sagte Caine, aber er wirkte beunruhigt. Bobbie spürte, wie seine Hand glühte. Dr. Kahn öffnete die Tür, aber das Zimmer lag im Dunkeln – die Vorhänge waren zugezogen. Bobbie biss die Zähne zusammen, umklammerte Caines Hand wie einen Rettungsanker und trat in die Schatten.

13 BRIDGET

Ihre Augen mussten sich erst einen Moment lang an die Dunkelheit gewöhnen. Dichte Gardinen hingen vor dem einzigen Fenster und ließen nur an den Rändern bleigraues Licht hereinsickern. Bobbie konnte vage Umrisse wahrnehmen – ein Bett, ein leerer Schreibtisch unter dem Fenster, ein einzelner Plastikstuhl, ein funktioneller Kleiderschrank. Wie bei einem Besuch des Nachttierhauses im Zoo bemerkte Bobbie erst auf den zweiten Blick, dass eine Gestalt im Zimmer war.

Bridget saß mit dem Rücken an der Wand auf ihrem Bett und drückte sich die Knie vor die Brust – genau so, wie Bobbie in ihrem Traum auf dem Toilettensitz gekauert hatte. Nur das Weiße ihrer Augen war sofort sichtbar. Sie lugte durch ihren Pony aus fettigen braunen Haaren, die ihr bis über die Schultern fielen. Bobbie fragte sich, wie lange sie nicht mehr in der Sonne gewesen war – ihr Gesicht war geisterhaft blass, mit Waschbärringen um die tief in ihren Höhlen liegenden Augen. »Hallo, Bridget, hier ist Ihr Be…«, begann Dr. Kahn.

»Ihr habt sie gerufen, stimmt's?«, fragte Bridget undeutlich. Ihr Alter war schwer einzuschätzen; einerseits wirkte sie verhärmt und älter als die dreißig Jahre, die sie zählen musste, gleichzeitig jedoch hatte sie etwas von einem verängstigten kleinen Mädchen, das sich auf seinem Bett zusammenkauerte.

Bobbie riss die Augen auf und ihre Finger schlossen sich ein wenig fester um Caines Hand. Er erwiderte den Druck.

Dr. Kahn erklärte: »Bridget bekommt starke Antipsychotika verabreicht, deshalb reagiert sie recht gedämpft.«

Es schien Bridget gewaltige Anstrengung zu kosten den Kopf oben zu behalten. Er hing zur Seite – eine ganz ähnliche Haltung wie bei der Gestalt, die Bobbie vor zwei Tagen im Flur gesehen hatte. »Lassen Sie uns allein.« Bridget lugte zu Dr. Kahn hinüber.

»Ich weiß nicht, ob das eine gute Idee –«

»Ist schon in Ordnung«, beruhigte Bobbie die Ärztin.

»Sind Sie sicher?«

Sie nickte. »Aber ja.«

»Gut. Falls Sie mich brauchen, ich bin in der Nähe.« Widerstrebend ging Dr. Kahn hinaus und schloss die Tür.

»Soll ich Licht anmachen?«, fragte Caine Bridget.

»Nein.«

Bobbie deutete zu dem Plastikstuhl. »Darf ich?«

»Spielt doch keine Rolle, oder?« Bridget kratzte mit bis aufs Fleisch abgekauten Fingernägeln an einem Zipfel ihres Kopfkissens herum. »Ihr habt nur noch anderthalb Tage; ihr könnt tun, was ihr wollt.«

Auf dem Stuhl stand eine große Waschschüssel mit einer Bettpfanne und einem Krug darin. Bobbie begriff, dass Bridget dieses Zimmer nie verließ – und ganz bestimmt nicht, um aufs Klo zu gehen. In Toiletten gab es Spiegel. Bobbie stellte die Sachen kommentarlos unter den Stuhl und setzte sich. Caine blieb an ihrer Seite und wusste anscheinend nicht, was er mit seiner Hand machen sollte, nachdem Bobbie sie losgelassen hatte. »Wir haben deinen Blog gefunden«, begann sie. »Ich bin übrigens Bobbie und das ist Caine.«

»Sie hat mir gesagt, wie ihr heißt.«

»Was?« Bobbie sah zu Caine.

»Sie kennt euch jetzt. Ihr habt sie reingelassen. Sie kann in euch hineinsehen. Sie *kennt* euch. Guckt ständig durch die Fenster rein.«

Bobbie schluckte schwer und sagte: »Wir haben sie gerufen. In Piper's Hall.«

Bridget lachte leise. »Warum wärt ihr sonst hier? Ich hab gewusst, dass das passiert, sobald uns alle vergessen haben. Solange die Leute sich noch daran erinnerten, was uns zugestoßen ist, war niemand so blöd ihren Namen zu sagen. Ich schätze, wir sind jetzt Schnee von gestern – altbackenes Brot. Die nächste Generation ist an der Reihe.«

Caine räusperte sich. »Wen meinst du mit *uns*?«

»Abi und Tay und mich.« Ob es nun an der Dunkelheit lag oder an den Medikamenten, aber Bridgets vergrößerte Pupillen waren klaffende Löcher in ihrem Gesicht und zogen Bobbie hinein.

»W-was ist mit ihnen passiert?« Bobbie stotterte. »Tut mir leid, dass ich frage, aber vielleicht können wir irgendwie dafür sorgen, dass mit uns nicht dasselbe passiert.«

»Könnt ihr nicht.«

»Bitte ...«

»Fünf Tage«, sagte Bridget schroff. »Ihr habt fünf Tage und das war's. Die Uhr ist aufgezogen und tick-tick-tickt jetzt nur noch vor sich hin, bis die Zeit abgelaufen ist. Ihr habt sie aufgezogen und ihr könnt sie nicht anhalten.«

»Bitte, Bridget. Sag uns, was damals passiert ist. Wir glauben dir.«

Das schien sie aufzurütteln. Als sie redete, war sie lebhaft, fast schon manisch. »Wir waren in Oxsley zum Übernachten eingeladen. Ein Mädchen mit so einem total spitzen Gesicht erzählte uns, warum sie sich im Internat immer so fürchtete – eine Geistergeschichte über eine Schülerin namens Mary, die sich von den Klippen ins Meer gestürzt hatte. Dann kam jemand mit dieser urbanen Legende – fragt mich nicht, was daran *urban* sein soll, wo die Schule doch mitten in der Pampa liegt. Jedenfalls besagt die Legende: Wenn man fünfmal ihren Namen ruft, dann erscheint sie im Spiegel.

Wir hielten das natürlich alle für Quatsch, aber als wir wieder im Internat waren, meinte Abi, es wäre doch witzig das einmal auszuprobieren. Typisch Abi – sie war für jeden Schwachsinn zu haben. Ich weiß noch, wie sie einmal Frucht-eis geschnupft hat, weil sie gehört hatte, dass man davon high wird. Ich schwöre, sie hat danach eine Stunde lang geniest.« Bridget lachte bei der Erinnerung wild in sich hinein. »Wir haben es in der Toilette vom Aufenthaltsraum der Oberstufe gemacht. Nur wir drei – wir haben sogar eine Kerze angezündet, genau wie in der Geschichte. Taylor hatte den schlimmsten Lachanfall aller Zeiten – wir brauchten ungefähr ein Jahr, um ihren Namen zu sagen ...«

Caine warf ein: »Bloo –«

»NICHT SAGEN!« Bridget bewegte sich zum ersten Mal vom Fleck. Sie sprang über das Bett, so agil wie eine Katze, und hielt Caine den Mund zu. Er riss geschockt die Augen auf. »Nicht«, flüsterte sie. »Sag nie ihren Namen. Hast du das immer noch nicht begriffen? Sie hört doch zu.« Sie ließ los und Caine wich zurück. Er atmete zitternd aus.

»Was ist dann passiert?«

Bridget krabbelte wieder über das Bett und kehrte in ihr Versteck zurück wie Gollum. »Wir haben es einmal gesagt, dann zum zweiten Mal, zum dritten, zum vierten ... und dann hab ich aufgehört. Weil ich aus dem Augenwinkel etwas gesehen hatte. Eine Bewegung ganz hinten im Spiegel. Als hätten wir etwas geweckt. Man stupst doch keinen schlafenden Bären an, oder? Also hab ich beim vierten Mal aufgehört. Aber Tay und Abi sagten den Namen noch ein fünftes Mal. Sie hatten es nicht gesehen. Sie machten weiter.«

»Du hast es nur viermal gesagt?«

Bridget nickte. »Das reichte aber. Es reichte aus, um sie reinzulassen. Sie wartet jetzt auf die Nummer fünf.« Sie begann sich vor- und zurückzuwiegen. Ihr einer Fuß tappte auf die Matratze. »Wartet die ganze Zeit, dass ich ihren Namen sage.«

Bobbie konnte keinen Augenblick länger still sitzen. Sie setzte sich zu Bridget aufs Bett und legte eine Hand auf ihr Knie, damit das Tappen aufhörte. »Ist schon gut, Bridget. Das ist Jahre her ... Sie kommt dich nicht mehr holen.« Nun verstand Bobbie. Sie hatte jetzt drei Tage damit gelebt, aber über Bridget hing die Bedrohung seit über dreizehn Jahren. Kein Wunder, dass sie so drauf war.

»Ich sehe sie in meinen Träumen. Ich sehe den Friedhof. Sie hat mich nicht vergessen ... Sie wartet darauf, dass es mir rausrutscht.«

»Was ist nach der Beschwörung passiert?«, fragte Caine. »Habt ihr Sachen gesehen?«

»Am nächsten Tag sind wir alle über die Osterferien nach Hause gefahren. Ich war in Italien und hab das Ganze vergessen, bis ich eine SMS von Abi bekam. Damals hatte ich mir nichts dabei gedacht ... wieso auch? Ich war ja völlig ahnungslos ... eine blöde kleine Idiotin vor einem Spiegel ... *sag fünfmal ihren Namen.*«

»Was stand in der SMS?«

»Darin stand: *Hey, Süße, wie geht's? Passieren dir irgendwelche komischen Sachen?* Ich hab nicht drauf reagiert und dann sind die beiden spurlos verschwunden. Da hab ich in einen Spiegel geguckt ... und gesehen, wie sie wartet.«

Bobbie kaute nachdenklich auf ihrer Lippe. Bridgets Erzählung lieferte nichts, was sie nicht schon wussten; nichts, was ihnen helfen konnte. »Bridget, wenn du Mary in deinen Träumen siehst ... zeigt sie dir Sachen?«

»Nur den Friedhof.«

»Welchen Friedhof?«

»St Paul. Sie lacht mich immer aus. Ich kann sie auf dem Friedhof lachen hören.«

Ein Zittern überlief Bobbie, als hätte sie Eis in den Knochen. »Ich glaube ... ich glaube, sie versucht mir irgendwas zu sagen. Damit wir das beenden können. Damit wir ihr helfen können.«

»Nein!« Bridget packte ihr Handgelenk. »Wieso? Wieso willst du ihr denn helfen?«

»Ich glaube ...«

»Du *darfst* ihr nicht helfen. Lass sie im Käfig. Lass den

Hund an der Kette. Sie ist ein Kettenhund und die Kette ist an der Schule festgemacht.«

Bobbie sah Caine hilfesuchend an, doch er zuckte nur mit den Schultern. »Ich glaube, Ma– ... *sie* braucht Hilfe. Ich glaube, sie weiß nicht, was sie machen soll. Sie ist unglücklich.«

Bridget lachte bitter. »Elend ist nicht gern allein. Sie will uns hinunter in ihr Grab ziehen.«

Ging es darum? Wollte Mary in ihrer Traurigkeit, dass sie alle ihr Gefühl teilten? Bobbie war sicher, dass mehr dahintersteckte. So komisch es war, am liebsten hätte sie dem Gespenst direkt gegenübergestanden. »So schnell gebe ich nicht auf«, sagte sie ruhig. Sie löste Bridgets Finger von ihrem Handgelenk.

»Ich auch nicht«, fügte Caine hinzu.

»Wir haben noch zwei Tage. Wir können das beenden.«

Wieder das Lachen. Bridget sprach jetzt in einem Kleinmädchen-Singsang: »Ihr begreift es nicht, oder? *Sie* gibt nicht auf. Genauso wenig wie bei miiiiiiir ...«

Bobbie runzelte die Stirn. »Was meinst du damit?«

»Sieh aus dem Fenster.« Bridget jedoch wandte sich davon ab und lehnte den Kopf an die Wand. Bobbie erschauerte wieder und ihre Nackenhaare stellten sich auf. Sie rutschte vom Bett und ging langsam zum Fenster. Regen war zu hören, der in dicken, schweren Tropfen aufs Fensterbrett klatschte.

Sie öffnete die Vorhänge ohne recht zu wissen was sie zu erwarten hatte. Unwillkürlich schnappte sie nach Luft. »Was ist?«, fragte Caine und blinzelte, als graues Tageslicht in das sterile Zimmer fiel.

Regenwasser lief die Fensterscheibe hinab, doch waren deutlich zwei Handabdrücke zu sehen, wo sich jemand ans Glas gelehnt hatte. »Handabdrücke.« Bobbie strich mit einem Finger über die Scheibe.

»Ja, und?«, fragte Caine.

Bobbie drehte sich zu ihm um. »Sie sind auf der *Außenseite* und wir befinden uns im dritten Stock.«

14 STIGMA

Caine stürmte ohne ein weiteres Wort aus dem Zimmer. Bobbie sah mit einem entschuldigenden Blick zu Bridget und ging zur Tür. »Tut mir leid.«

»Es wird dir noch leidtun.« Bridget drehte sich wieder zu ihrer Wand um.

»Caine, warte!« Bis sie aus dem Zimmer kam, hatte er schon den halben Korridor hinter sich gebracht. Die Patienten im Aufenthaltsraum drehten sich um, weil sie sehen wollten, was die Aufregung sollte.

»Entschuldige ... Ich musste bloß unbedingt aus diesem Zimmer raus. Ich konnte da drin nicht atmen. Es hat mich voll fertiggemacht.« Er lehnte sich an die Wand, mit dem Kopf an ein Plakat über das Verhalten im Brandfall.

Bobbie strich ihm etwas unbeholfen über den Arm. »Ich weiß. Aber ich sehe das nicht so wie Bridget ... Mary zeigt mir die Vergangenheit aus einem bestimmten Grund. Wieso sollte sie das tun, wenn sie uns einfach nur tot sehen will? Sie versucht uns irgendwo hinzuführen, ich weiß es genau.«

Caine sah geschafft aus, dabei brauchte sie doch jetzt seine Stärke. Bobbie wusste noch, wie es sich angefühlt hatte Mary zu sein: voller Scham im Unterricht und voller Angst und Verlorenheit beim Verstecken auf der Toilette. Sie war nicht *böse*.

Dr. Kahn kam den Gang heruntergeeilt und funkelte sie an. »Was ist hier los?«

»Gar nichts«, sagte Bobbie leise.

Die Ärztin sah zu Bridgets Zimmer und dann mit finsterem Blick wieder zu ihnen. »Ich wusste, dass dieser Besuch keine gute Idee war.« Sie musterte die beiden kühl. »Woher kennen Sie Bridget überhaupt? Sie sind ja deutlich jünger.«

Es war Zeit abzuhauen. »Wir sind Freunde der Familie. Wir wollten gerade gehen. Es tut uns leid, wenn wir Bridget aufgeregt haben. Das wollten wir nicht.«

»NOCH ZWEI TAGE.« Bridgets benommene Stimme hallte durch den Gemeinschaftsraum. Caine entzog Bobbie seinen Arm und stampfte den Korridor hinunter. Unter dem verärgerten Blick der Ärztin folgte Bobbie ihm zum Ausgang und hielt ihn am Ärmel fest.

»Caine.« Bobbie senkte die Stimme und beugte sich näher, weil das ganz bestimmt kein Gespräch war, bei dem das Personal einer psychiatrischen Abteilung mithören sollte. »Bitte. Wenn Gespenster Seelen sind, die auf der Erde festhängen, dann muss sie vielleicht erlöst werden. Wenn sich irgendwie herausfinden lässt, was sie noch zu Ende bringen muss, dann können wir vielleicht dafür sorgen, dass das hier nicht immer und immer wieder passiert. Bitte ... vertraue mir einfach.«

Caines Züge wurden weicher und er sah sie an. Ihre Gesichter waren nur Zentimeter voneinander entfernt – näher war sie den Lippen eines Jungen noch nie gewesen. Sie wirkten bedenklich einladend. »Das tue ich.«

Bobbie hielt es nicht aus. Ihm so nahe zu sein war berauschend und sie brauchte einen klaren Kopf. Sie wich zurück. »Gut. Bridget hat vom Friedhof geträumt – vielleicht sollten wir da mal nachsehen. Ich frage mich, ob sie dort begraben liegt.« Vielleicht lieferte der Grabstein ja einen Hinweis – den Namen eines Verwandten oder so, der vielleicht darauf hindeutete, was Marys unerledigte Angelegenheit sein mochte.

»Wäre einen Versuch wert.« Caine schien bereit zu sein weiterzumachen. »Es kommt mir nur so vor, als ob wir überhaupt nichts tun können ... Wie können wir etwas aufhalten, das zu einem Fenster raufschweben kann? Das in Spiegeln wohnt?«

Obwohl die Erwähnung der unmöglichen Handabdrücke ausreichte, um ihr eine Gänsehaut zu bescheren, wollte Bobbie sich nicht geschlagen geben. »Keine Ahnung.« Sie senkte erneut die Stimme. »Aber in einem abgedunkelten Zimmer zu hocken und rumzuschaukeln wird auch nicht viel helfen, oder?«

Caine lachte zum ersten Mal seit Ewigkeiten. »Das ist ein Argument. Gehen wir zur Bushaltestelle. Außerdem wird's Zeit für ein bisschen Zucker, schätz ich. Ich bin am Verhungern.«

Die bloße Erwähnung von Essen ließ ihren leeren Magen knurren. »Gut. Ein bisschen Schokolade wäre nicht schlecht. Aber vorher muss ich aufs Klo.«

Kaum standen sie im Warteraum, wurde es sofort heller und luftiger, als würde die Station in ihrer eigenen Dimension des Leidens existieren. Der Pfleger David gab Caine sein Handy zurück und Bobbie die Puderdose. Dann zeigte er ihnen den Weg zu den Toiletten. Bobbie musste zugeben, dass sie Bridgets Abneigung gegen Räume mit Spiegeln allmählich teilte, vor allem nach dem, was Caine ihr gestern Abend gezeigt hatte. »Warte hier auf mich, ja?«

Er verstand ihre Beunruhigung. »Klar.«

Bobbie betrat die Toilette und zu ihrer Enttäuschung waren beide Kabinen leer. Oben brummte eine Neonröhre und erfüllte den Raum mit bleichem, kaltem Licht. Über dem Waschbecken hing ein Spiegel, aber sie achtete darauf, nicht hineinzusehen – sie wusste ja, dass sie nur genau genug hinschauen musste, um nicht mehr allein im Raum zu sein. Sie erledigte ihr Geschäft so schnell wie möglich, aber so dringend sie hier auch wieder rauswollte, Händewaschen *musste* sein, sonst würde sie sich den Rest des Vormittags schmuddelig fühlen.

Ohne in den Spiegel zu sehen ließ sie Wasser über ihre Hände laufen. Da fiel es ihr zum ersten Mal auf. Sie hatte die Ärmel von Nayas Jacke hochgeschoben, damit sie nicht nass wurden, und auf ihrem Unterarm prangte ein roter Kratzer. Wo hatte sie sich den denn geholt? Er blutete nicht, sondern sah mehr aus wie eine Narbe, die abheilte.

Sie schüttelte das Wasser von ihren Händen und schob den Ärmel weiter nach oben. Ihr klappte der Unterkiefer herunter. Überall auf ihrem Unterarm waren Schnittwunden. »Was zum …?« Hässliche Striche liefen kreuz und quer über ihre Haut – manche ein, zwei Zentimeter lang, die meisten winzige Schnitte, einige jedoch ziemlich tief. Verzweifelt krempelte Bobbie den rechten Ärmel nach oben, mit demselben Ergebnis. Ihre Arme waren von Schnittwunden bedeckt, die sie sich niemals zugefügt hatte.

15 ERNSTE ANGELEGENHEITEN

Vergeblich rieb sie über ihre Unterarme und versuchte die Wunden wegzuwischen. Sie schloss die Augen, zählte bis fünf und betete, dass das alles nur in ihrem Kopf passierte, wie eine Art Traum – doch als sie die Augen wieder öffnete, waren die grellroten Schnitte immer noch da. Ein verzweifeltes Schluchzen entrang sich ihrer Kehle. »Caine!«, rief sie. »Caine!« Mehr brachte sie nicht heraus.

Mit geballten Fäusten kam er hereingestürmt, bereit zum Kampf. Bobbie warf sich ihm entgegen und schaffte es gerade so, nicht völlig hysterisch zu klingen. »Guck! Guck dir meine Arme an!«

Er verzog das Gesicht und fuhr mit den Fingern über ihre Haut. »Was ist passiert?«

»Gar nichts! Keine Ahnung! Sie waren einfach plötzlich da!« Es war alles zu viel. Sie hatte einen kritischen Punkt erreicht und hielt es keine Sekunde länger aus. Die ganze Mühe, die sie aufgebracht hatte, um optimistisch und konstruktiv zu bleiben, war umsonst gewesen. Mary hatte sie *gezeichnet.*

»O Gott.« Caine breitete die Arme aus und sie ließ sich mit

aufgerissenen Augen hineinfallen. Sie hatte Angst, dass sie zu weinen anfing, sobald sie blinzelte, und sie *wollte* nicht weinen. Sein Pulli roch nach Weichspüler, sauber und ungefährlich. Er roch nach zu Hause.

Das alles war nicht fair. Sie wollte Mary helfen, wirklich helfen, und jetzt das. Was kam als Nächstes? »Wieso tut sie das? Was will sie von uns?«

Caine antwortete nicht, sondern hielt sie nur fest.

Eine halbe Stunde später steckte Bobbie sich den Rest von ihrem Schokoriegel in den Mund und spülte ihn mit etwas Fanta hinunter, während sie auf den Bus warteten. »Besser?«, fragte Caine.

»Ein bisschen.« Bobbie wurde rot. Die Angst hatte nachgelassen, aber die Schnitte waren noch da. Sie konnte an nichts anderes denken. Ein neuer Punkt auf der Liste der Unmöglichkeiten, die in den letzten drei Tagen passiert waren. Aber das war bisher das Schlimmste – es betraf ihren Körper. Sie fühlte sich ausgeliefert, schutzlos, und irgendwie erschien ihr Mary jetzt *realer.* Sie war kein ätherisches Gespenst, sie konnte sie *kriegen.*

Caine hatte akzeptiert, dass es jetzt an ihm war der Vernünftige zu sein, und sie getröstet. Er hatte betont, dass die Schnitte zwar real waren, ihr aber keine größeren Schmerzen bereiteten und es also viel schlimmer hätte sein können. Bobbie behielt ihre neuesten Ängste für sich – sie brauchten nicht ausgesprochen zu werden, die Wunden an ihren Armen sagten genug. »Tut mir leid, dass ich die Nerven verloren hab.« Sie wollte eine witzige Bemerkung machen, aber ihre Stimme zitterte: »Können wir das auf einen niedrigen Blutzuckerspiegel schieben?«

Caine lächelte. Grübchen. »Kein Problem. Komm, alles in allem schlagen wir uns, glaube ich, ganz gut.«

»Stimmt.« Bobbie schluckte das Aufheulen, das sich in ihrer Kehle zusammenbraute, hinunter. *Weinen ist kontraproduktiv* – wie viele Male hatte sie das zu Naya gesagt, wenn wieder einmal irgendein Kerl nicht auf eine Nachricht geantwortet hatte. »Mit zwei Wochen Zeit könnten wir natürlich öfter mal eine Pause einlegen und uns gegenseitig was vorflennen.«

»Trotzdem.« Caine leerte seine zweite Dose Red Bull. »Wenn dir nach Weinen ist, dann weine. Ich hab mein Kissen heute früh ganz schön verkloppt.«

»Ist das ein Euphemismus?« Bobbie hatte nicht widerstehen können, doch sie bereute es sofort. O Gott, nun dachte er vielleicht, sie wäre »frech«. Nichts war schlimmer, als »frech« zu sein.

Caine bekam Red Bull in die Nase. »Der war gut, Kompliment.«

»Entschuldige. Das war total daneben.«

»Nein, gar nicht.« Er öffnete eine Tüte Chips. »Ich finde, wir sollten über etwas anderes als Gespenster reden, egal was. Das war bis jetzt unser einziges Thema.«

Es stimmte. Sie wusste so gut wie gar nichts über ihren Komplizen, nur dass er auf die Radley High ging, so ein kleines BMX-Rad fuhr und sich manchmal mit Grace traf. Das war alles. Ach, und die turbulente Familiengeschichte. »Du hast Recht. Also los, erzähl mir was.«

»Was denn?«

»Irgendwas über dich.« Das lenkte sie vielleicht von den Wunden auf ihren Armen ab. Ihr wurde schon wieder ganz mulmig. *Also konzentrier dich lieber auf Caine.*

Es fing wieder an zu regen. Tropfen klatschten auf das Dach der Bushaltestelle, auf dem orangefarbenes Laub klebte.

»Ähm, keine Ahnung«, sagte er. »Ich bin eigentlich ganz normal.«

»Wohl kaum.«

»Meine Hauptfächer sind Sport, Kunst und Fotografie. Falls ... du weißt schon ... falls es noch ein nächstes Jahr gibt, dann werde ich an der Uni Grafikdesign studieren.«

Bobbie bekam leuchtende Augen. Auf die Andeutung wegen Mary ging sie nicht ein. *Konzentrier dich auf Caine.* »Ach, cool. Ich hatte dich gar nicht unter *kreativ* abgespeichert.«

»Ha! So nennt sich mein hippiemäßiger Kunstlehrer immer. Aber wie kommst du darauf?«

Bobbie zuckte verlegen mit den Schultern. »Einfach eine Fehlannahme, schätze ich. Ich hab den Kapuzenpulli und das BMX-Rad gesehen und da habe ich dich wohl als ... keine Ahnung, Draufgänger und Rebell abgespeichert oder so.«

Caine grinste. »Is' es vielleicht, weil ich braun bin, Missis?« Er zwinkerte und sie lachten beide. »Es liegt an der Radley High. Da geht es ziemlich hart zu. Du tust, was du tun musst, um klarzukommen. Du zeigst den Leuten nur das von dir, was sie sehen sollen, verstehst du? Entweder das oder sie schlagen dich zusammen. In Croydon war es auch so.«

»Ja. In Piper's Hall ist es genauso schlimm. Alle stecken in ihren Schubladen: Da gibt es die Hockeymädels und die Chormädels und die Schönheiten; sogar die alternativen Mädchen sind voll das Klischee. Du kannst dir jede Schublade aussuchen, die du möchtest, bloß nicht die, auf der *Ich* steht.«

Er nickte. »Es macht einen total fertig. Immer so zu tun, als wäre alles keine große Sache. Ich versuche möglichst viel zu mischen. Meine Skizzen, das Skaten, die Streetart-Einflüsse. Hier ...« Er zog seinen Pulli hoch und darunter kam ein graues T-Shirt zum Vorschein, das mit der anatomischen Zeichnung eines sezierten Frosches bedruckt war. »Das habe ich gemacht.«

»Oh, wow – das sieht echt ziemlich cool aus.« Beim Hochziehen hatte Bobbie kurz den Rand seiner Boxershorts zu sehen bekommen. Er trug die weite Sorte, der Stoff ballte sich über dem Saum seiner Jeans und der Gummizug spannte sich um die Muskelstränge an seinen Hüften. Etwas Warmes und Rosiges regte sich in ihr. Sich einfach nur auf Caine zu konzentrieren funktionierte tatsächlich. Er war genau der Muntermacher, den sie brauchte.

»Danke. Ich will noch mehr davon machen – und sie vielleicht online verkaufen. Das heißt, falls ...«

»Jaja, schon kapiert.«

»Wie steht's mit dir? Macht ihr brav Häkelarbeiten und so da oben im Internat?«

»Ha! Von wegen! Himmel, ich mag mir gar nicht vorstellen, was du so gehört hast.«

»Alle sind stinkreich?«

»Nee.«

»Lesbische Orgien?«

»Nur am letzten Mittwoch des Monats«, sagte Bobbie trocken.

»Enttäuschend. *Sex and drugs and rock'n'roll?*«

»Nein, nein, und nur die Gothmädels.«

»Ein Jammer. Dann sind alle ganz vornehm?«

»Das ist relativ. Ein Mädchen aus der Unterstufe gehört ganz entfernt zur königlichen Familie; verglichen mit ihr bin ich Pöbel. Es gibt eine Aufnahmeprüfung, und wenn man was draufhat, kann man Stipendien und so bekommen.«

»Und wie steht's mit dir?«

»Ob ich ein Stipendium bekommen habe?« Bobbie zupfte an ihren Ärmeln herum – sie wollte nicht an die Phantomverletzungen erinnert werden, bevor sie sich in Ruhe ausziehen und das volle Ausmaß des Schadens begutachten konnte. Die Schnitte geisterten ständig in ihrem Kopf herum und nervten wie eine Fliege, die nicht mehr nach draußen fand. »Nein. Ich trage zwar eine Brille, aber so eine Intelligenzbestie bin ich nicht. Meine Mum war in den Achtzigern eine ziemlich bekannte Schauspielerin – sie war die Desdemona in einer alten *Othello*-Verfilmung. Sie arbeitet ständig woanders, in den seltsamsten Gegenden, darum hat sie mich aufs Internat geschickt – zu meinem eigenen Besten, wie sie sagt.«

»So'n Scheiß.« Caine war mit seinen Chips fertig und warf die Tüte in den Mülleimer. »Aber intelligent bist du trotzdem. Deine Art zu reden und so.«

»Würden sie mich auf der Radley dafür zusammenschlagen?«

»Aber hundertpro!« Er lachte. »Hundertpro!«

»Ich schreibe gern«, gestand Bobbie. »Keine Ahnung, ob ich gut darin bin – ich schaffe es kaum Punkte zu setzen –, aber ich wäre gern Autorin. Also Schriftstellerin.«

Caine grinste. »Dann bist du also *kreativ*?«

»Ja.« Bobbie erwiderte sein Lächeln. Aus dem grauen Dunst kam der Bus angebrummt, kratzte unter den tiefhängenden Ästen entlang und verdarb den Moment. Mist. Sie wollte nicht, dass das Gespräch mit Caine endete.

Sie stiegen ein, hielten kurz ihre Fahrausweise hoch und wurden von einer Wolke aus Schweißgeruch empfangen. Hier drin dampfte es so sehr, dass die Scheiben beschlagen waren – und es stank, als hätte jemand Säcke mit feuchtem Kompost in der Sonne liegengelassen. »Alter, ist das übel«, fluchte Caine und Bobbie wollte gerade mitschimpfen, als sie etwas sah, das sie stocken ließ. »Was ist?«, fragte er.

»Geh einfach weiter.« Sie führte ihn zu den hintersten Sitzen. In der dritten Reihe saß eine Tagesschülerin namens Elodie Minchin. Der Himmel allein wusste, wieso sie am späten Vormittag zur Schule fuhr, aber es war auch egal. Sie waren gesehen worden.

Caine begriff. »Shit. Meinst du, sie verpfeift dich?«

»Wie ich schon mal sagte, wegen Price mache ich mir keine Sorgen.«

»Grace?«

»Grace.«

Caine registrierte ganz offensichtlich etwas. Vielleicht machte sie dasselbe Gesicht, wie wenn man sie zwang, Oliven oder Kapern zu essen, denn er sagte unvermittelt: »Weißt du, da läuft nichts zwischen Grace und mir.«

Bobbie täuschte Desinteresse vor, als hätte das für sie keinerlei Bedeutung; dabei marschierte gerade eine lautstarke Jubelparade durch ihren Kopf. Ein anderer Teil ihres Gehirns versuchte schwarze Mary-Wolken nach vorn zu schieben, aber die ignorierte sie. Im Leben drehte sich alles um kleine Triumphe. Vorläufig gestattete sie sich, hier in der letzten Reihe des 38ers in der Freude darüber zu schwelgen, dass Caine nicht an Grace Brewer-Fay interessiert war. »Ach, echt? Und sie weiß das auch?«

»Wenn nicht, ist sie selber schuld. Ich bin ehrlich mit ihr gewesen.«

Bobbie beschloss dem auf den Grund zu gehen und gleichzeitig so locker zu klingen, wie es nur ging. »Wieso nicht? Grace ist doch total sexy.«

»Findest du?«

»Du etwa nicht?«

Caines Mundwinkel gingen nach unten. »Sie spielt im Team Sexy, aber zu Team Spaß gehört sie nicht, verstehst du? Vielleicht versucht sie es ja eines Tages mal mit einem Lächeln.«

Bobbie unterdrückte ein Lachen. »Volltreffer.«

»Ja. Ich sollte nicht so über sie reden. Sie ist schon okay, aber ... lieber nicht.« Als Bobbie nichts sagte, fuhr er fort. »Es lässt sich schwer sagen, oder? Wieso man manche Leute toll findet und andere nicht. Es ist eben einfach so.«

Bobbie wollte etwas Cooles darauf erwidern, aber bevor sie es noch recht begriff, gab sie eine ehrliche Antwort. »Ich weiß, was du meinst. Man kann nichts daran ändern.«

Caine nickte und wischte ein Guckloch in die beschlagene Scheibe. »Manche Leute leuchten einfach ein bisschen mehr als andere und das hat nichts mit ihrem Aussehen zu tun.«

Plötzlich konnte Bobbie nichts mehr sagen, weil sie einen Kloß im Hals hatte.

Als sie bei der Kirche ankamen, hatte der Regen nachgelassen und es hingen nur noch Nieselschleier in der Luft. Der Friedhof war leer, bis auf eine Frau mit einem Kinderwagen. Sie stellte frische Blumen auf ein Grab und jätete das Unkraut, das an den Gedenkstein herangekrochen war. Bobbie fragte sich flüchtig, wen sie da wohl besuchte – ihren Mann, vielleicht ihre Mutter oder ihren Vater. Sie gingen jedenfalls in respektvollem Schweigen an ihr vorbei.

Sie folgten dem Weg um die Kirche herum zu den scheinbar endlosen Reihen von Gräbern, die auf der Rückseite warteten. »Wo wollen wir anfangen?«, fragte Caine.

»Keine Ahnung. Wir suchen wohl am besten nach einem Grabstein, auf dem *Worthington* steht.«

Sie teilten sich auf, um Zeit zu sparen. Klar, genau den Fehler machten sie in den Horrorfilmen auch immer – aber es waren wirklich schrecklich viele Gräber. Eine erkennbare Ordnung gab es nicht; selbst die Wege schlängelten sich auf wenig nachvollziehbare Weise durch das Gelände. Zwischen den Gräbern ragten hier und dort riesige Eichen empor und hielten das Licht ab. Alle hundert Meter oder so stand eine Bank und das war auch schon alles, woran man sich orientieren konnte.

Während Bobbie zwischen den Grabsteinen entlangging, konnte sie so etwas wie Frieden spüren, Behaglichkeit. War der Gedanke, dass alle irgendwann starben und es deshalb okay war, makaber? Den Tod *spüren*, das taten die Hinterbliebenen. Deshalb durfte Bobbie jetzt auch noch nicht sterben. Wer würde sich dann um ihre Mutter kümmern?

Während sie die von Herzen kommenden Grabinschriften las, die für sie nur Floskeln waren, fragte sich Bobbie, ob man, wenn alles vorbei war, als Erinnerung weiterlebte. Manche Gräber waren frisch geschmückt, viele jedoch hatten schiefe, verwitterte, von Moos überwucherte Gedenksteine, und es gab niemanden mehr, der den Menschen, der darunter verweste, gekannt hatte. Bobbie fragte sich, ob man vielleicht genauso lange wirklich lebte – bis zum letzten Menschen, der sich noch an einen erinnerte, bis zum allerletzten Blumenstrauß auf dem Grab.

Über einem Familiengrab weinte ein Engel und hielt sich eine verwitterte Steinhand vors Gesicht. Bobbie las die Namen derjenigen, die dort lagen. Ganze Generationen an einer Grabstelle. Aber nirgendwo der Name Worthington. Allmählich kam ihr das hier vor wie die Suche nach der Nadel im Heuhaufen.

Ein leises Geräusch ließ sie herumfahren. Das Lachen eines Mädchens. Es wurde vom Wind herübergetragen, aber es klang schwach und körperlos, als käme es aus weiter Ferne oder aus einer längst vergangenen Zeit. Es war so zart, so flüchtig, dass Bobbie sich fragte, ob es vielleicht *diesmal* bloß Einbildung war.

Sie entdeckte Caine, der auf einem der anderen Wege in ihre Richtung kam. Sie ging ihm entgegen. »Hast du das eben gehört?«

»Was denn?«

»Ach, gar nichts. Na ja ... ich dachte, ich hätte ein Mädchen lachen gehört.«

»Lachen? Das klingt aber nicht gerade nach Mary.«

Bobbie nickte. »Das hab ich auch gedacht.«

Caine legte die Stirn in Falten. Das sah ziemlich süß aus. »Aber das ist schon alles irgendwie gruselig.«

»Wie jetzt? Der Friedhof? Ernsthaft?«

Er grinste. »Nein. Aber ich hab das totale Déjà-vu.«

In jeder anderen Woche hätte Bobbie die Augen verdreht, aber in diesem Fall glaubte sie ihm aufs Wort. »Du denkst, du bist hier schon mal gewesen?«

»Ich *bin* hier schon mal gewesen – aber diesmal ist es anders.« Er zuckte mit den Schultern. »Genauer kann ich's nicht sagen.«

Frustrierend. »Ist schon okay ... Und, irgendwo den Namen Worthington gesehen?«

»Nee.«

»Ich auch nicht.« Die Himmelsschleusen öffneten sich erneut, nach einigen dicken Tropfen fing es richtig an zu schütten. »Oha! Stellen wir uns irgendwo unter!« Bobbie hielt sich die Hände über den Kopf. Sie verließen den sicheren Weg und rannten zu einer Baumgruppe in der Nähe.

Blitze zuckten wild durch die Luft, fast sofort gefolgt von Donnergrollen, das klang, als würde der Himmel zerbersten. Das Gewitter musste direkt über ihnen sein. Sie liefen tiefer in das Wäldchen hinein und suchten nach dichterem Schutz. Die braunen Herbstblätter hielten das Schlimmste ab. Bobbie sah sich um und begriff, dass sie nicht völlig allein waren. Auch hier waren sie von Gräbern umgeben.

Ein Stück vom Hauptweg entfernt und fast völlig von Bäumen verborgen stand ein efeuüberwachsenes Mausoleum.

Rostbraunes Laub hatte sich um das gedrungene Bauwerk herum angesammelt. Tief in den Schatten verborgen war es Bobbie noch nie aufgefallen, aber es musste einmal ziemlich schön gewesen sein: Flache Stufen führten zu einem von Säulen flankierten schmiedeeisernen Tor, dessen gewundene Stäbe sich um einen tief im Gebet versunkenen Schutzengel rankten. Traurigerweise war das vernachlässigte Grabmal von Graffiti übersät – nicht von toller Streetart, sondern von hässlichen, krakeligen »Tags« und kruden Darstellungen der männlichen Anatomie. Colaflaschen und ausgeblichene Chipstüten wucherten zusammen mit den Blättern die Wände hoch.

Es musste lange her gewesen sein, dass jemand Blumen auf dieses Grab gelegt hatte, überlegte Bobbie. Die Nachbargräber – flache Gedenksteine auf dem Boden – waren mit Wildgras, Unkraut und noch mehr Abfall übersät. Dieser Bereich des Friedhofs war längst in Vergessenheit geraten.

»Das ergibt einfach keinen Sinn«, sagte Bobbie verzweifelt. Unablässig klopfte Regen auf das Blätterdach. »Wieso träumt Bridget von diesem Friedhof?«

»Wieso denn nicht? Wir kommen alle hierher. Vielleicht sind zu Marys Zeiten die Mädchen auch hierhergekommen?«

Bobbie zog die Nase kraus. »Das ist nicht fair. Wir tun unser Bestes und folgen allen Hinweisen, aber die führen nirgendwohin. Wir sind jetzt nicht schlauer als heute früh.«

»Hey.« Caine kam näher und nahm ihre Hand. Seine Haut fühlte sich heiß an und wärmte ihre kalten, klammen Finger. »Wir schaffen das. Wir tun, was wir können. Vielleicht ... vielleicht müssen wir mal eine Pause einlegen.«

»Dazu fehlt uns die Zeit.«

»Wir haben immer noch zwei Tage. Das klappt schon.« Er drückte ihre Hand und sie hätte ihm fast geglaubt. Sie standen jetzt ganz dicht voreinander, zu dicht, näher, als es unter Freunden üblich war. Sie legte den Kopf in den Nacken, bis sich ihre Blicke trafen. Auf ihren Brillengläsern glitzerten Tropfen, aber sie konnte immer noch sehen, wie er sie ansah. Er wollte *sie* küssen. Sie wollte ihn küssen. Sie wollte, dass er sie küssen wollte. Sie hatte sich immer gefragt, wie ihr erster Kuss wohl sein würde, aber sie hätte sich nie träumen lassen, dass es auf einem regendurchweichten Friedhof passieren würde.

Ihre Lippen waren nur Zentimeter voneinander entfernt, aber selbst das war zu viel Distanz. Er beugte sich vor, nutzte die Gunst des Augenblicks. Im selben Moment, als seine Lippen ihren Mund berührten, kam eine seltsame, sanfte Brise herangeweht, ein Sommerwind. Trockene, träge Juliluft mit einem Hauch von gemähtem Gras, wildem Knoblauch und Lavendel. Und Parfüm ... sie konnte definitiv Parfüm riechen. Braune, rote und gelbe Blätter flogen vom Boden auf und drehten sich anmutig um sie herum: Sie wirbelten, stiegen auf und sanken davon, wie bei einem Walzer. Und der seltsame Tanz wurde – diesmal war es unbestreitbar – von einem scheuen, mädchenhaften Lachen begleitet.

16 FREUNDSCHAFTLICHER RAT

Bobbie zog sofort den Kopf zurück, obwohl sich ihre Lippen kaum berührt hatten. »Du kannst das auch hören, oder?«

»Ähm, ja.« Er wurde blass. »Wer ist das?«

Der Zauber brach, die wirbelnden Blätter sanken zu Boden und raschelten wie zerknülltes Papier. »Dreimal darfst du raten.«

Caine ließ ihre Hand los. Bobbie spürte, dass *sie* das verursachten; sie wühlten die Vergangenheit auf. Oder lag irgendetwas in der Luft, das Caine so hatte handeln lassen? Sie hoffte wirklich, wirklich sehr, dass dem nicht so war. Caine sah sich auf der Lichtung um. »Ich glaube, wir sollten hier weg. Und zwar sofort.«

Sie hätte am liebsten gesagt: *Nein, küss mich noch mal, und zwar sofort.* Aber sie nickte und schlug den Weg zur Kirche ein ohne sich zu ihm umzudrehen. Erst am Leben bleiben, *dann* küssen.

Irgendwie hatte sie sich gar keine Gedanken darüber gemacht, wie sie wieder ins Internat *hineinkommen* sollte. Das einzig Gute war, dass wegen ihrer Krankmeldung niemand fragen würde, wieso sie ihre Schuluniform nicht trug. Was ihr allerdings auch nicht die Haut retten würde, wenn sie außerhalb des Schulgeländes erwischt wurde. Ihr fiel wieder ein, dass Elodie im Bus gesessen hatte. »Verpfeifen« galt im Internat als Todsünde, allerdings nur gegenüber dem Lehrpersonal. Elodie brauchte es ja nur einer Freundin weiterzuerzählen und diese dann der nächsten und immer so weiter.

Bobbie kam während der fünften Stunde bei der Schule an, nachdem sie sich bereits in Oxsley von Caine verabschiedet hatte. Da sie beide verschiedene Busse hatten nehmen müssen, war es zu keinem zweiten Kuss gekommen. Darüber geredet hatten sie auch nicht; also durfte sie sich jetzt neben allen anderen Problemen auch noch den Kopf über die Frage zerbrechen, was das vorhin auf dem Friedhof zu bedeuten hatte.

Sie musste wieder an Sadies ursprüngliche Geschichte denken. Mary hatte sich anscheinend mit einem Jungen aus dem Ort eingelassen. Mit einem Jungen wie Caine also. Dieses Schwindelgefühl, das Bobbie jedes Mal überkam, wenn sie ihn sah – war es real oder war es eine Art Zauber? Spielten sie einfach die Vergangenheit nach? Sie hatte bisher noch nie so für einen Jungen empfunden, deshalb konnte sie es nicht beurteilen. Dieses Gefühl, als würde sein Name jetzt ihrem Herzen eingeschrieben sein, konnte ebenso gut einen übernatürlichen Ursprung haben. Fremdartig genug war es definitiv.

Sie wartete, bis eine Gruppe Mädchen in Sportsachen von den Umkleiden zum Hockeyfeld trottete, dann schlüpfte sie unbemerkt durch den Hintereingang. Da sie sich nun wieder auf dem Schulgelände befand, drohte ihr schon deutlich weniger Ärger. Dennoch wich sie lieber so vielen Leuten wie möglich aus und schlich durch den Geheimgang zurück zu ihrem Zimmer.

Das Haus Brontë lag natürlich wie ausgestorben, weil alle im Unterricht waren. Kaum berührte Bobbies Po die Matratze, wurde ihr bewusst, wie erschöpft sie war. Die ganze Aktion hatte sie völlig ausgelaugt, dabei war es noch nicht einmal drei Uhr nachmittags. Sie hatte Todesängste ausgestanden und Verletzungen erlitten und war geküsst worden – alles in der Spanne eines Vormittags. Ein Nickerchen bei beruhigendem Tageslicht war unendlich verlockender als der Nachtschlaf und sie spürte kaum das Plüschfellkissen unter dem Kopf, da fielen ihr schon fast die Augen zu. Schuldgefühle meldeten sich, doch eigentlich gab es nichts, was sie gerade hätten unternehmen können. Bridget hatte ihnen nur den Hinweis auf den Friedhof geliefert, aber bis auf den Beinahe-Kuss hatte die Fahrt nichts gebracht.

Caine wollte den Rest des Tages blaumachen, war aber nach Hause gefahren, um sicherzugehen, dass das Sekretariat keine Nachricht auf dem Anrufbeantworter seiner Mutter hinterlassen hatte. Außerdem würde sie ihn nicht schon wieder ins Internat schmuggeln – sie hatte heute schon genug riskiert.

Sie streifte ihre Schuhe ab und schloss die müden Augen. Dann spielte sie den Beinahe-Kuss immer wieder in ihrem Kopf durch. Dank ihrer blühenden Fantasie hatte der Moment Kinofilm-Dimensionen angenommen: wogende Geigenklänge; ihr Versinken in Caines Armen, den Rücken anmutig gebogen wie eine Tänzerin, während er sich über sie beugte. Es wäre *total perfekt* gewesen – ohne die gespenstische

Unterbrechung. Nein. Sie würde nicht zulassen, dass Mary ihren Kinomoment verdarb. Ihren ersten Kuss (oder so). Ihr ging das Herz über und bald auch der Kopf. Sie verlor sich in ihren Fantasien.

Und war noch selig, als sie schon schlief und träumte. Sie befand sich unten im Aufenthaltsraum der Unterstufe, nur dass er jetzt anscheinend eine Bibliothek war. Dort saß sie in dem Sessel im Erkerfenster und war durch den dicken grünen Samtvorhang so gut wie abgeschirmt vom Rest der Welt. Warme Frühlingssonne durchflutete den Raum und sie badete darin, genoss die Strahlen auf ihrem Gesicht. In ihrem Schoß lag ein Buch, aber sie las nicht. Stattdessen sah sie aus dem Fenster zu den anderen Mädchen auf dem Schulhof. Sie lachten, kreischten, alberten herum und spielten irgendein Fangspiel.

Bobbie hatte sich in ihrem Leben noch nie so abgetrennt gefühlt. So musste sich ein Goldfisch vorkommen.

Alles an den Mädchen draußen war anders als bei ihr. Sie trug Zöpfe, die hatten die Haare im Nacken hochgesteckt und perfekt gezupfte, nachgezogene Augenbrauen. Auf einmal bemerkte sie, dass ein Mädchen mit wunderschönen roten Korkenzieherlocken zum Fenster sah und auf sie zeigte – sie war entdeckt. Irgendwoher wusste sie, dass es sich um Susan Fletcher handelte. »Habt ihr gesehen? Sie hat mich angestarrt.« Die gehässigen Worte waren sogar durch die Scheibe zu verstehen.

»Sitzt einfach da und beobachtet uns! Wie eigenartig!«, stimmte ein zweites Mädchen in ihr Lachen ein.

Bobbie klappte das Buch zu und beschloss sich ein anderes

Versteck zu suchen. Sie schwang die Beine aus dem Sessel und schnappte nach Luft. Das Buch fiel mit einem dumpfen Schlag zu Boden. Sie war nicht allein. Ein gut aussehender Mann, ein Lehrer vermutlich, stand mit einem Stapel Bücher in den Händen da und sah sie an. »Ach, das tut mir leid«, sagte er. »Ich wollte Sie nicht erschrecken. Ich dachte, Sie hätten mich längst bemerkt.«

Falls Mary vor all den Jahren etwas geantwortet hatte, so wusste Bobbie das nicht. Eine solche Schüchternheit, die schwerer wog als ein Kettenhemd, hatte sie jedenfalls noch nie empfunden. Sie konnte ihm nicht einmal ins Gesicht sehen. Der Lehrer trug einen schlichten grauen Anzug mit weinroter Krawatte, beides von altmodischem Schnitt. Seine rotbraunen Haare waren mit Pomade zurückgekämmt und an der Seite gescheitelt wie eine Feder. Er hatte ein sanftes Lächeln und ein kräftiges Kinn mit einem Grübchen in der Mitte. Er war deutlich attraktiver als alle heutigen Lehrer an der Schule, einschließlich Mr Granger.

»Sie sind Mary, nicht wahr? Die neue Schülerin?«

Bobbie nickte.

»Was machen Sie denn ganz allein hier drinnen? Es ist ein so schöner Tag.«

Bobbie brachte keinen Ton heraus, aber das Gespräch ging auch ohne sie weiter.

»Ach, verstehe. Lassen Sie mich raten. Einige der Damen haben Sie nicht allzu freundlich empfangen?«

Die Zeit verging. Sie sah nur das, was er machte – als ob Mary nur noch ihn wahrnahm. »Was lesen Sie gerade? Ach, *Moby Dick* ist eines meiner absoluten Lieblingsbücher ... *Nennt mich Ismael*, so ein wunderbarer erster Satz, finden Sie nicht auch? Ja ... und Ahabs Besessenheit ... Ja, das stimmt ... sogar sehr ...«

Bis sie damit fertig waren über den weißen Wal zu reden, hatte Bobbie – nein, Mary – sich verliebt.

Als sie erwachte, war ihr immer noch ganz leicht ums Herz und zuerst war sie enttäuscht, dass es nur ein Traum gewesen war – aber dann fiel ihr Caine ein und sie hatte irgendwie das Gefühl, ihn mit diesem tollen Lehrer betrogen zu haben. Das war bis jetzt der eindringlichste Traum gewesen, als hätte sie sich in einen Filmstar verguckt, nur zehnmal stärker. Sadies Geistergeschichte hatte einen wichtigen Punkt ausgespart: Es war kein Junge aus dem Ort gewesen, sondern ein *Mann*.

Naya rüttelte sie. »Lass mich«, murmelte sie noch halb dösend.

»Zeit zum Aufstehen, du Schöne.«

»Wie spät ist es?«

»Gibt gleich Abendessen. Wie lief es in der Klinik?«

Bobbie setzte sich auf und rieb sich die Augen. »Es war totale Zeitverschwendung. Bridget hat uns nichts gesagt, was wir nicht schon längst wussten, und am Ende war ich voller Schnitte. Schau.« Sie schob die Ärmel nach oben.

Naya schnappte entsetzt nach Luft. »Mein Gott. Woher hast du die?«

»Keine Ahnung. Sie waren einfach plötzlich da.« Bobbie knöpfte ihre Bluse auf, um es sich genauer anzusehen. Die Schrammen gingen bis ganz hinauf zu ihren Schultern.

»Tun sie weh?« Naya strich über Bobbies Haut und kräuselte die Lippen.

»Nein. Na ja, ein bisschen schon. Das hier ist genauso verrückt wie alles andere diese Woche, oder?«

»Und es geht dir wirklich gut?« Naya verzog das Gesicht und Bobbie nickte – eine weitere verpasste Gelegenheit, vor Angst zusammenzubrechen. »Also ... du hast alles Mögliche verpasst, während du *krank* warst.« Naya malte Anführungszeichen in die Luft. »Willst du zuerst die gute oder die schlechte Neuigkeit?«

Bobbie knöpfte ihre Bluse wieder zu. »Himmel, was denn nun schon wieder? Die gute, würde ich sagen.«

Naya schlug die Beine unter. »Okay. Weil Sadie inzwischen seit mehr als achtundvierzig Stunden verschwunden ist, wird jetzt offiziell in einem Vermisstenfall ermittelt – sagt jedenfalls Jennie Pham und ihr Vater ist Cop. Und dann kam beim Mittagessen Dr. Price in die Mensa und verkündete, dass das Heimfahrtwochenende diesmal schon am Donnerstag anfängt. Mittwochabend ist Abreise.«

»O wow. Ich frage mich, warum.«

»Wir denken, damit die Polizei Spuren sichern kann und so weiter.«

»Oder weil sie glauben, dass wir hier nicht sicher sind.« Bobbie fuhr sich mit der Hand durch die Haare und versuchte ihre Gedanken zu ordnen. »Was ist mit uns?« Heimfahrtwochenende war immer am Monatsanfang – dann waren Freitag und Montag unterrichtsfrei und die meisten Mädchen fuhren nach Hause. Nur eine Notbesetzung blieb zurück und kümmerte sich um die Auslandsschülerinnen wie Naya und die wenigen Mädchen, die nicht nach Hause konnten, wie Bobbie.

»Wir bleiben hier.«

»Aber das ist doch, wenn ...«

»Die Zeit abläuft. Ich weiß.«

Das Hochgefühl wegen ihres Vormittags mit Caine war plötzlich nichts als eine verschwommene, ferne Erinnerung. Morgen nach Unterrichtsschluss würden sie in einer praktisch leeren Schule zurückbleiben, während sich ein Gespenst an sie heranschlich. »Himmel. Was soll daran eine gute Neuigkeit sein? Was machen wir denn jetzt?«

»Wenigstens werden überall auf dem Gelände Polizisten sein.«

Bobbie schnaubte. »Da bin ich aber gespannt, was sie gegen ein totes Mädchen im Spiegel unternehmen können.«

»Tja, immerhin haben wir einen unterrichtsfreien Tag, wenn wir nicht sterben.«

Bobbie rang sich für ihre Freundin ein Lächeln ab. »Und was ist die schlechte Neuigkeit? Brauche ich ein Beruhigungsmittel, bevor ich die höre?«

»Dr. Price will, dass du in ihr Büro kommst.«

Plötzlich kam ihr die Matratze vor wie ein Wasserbett. Oder vielleicht drehte sich ihr auch nur der Kopf. »Na toll.«

Bobbie kauerte auf dem Sofa zwischen der Krankenstation und dem Isolierraum und schlang die Arme um sich wie in einer Zwangsjacke. Sie wartete darauf in Dr. Prices Büro gerufen zu werden. Aus irgendeinem Grund war es im alten Flügel immer zehnmal kälter als im Rest der Schule. In der Ferne konnte Bobbie das Geplapper der Mädchen hören, die zum Abendessen in die Mensa strömten. Seit ihnen ein freier Tag zu Hause beschert worden war, herrschte in der Schule eine Aufregung wie vor Weihnachten. Wer wie Bobbie hierbleiben musste, hielt den Mund, um den anderen nicht den Spaß zu verderben.

»Roberta, kommen Sie dann bitte?« Die Tür hatte sich geöffnet und Dr. Price winkte sie herein. »Entschuldigen Sie die Wartezeit, aber ich musste ein wichtiges Telefonat führen.«

»Kein Problem.« Bobbie trat mit gesenktem Kopf ins Zimmer. Sie war über die Jahre nur wenige Male hier drin gewesen. Da Piper's Hall, wie in der Broschüre behauptet wurde, die Belohnung der Strafe vorzog, musste man schon ganz schön was angestellt haben, um diese Mauern von innen zu sehen.

Dr. Price saß hinter ihrem edlen Schreibtisch, dessen Holz glänzte wie eine frisch polierte Kastanie, und bedeutete ihr auf dem Besucherstuhl Platz zu nehmen. Doch Bobbies Füße verharrten wie angewurzelt auf dem Blättermuster des Teppichs. Sie hatte völlig den Spiegel vergessen.

Das Zimmer der Rektorin wurde von einem protzigen Spiegel beherrscht, der an der Wand hinter dem Schreibtisch hing. Es handelte sich eindeutig um eine Antiquität, wobei Bobbie nicht hätte sagen können, aus welcher Epoche er stammte. Er besaß einen verschnörkelten, fast schon vulgären Goldrahmen – als käme er direkt aus dem Schloss von Versailles. Wenn ihre Erinnerung sie nicht trog, hatte die Schule den Spiegel zur feierlichen Eröffnung gestiftet bekommen. Aber natürlich waren es nicht die pompösen Verzierungen, die Bobbie Sorge bereiteten, sondern das Glas. Das ganze Zimmer spiegelte sich darin und Bobbie wusste, dass sie nur genau genug hinsehen musste, um *sie* darin zu entdecken. »Ist alles in Ordnung, meine Liebe?«

Bobbie kehrte mit einem Ruck in die Gegenwart zurück

und vermied es zum Spiegel zu sehen. »Ähm, ja, mir ist nur ein bisschen flau.« Sie ließ sich auf den plüschigen Polsterstuhl sinken.

»Ja, wie ich höre, waren Sie krank. Deshalb wollte ich auch mit Ihnen reden. Mir ist aufgefallen, dass Sie während der letzten Tage ein wenig neben sich standen.«

Dass Price das überhaupt zu beurteilen vermochte, verblüffte Bobbie. Sie hatten in den vergangenen fünf Jahren kaum einmal miteinander zu tun gehabt. »Ich glaube, da hatte ich mir schon etwas eingefangen.« Sie konnte ihr nicht in die Augen sehen.

Price stützte das Kinn auf die Finger. Ihr Nagellack war perfekt auf das rosenfarbene Halstuch abgestimmt. »Roberta, wissen Sie, was *in loco parentis* bedeutet?«

Bobbie hatte die Hände unter die Oberschenkel geklemmt. »Ja, heißt das nicht elterliche Verantwortung oder so?«

»Das ist richtig. Wörtlich *anstelle der Eltern.* Ich weiß, wir haben uns nicht allzu oft unterhalten, aber ich lege Wert darauf, alle meine jungen Damen zu kennen. Ich hatte nie eigene Kinder, wissen Sie. Ich hatte nie das Gefühl welche zu brauchen, wo ich doch euch Mädchen habe.«

Dass ihre Rektorin so persönliche Dinge ansprach, war beunruhigend, um es milde auszudrücken. Bobbie hatte immer die Theorie befürwortet, dass Lehrer zum Schlafen in Tupperdosen im Materialraum stiegen. Die Vorstellung, dass sie ein Sexleben hatten, war schlichtweg gruselig. »Also merke ich auch, wenn euch etwas bedrückt«, schloss Dr. Price.

Schlagartig wurde Bobbie nervös und Hitze stieg in ihr auf. »Mir geht's gut. Wirklich. Bloß ein Virus.«

Dr. Price musterte sie mit ihren grünen Augen, die so schlau blickten wie ein Fuchs. »Bobbie, falls das irgendetwas mit Sadie zu tun hat – und ich gehe davon aus –, dann muss ich unbedingt Bescheid wissen. Sie denken vielleicht, Sie schützen jemanden ... vielleicht sogar Sadie, aber mit jeder Minute, die vergeht, wird die Angelegenheit ernster. Auch ernster für Sie, falls Sie irgendetwas wissen.«

Bobbie musste die Lippen spitzen, um nicht bitter aufzulachen oder zu schluchzen. Als ob sie das nicht selber wusste. Die Zeit rann ihnen zwischen den Fingern hindurch und sie konnte nichts dagegen machen. Noch weniger als zwei Tage. Sie war am Ende. Vielleicht war es wirklich besser, reinen Tisch zu machen. »Sie glauben es wahrscheinlich nicht –«

»Was? Was glaube ich nicht?«

Bobbie erstarrte und ließ den Satz unbeendet. *Sie* war im Zimmer. Im Spiegel, ganz in der hintersten Ecke, zwischen dem Regal und dem Fenster. Mary drückte sich in die Schatten und nur die hellsten Stellen ihrer Wangenknochen und ihres Kinns zeichneten sich im Licht der Schreibtischlampe ab.

»Bobbie ... Was?«

Sie fuhr instinktiv auf ihrem Stuhl herum, um zu schauen, ob Mary *wirklich* in der Ecke stand. Tat sie natürlich nicht, aber gleich neben der Stelle, wo sie gewesen war, sprang plötzlich eine Schranktür auf. Ein Ringordner und einige Hefter fielen aus dem oberen Fach und Blätter rutschten über den Boden.

»Na fein.« Price stand auf und kam hinter ihrem Schreibtisch hervor, um das Durcheinander zu beseitigen. »Das kommt davon, wenn man Dinge unordentlich stapelt.«

Bobbie ging hinüber und hockte sich hin, um ihr zu helfen.

Wow, Lehrer hatten wirklich jede Menge Papierkram zu machen, dachte sie, als sie die Formulare aufsammelte. Der Himmel wusste, was das alles war – Kopien von Zeugnissen anscheinend.

»Ist schon gut, Bobbie, lassen Sie mich das machen, bitte. Die müssen in der richtigen Reihenfolge einsortiert ...« Die Rektorin verstummte und Bobbie brauchte einen Moment, um zu begreifen, wieso. Sie hatte geistesabwesend die Ärmel hochgeschoben und dabei waren die Verletzungen zum Vorschein gekommen. Au Scheiße. »Bobbie, was haben Sie mit Ihren Armen gemacht?«

»Gar nichts!«, quiekte Bobbie und wusste genau, wonach das zwangsläufig aussah.

»Haben Sie sich selbst verletzt?«

»Nein! Himmel, nein! Ich schwöre, das ist es nicht. Versprochen.«

»Was ist es dann?«

Bobbie suchte krampfhaft nach einer vernünftig klingenden Ausrede, kam aber nur auf völlig absurde Sachen, die sich kaum überzeugend rüberbringen ließen. »Ein Kätzchen.« Für sie stand fest, dass sie der Rektorin nicht die Wahrheit sagen konnte. Dann würde man sie dazu zwingen einen Arzt aufzusuchen und für so etwas war die Zeit nun wirklich zu kostbar – sie hatte nicht vor, ihren vielleicht letzten Tag auf Erden bei einer psychologischen Beratung zu vertrödeln.

»Ein Kätzchen?« Dr. Price richtete sich auf und schloss die Schranktür.

»Ja. Da gibt es diesen Jungen. Er heißt Caine. Er wohnt in Oxsley. Ich treffe ihn an den Wochenenden und er hat gerade diese neue Katze. Sie ist echt süß, aber sie kratzt ohne Gnade!« Bobbie versuchte sich an einem belustigten Lächeln. *Mann, bin ich GERISSEN!*

Dr. Price sah sie an, als wäre sie vielmehr *durchgeknallt.* Die Geistervariante hätte ihr vielleicht eine bessere Reaktion entlockt. »Roberta. Selbstverletzung ist sehr ernst zu nehmen. Ich lege großen Wert auf das Wohlbefinden –«

»Ich weiß. Ich schwöre, damit hat es nichts zu tun. So etwas würde ich nie machen.«

Price wirkte nicht einmal ansatzweise überzeugt, als sie hinter ihren Schreibtisch zurückkehrte. »Bobbie, ich werde Sie ganz genau im Blick behalten. Haben wir uns verstanden?«

»Ja, Miss.«

Wieder ein durchdringender, prüfender Blick. »Und Sie sind ganz sicher, dass Sie mir nichts mitzuteilen haben?«

»Nein, Miss.«

»Schön. Sie gehen jetzt besser zum Abendessen, solange es noch etwas gibt.«

»Ja, Miss.« Als Bobbie aus dem Büro eilte, riskierte sie einen Blick in den Spiegel. Mary war nirgends zu sehen.

Sie zog ihre Ärmel bis zu den Fingern und ging zur Mensa. Ihr Magen hatte sich auf die Größe einer Erbse zusammengekrampft. Da würde sie keinen Bissen herunterbekommen, obwohl es heute Abend Rhabarber-Crumble mit Vanillesoße gab, ihr Lieblingsessen. Mit Price im Nacken würden die nächsten beiden Tage noch härter werden. Es war schrecklich, nicht zu wissen, was ihr morgen bevorstand.

Die meisten Mädchen waren schon fertig und schlenderten in Zweier- und Dreiergruppen zurück zu ihren Häusern. Bobbie sah Grace erst, als es zu spät war. Die Blonde war so ziemlich von Kopf bis Fuß mit Männernamen bedeckt – Jack Wills, Tommy Hilfiger und Abercrombie & Fitch. »Ach, hi, Bobbie, kann ich kurz mit dir reden?«

Sie bekam sofort Panik. Das war das erste Mal seit Menschengedenken, dass Grace sie mit ihrem Namen angesprochen hatte und nicht mit *Bobs-Mops.* »Ja, klar.« Sie schob ihre Brille nach oben und sah sich unauffällig nach Zeugen um. Aber es gab keine. Der Flur vor dem Speisesaal war leer – man hörte nur das ferne Scheppern von Tabletts und Geschirr.

Grace fixierte sie mit makellosem Eyeliner-Blick und sagte ganz leise und ernst: »Hör mal. Ich weiß, dass du heute das Schulgelände verlassen hast. Elodie Minchin hat dich zusammen mit Caine im Bus gesehen.«

»Grace, ich kann das erklären –«

»Wirklich, das musst du gar nicht.« Ihre Stimme triefte honiggoldenen Sirup. »Ich weiß, als Schulsprecherin bin ich verpflichtet, so etwas zu melden, aber Himmel, wir sind Freundinnen. Für was für ein Ungeheuer hältst du mich?«

Bobbie brauchte ihre gesamte Selbstbeherrschung, um nicht laut aufzulachen, ungläubig zu starren oder eine ehrliche Antwort zu geben. Wann waren sie jemals Freundinnen gewesen? »Es ist nicht so, wie es aussieht.«

Grace lächelte, aber offensichtlich war sie physiologisch nicht in der Lage so etwas wie Wärme zu vermitteln. Ihre Mundwinkel gingen nach oben, aber ihre Augen blieben unbeteiligt. »Ich wollte mit dir reden, weil ich mir Sorgen mache, das ist alles.«

»Du machst dir Sorgen?«

»Ja. Du solltest besser wissen, dass Caine Truman der totale Aufreißer ist.« Ach. Darum ging's. Wie faszinierend. Dass Grace ihr nicht einfach nur körperlichen oder seelischen Schaden androhte, bedeutete, dass sie zum ersten Mal Bobbies Anwesenheit zur Kenntnis nahm und sie darüber hinaus sogar als Konkurrenz betrachtete. Also machte sie einen auf Mafiaboss, von wegen: *Halte deine Freunde nah, aber deine Feinde noch näher.* Was allerdings völlig überflüssig war, wo Grace sich doch viel weiter oben in der Nahrungskette befand. Das war, als würde eine Raubkatze sich einmal im Vertrauen mit einem Stubentiger unterhalten.

»Ehrlich?« Bobbie beschloss mitzuspielen. »Er kommt mir ganz nett vor.«

»Ach Bobbie, am Anfang sind sie alle ganz nett. So bekommen sie ja, was sie wollen.«

»Da ist was dran.«

Grace nickte ernst. Zu ernst. »Ich will einfach nicht, dass du dir eine Demütigung abholst.«

»Eine Demütigung?«

»Jungen wie Caine ... Er macht das wahrscheinlich wegen einer Wette oder so. Die betrachten uns Internatsmädchen als Trophäen, mit denen sie auf der Radley angeben können. Lass das nicht zu, okay?« Es war weniger eine Frage als ein Befehl.

Bobbie verschlug es fast die Sprache. Das war die verbale Variante einer Säureattacke. »Ähm ... danke, glaube ich.«

»Gerne. Wir Mädels müssen doch zusammenhalten, stimmt's?« Grace ließ ein Haifischgrinsen aufblitzen. »Komm, darauf eine Umarmung.« Sie drückte sie, obwohl Bobbie die Arme demonstrativ herabhängen ließ.

»Ich muss zum Essen«, sagte Bobbie leise und entzog sich ihr. Als ob sie nicht schon genug Sorgen hatte.

Price, das tote Mädchen – und jetzt auch noch Grace.

17 APPORT

Nayas leise Atemzüge vom anderen Bett her genügten, um Bobbie schließlich in einen leichten Schlaf zu locken. Diesmal hoffte sie fast auf einen Traum, einen weiteren Hinweis aus Marys Vergangenheit. Es kamen jedoch nur Bruchstücke, Teile einer Patchwork-Decke, die sich in ihre einzelnen Stoffstücke auflöste.

Im ersten befand sie sich in einem kalten Saal – dem kleinen Theater. Sie erkannte es an seinem staubigen Geruch und den vertrauten Faltenvorhängen aus Samt vor der Bühne. Es war leer, sämtliche Lichter waren aus. Sie saß an einem ramponierten Klavier, wie es immer noch während der Chorproben benutzt wurde – der Flügel wurde nur herausgeholt, wenn Eltern im Publikum saßen. Bobbies Finger schwebten unsicher über den Tasten. Sie spürte, dass sie nicht allein war. Sein Geruch erreichte sie, bevor sie ihn sah – sauber und mit einem Hauch von herbem Rasierwasser. Ein ebenso männlicher wie berauschender Duft, genau so hatte sie ihn von ihrer erster Begegnung in der Bücherei in Erinnerung. Der gut aussehende Lehrer. Er lehnte sich oben auf das Klavier und sah ihr beim Spielen zu. »Sie spielen wunderschön«, sagte er. »Aber lassen Sie mich Ihnen etwas zeigen.«

Bobbie wollte vom Klavierhocker aufstehen. »Nein, bleiben Sie sitzen. Achten Sie auf meine Hände.« Er schob sie sanft zur Seite, damit sie sich den Hocker teilen konnten. Sein Schenkel lag an ihrem Bein, seine Schulter an ihrer Schulter. Er war so warm; sie fühlte sich neben ihm bestimmt wie ein Eisblock an. Er spielte die Akkorde meisterhaft, seine Finger glitten wie Wasser über die Tasten. »Und nun Sie.«

Sie versuchte ihn nachzuahmen, aber ihre Finger fühlten sich so steif und plump an wie Würste. Die Noten, die sie hervorbrachte, klangen gequält. »So.« Er nahm ihre Hand und bog ihre Finger zurecht, positionierte sie in der korrekten Haltung. »Sehen Sie?«

Das tat sie. Diesmal erklangen die Tasten in Harmonie. Als seine Hand ihre Finger losließ, kam sie auf ihrem Knie zum Ruhen. Sie unternahm nichts dagegen. Die Berührung war köstlich und sie wollte nicht, dass sie endete. Hitze stieg ihr in die Wangen und eine ähnliche Wärme prickelte in ihrer Brust, als würde in ihrem Innersten ein Vulkan ausbrechen.

Dann passierten einige andere Dinge, die zu flüchtig waren, als dass Bobbie sie erfassen konnte – vage Eindrücke von Farben und Klängen. Deutlich sah sie erst wieder einen Schulhof im Winter. Eiszapfen hingen am Dach des Laufgangs, der den Hof umgab, und im Schnee waren Wege freigeschaufelt worden, die der Streusand orange gefärbt hatte. Armselige Flocken wirbelten umher und schienen den Gesetzen der Schwerkraft zu widersprechen, während Mädchen einander jagten und Schneebälle warfen oder zu großen Kugeln rollten. Bobbie beachtete sie kaum.

Auf der anderen Seite des Hofs stand, eine dampfende Tasse Tee in den behandschuhten Händen, ihr Lehrer. Während er auf sein Getränk blies, wandte er keinen Moment den Blick von ihr ab. Sie saß wie immer allein auf der Bank, fest in ihren Wintermantel gewickelt. Im Auge eines Sturms sahen sie nur einander.

Ihr kleines Geheimnis.

Zum ersten Mal in ihrem Leben bedeutete sie jemandem etwas.

Bilderfetzen verflüchtigten sich um Bobbie herum wie Rauch. Sie erwachte unvermittelt und spürte, dass jemand ganz dicht bei ihr war. Die Sprungfedern ihrer Matratze gaben knarrend nach, als Naya, die offenbar auch aus einem Traum hochgeschreckt war, sich leise neben sie setzte. »Alles okay, Naya?«, krächzte Bobbie und räusperte sich.

Vom anderen Bett her kam ein Murmeln. Selbst in der grauen Düsternis des Zimmers konnte Bobbie sehen, wie Naya sich von ihr wegdrehte.

Und wer sitzt dann auf meinem Bett?

Bobbie wich zurück und riss die Knie nach vorn. Ihr Rücken klemmte in dem Winkel zwischen Wand und Bettgestell. Hellwach, die Augen weit aufgerissen, wagte sie es sich aufzusetzen und nachzusehen. Da war jemand unter der Steppdecke – eine zierliche Gestalt, deren Kopf die Decke zeltartig hochstehen ließ. »Naya!«, rief Bobbie, doch das Wort blieb ihr in der Kehle stecken. Sie zog die Knie an die Brust, weil sie den Eindringling nicht mit ihren nackten Beinen berühren wollte. »Naya!«, sagte sie noch einmal, aber ihre Freundin murmelte nur etwas ohne sich zu bewegen.

Die Gestalt tat nichts, saß einfach auf halber Höhe des Betts unter der Steppdecke. Bobbie stand der Mund offen, ihre Augen brannten. Eine Träne rollte ihr Gesicht hinab, aber sie war wie gelähmt vor Furcht. Ihr ganzer Körper war in Schockstarre.

Aus irgendeinem Grund, der Himmel allein wusste, wieso, musste sie an die Zeit denken, als sie in der Nähe von Sydney gelebt hatte, während ihre Mum dort in einer Seifenoper mitspielte. Eines späten Abends hatte sie ein Rascheln in ihrem Zimmer gehört. Im ersten Moment hatte sie an eine niedliche Maus oder ein Kusu gedacht und sich gefreut, doch als sie die Augen öffnete, war es eine gigantische, haarige Spinne gewesen, die über ihr Kopfkissen krabbelte. Dieselbe Furcht spürte sie auch jetzt wieder. Obwohl sämtliche Synapsen in ihrem Gehirn schrien, dass sie hier so schnell wie möglich wegsollte, hatte sich jeder einzelne Muskel in Stein verwandelt.

Die zusammengekauerte Gestalt, von der Bobbie nur annehmen konnte, dass es sich um Mary handelte, war ebenso reglos. Sie spiegelten einander auf den gegenüberliegenden Enden des Bettes, die Köpfe auf derselben Höhe. Bobbie spürte genau, dass Mary sie ansah, selbst durch die Steppdecke hindurch. »Naya ...«, versuchte sie es ein letztes Mal, doch sie wusste, dass sie ihre Zimmergenossin nicht wach bekommen würde.

Mary saß immer noch ganz still. Unter der Decke waren schwache, rasselnde Atemzüge zu hören. »M-Mary?«, hauchte Bobbie. »Bist du das?« Die Frage war dumm, aber eine bessere brachte sie nicht zu Stande. Als sie die Hand nach der Nachttischlampe ausstreckte, ruckte die Gestalt nach vorn –

einige Zentimeter nur, doch das genügte, dass Bobbie aufschrie und sich mit dem Rückgrat noch fester gegen das Bettgestell presste. »Warum machst du das?« Wieder lief ihr eine Träne die Wange hinab. »Ich ... ich will dir doch helfen ...«

Die Gestalt war still wie eine Statue, nur die Decke bewegte sich mit jedem Atemzug des toten Mädchens. Genau wie damals bei der Spinne versuchte Bobbie es mit Vernunft und wollte sich einreden, dass dieses Ding in ihrem Bett ihr nichts tun konnte. Doch die Verletzungen an ihren Armen besagten anderes. Trotzdem musste sie sich ihr stellen, musste sie einen genauen Blick auf das Mädchen bekommen, das sie heimsuchte. »Sag es mir, Mary. Sag mir, was ich machen soll ...« Ihr Kopf fühlte sich leer an, ihr war schwindelig und ihre Hand zitterte, doch sie griff nach der Steppdecke. Es wurde Zeit. Tränen rannen zu ihren Lippen hinab und sie schmeckte das Salz.

Es war eine Art Reflex, doch als sie den Rand der Decke ergriff, stieß sie einen Schrei aus, als würde all das Adrenalin sich in ihrem Hals zu einem Laut formen. Mit der flinken Handbewegung eines Toreros riss sie die Decke herunter. Wie bei einem uralten Zaubertrick löste sich die feste Form unter dem Stoff in Luft auf. Da war nichts unter der Decke, niemand.

Nein, das stimmte nicht. Selbst in der Dunkelheit und ohne Brille sah Bobbie unten zwischen dem zerknüllten Bettzeug etwas liegen. *Jetzt* wachte Naya auf, schniefte und regte sich. Vielleicht war ihr tiefer Schlaf ja irgendwie Marys Werk gewesen. Bobbie streckte sich, machte die Lampe an und griff nach ihrer Brille.

»Was ist denn los?«, ächzte Naya.

»Sie ist hier gewesen.«

»Was?«

»In meinem Bett.«

Naya fuhr hoch. »Du machst Witze.«

»Sehe ich aus, als würde ich Witze machen?« Bobbie wischte sich die Tränen vom Gesicht und griff mit spitzen Fingern nach dem Gegenstand am Fußende ihres Betts. Jetzt, bei Licht, konnte sie sehen, dass es sich um eine Art Heft handelte. Der Umschlag besaß denselben Rotton wie die Londoner Busse.

»Was ist das?«

»Ich ... ich glaube, das hat sie für mich dagelassen.« Bobbie zog es vorsichtig aus dem Bettzeug hervor. Es war ein Schulheft, aber keines, wie sie heute benutzt wurden. Es sah alt aus, schon fast antik; die Seiten waren wie mit Tee gefärbt. Bobbie nahm an, dass das Heft Mary gehörte, und schlug es auf. Die Handschrift war makellos und flüssig, dabei irgendwie mädchenhafter, als Bobbie erwartet hatte. Es schien ein Notizheft zu sein – voller kleiner Kritzeleien und »Liebestest«-Berechnungen. Fast alle ermittelten die Übereinstimmung zwischen Mary Worthington und irgendwelchen Jungen. Bobbie blätterte um und stieß auf eine besonders gemeine (und obendrein, schon allein durch das Thema, *primitive*) Darstellung eines Mädchens, bei dem es sich nur um Mary handeln konnte. Aber wieso sollte sie gehässige Selbstporträts zeichnen? Erst in diesem Moment kam Bobbie auf die Idee nachzusehen, welcher Name vorne stand.

Das Heft gehörte einer gewissen Judy Frier. Judy? Den

Namen kannte sie doch. Sie brauchte einen Moment, bis ihr wieder einfiel, wo sie ihn schon einmal gehört hatte – auf der Mädchentoilette im Traum neulich. Judy Frier war eine von Marys Peinigerinnen gewesen.

TAG VIER

18 JUDY

Bobbie stellte ihren Wecker auf eine extrafrühe Zeit, obwohl sie viel zu aufgewühlt war, um richtig schlafen zu können. Als es um sechs klingelte, fühlten sich ihre Augenlider ganz klebrig an, aber sie zwang sich zum Aufstehen und ignorierte das Gefühl von Seekrankheit in ihrem Bauch.

Als Erstes ging sie mit ihrem Smartphone auf die Alumni-Seite von Piper's Hall, was angesichts des schlechten Handyempfangs in der Nähe der Klippen sehr mühselig war. Indem sie sich halb aus dem Fenster hängte, bekam sie ein ausreichend starkes Signal, um die Webseite zu laden und nach Judy Frier suchen zu können. Damit wurden zwei Fragen beantworten. Erstens: Judy war von 1949 bis 1955 hier Schülerin gewesen. Nun hatten sie Marys Zeit auf dem Internat wenigstens etwas näher bestimmt. Zweitens: Judy war nie aus Oxsley fortgezogen. Ihre Seite verkündete stolz, dass sie eine »Einheimische« war und bis zu ihrer Rente als Rektorin einer hiesigen Grundschule gearbeitet hatte.

Aus irgendeinem Grund wollte Mary sie zu dieser Frau führen. Das war nicht viel, aber immerhin etwas. Mit nur noch einem Tag Zeit hatte Bobbie nicht vor, einem geschenkten Hinweis ins Maul zu schauen.

Als Nächstes googelte sie »Phantomgegenstand«. Inzwischen war Naya wach und machte auf dem Fußboden keuchend und schnaufend Sit-ups. »Du spinnst«, erklärte Bobbie.

»Ich hab drei Pfund zugelegt!«, beschwerte sich Naya. »Ich will meinen Waschbrettbauch wiederhaben!«

Bobbie schnalzte missbilligend mit der Zunge. Nachdem sie an einem Haufen Links zu irgendwelchen schrottigen paranormalen Foren vorbeigescrollt war, klickte sie auf ein Wiki namens »Apport«. Wie sich herausstellte, war das ein anderes Wort für »Ding« – jedenfalls unter Parapsychologen. Der Seite zufolge war ein Apport »das paranormale Erscheinen eines Gegenstands aus dem Nichts oder von einem unbekannten Ort«. Das Phänomen hing mit Poltergeistaktivitäten zusammen. Kein Scherz. Es gab auch einige YouTube-Videos mit Infrarotaufnahmen solcher gespenstischen Aktivitäten: Tassen glitten über Arbeitsflächen, Schubladen öffneten sich von allein, Spielzeug sortierte sich auf rätselhafte Weise zu ordentlichen Haufen.

Bobbie schüttelte sich unter einer frischen Gänsehaut und drehte sich zu Naya um. »Nay, hast du was Komisches geträumt?«

»Nein, Ma'am.«

»Sicher?«

»Sicher bin ich mir sicher. Ich gehe joggen. Willst du mitkommen?«

»Soll das ein Witz sein?«

»Ich will wenigstens wegrennen können, wenn so eine Spiegelbraut angegeistert kommt!« Sie schnappte sich eine Wasserflasche und sauste aus dem Zimmer.

Als Letztes schrieb Bobbie eine Nachricht an Caine. Ob Dr. Price sie nun ganz genau im Blick behielt oder nicht, sie flog lieber von der Schule als zu sterben. Also würde sie denselben Trick wie gestern durchziehen und auf das Beste hoffen. Zu Bobbies Überraschung (und Freude) schrieb Caine fast sofort zurück, was Naya zufolge a) praktisch nie passierte und b) bedeutete, dass ein Junge einigermaßen interessiert war.

»Klar. Auto heute meins. Wieder komisch geträumt?«, antwortete er.

»Schlimmer. Hatte Besuch. Hab neuen Hinweis.« Sie überlegte kurz, ob sie noch ein X dahintersetzen sollte, aber da er das auch nicht getan hatte, blieb sie beim Geschäftlichen. Geisterjagd war schließlich eine ernsthafte Angelegenheit.

»Cool. Selbe Stelle u Zeit«, kam seine Antwort. Immer noch ohne Kuss. Was okay war. TOTAL OKAY. Bobbie warf das Handy aufs Bett und ging duschen, bevor der große Morgenandrang kam.

Mit dem verlängerten Heimfahrtwochenende würde es heute drunter und drüber gehen: Die meisten Mädchen brachen gleich nach Unterrichtsschluss auf und manche wurden sogar noch früher abgeholt. Wenig überraschend hatten einige Eltern ihre Kinder nach dem Bekanntwerden von Sadies Verschwinden gar nicht schnell genug einkassieren können: Ein paar Mädchen waren schon gestern Abend nach Hause gefahren. In all dem Chaos würde es hoffentlich leichter sein, sich raus- und wieder reinzuschleichen.

Sie schloss sich im Waschraum ein und zog ihren Bademantel aus. Ohne groß darauf zu achten, ob Mary im Spiegel war (*sehen* konnte sie sie jedenfalls nicht), untersuchte Bobbie die Phantomschnitte. Sie verzog das Gesicht. Sie hatten sich ausgebreitet. Die Verletzungen erstreckten sich nun auch auf Schlüsselbeine, Rippen und Oberschenkel. Sie war über und über von brennenden kleinen Strichen bedeckt. Es ergab keinen Sinn. Höchstens wenn *Mary* an sich herumgeschnippelt hatte – was unter den heutigen Schülerinnen gar nicht mal so ungewöhnlich war; manche machten sich kaum die Mühe, die Schnitte zu verbergen. Bobbie verstand es nicht, aber sie verurteilte es auch nicht. Allerdings beschränkten sich diese Mädchen anscheinend auf Arme oder Beine und die Schnitte besaßen eine gewisse Ordnung und manchmal sogar Ästhetik. Diese Schrammen hier wirkten total zufällig – lauter verschiedene Größen und Stellen. Sie waren ein Ausdruck des Wahnsinns, der geistigen Zerrüttung.

Eines schien jedenfalls festzustehen: Das hier war der Grund, warum Bloody Mary voller Blut war.

Nach dem Duschen (und der Erkenntnis, dass Seife, egal wie viel, keine Geisterwunden wegwaschen konnte) zog Bobbie eine Jeans und einen Wollpulli vom Flohmarkt an und schlich sich ohne Probleme aus dem Internat, indem sie sich unter eine Gruppe Mädchen mischte, die früher für die Heimfahrt abgeholt wurden. Jetzt, wo niemand Schuluniform trug, war das Ganze tausendmal einfacher als gestern.

Der vom Meer heranrückende eiskalte Nebel trug ebenfalls seinen Teil zum Gelingen bei. Er wälzte sich so dick wie Trockeneis über die Rasenflächen und die Auffahrt, richtig horrorfilmmäßig. Bobbie konnte kaum einen Meter weit sehen und hatte plötzlich Angst, der Klippenrand könnte näher rücken, ohne dass sie es merkte.

Caine parkte an derselben Stelle wie gestern, bei dem schiefen Wegweiser, dessen einer Pfeil Richtung Schule wies, in die gegenüberliegende Richtung nach Oxsley und quer dazu zum Küstenpfad. Das heutige Auto war ein richtiges Barbiemobil – ein perlweißer VW Beetle Cabrio. Der *musste* einfach Caines Mutter gehören. Und tatsächlich entdeckte Bobbie beim Einsteigen eine Reihe von Kuscheltieren auf der Hutablage und Kissen auf dem Rücksitz. »Nettes Gefährt«, feixte sie.

Caine grinste ebenfalls. »Gefallen dir meine Beanie-Babys?« Bobbie lachte und er sah sie prompt verletzt an. »Das sollte kein Witz sein. Die gehören wirklich mir. Ich sammle die.«

»Oh. Tut mir leid, ich –«

»Ich verarsch dich doch bloß, Dummerchen.«

Bobbie atmete erleichtert aus. »Fahr einfach, du alberner Kerl.«

Sie fuhren tief ins graue, düstere Landesinnere hinein und nahmen die Kurven mit peinlicher Genauigkeit, da der Nebel sich nicht lichten wollte. Die Scheinwerfer durchdrangen ihn kaum und die Bäume an den gewundenen Straßen wurden immer knochiger, als sie die letzten trockenen Blätter, an denen sie festhielten, auch noch losließen.

Ihr wurde wieder ganz anders, als sie Caine die Ereignisse von gestern Nacht berichtete, und es sprach für ihn, dass er keinerlei Zweifel äußerte. »Alter, das ist ja übel. Bei dir im Bett?«

»Ja. Ich schlafe vielleicht nie wieder. Je dichter wir dran sind, desto schlimmer wird es.«

Caine sah kurz zu ihr herüber und in seinen Augen stand Besorgnis. »Dich trifft es schlimmer als den Rest von uns.«

Das war ihr bis zu diesem Moment gar nicht aufgefallen. »Ja, da ist was dran. Und du hast nichts Neues gesehen?«

Caine rutschte unbehaglich herum. »Na ja, da gibt es schon eine Sache ...«

»Erzähl.«

»Guck mal auf mein Handy.« Es lag auf dem Armaturenbrett, also nahm Bobbie es und berührte den Touchscreen. »Geh mal auf die Bilder.«

Bobbie zog eine Augenbraue hoch. »Möchte ich das denn?« Der Himmel allein wusste, was für Fotos im Handy eines Siebzehnjährigen gespeichert waren.

»Die sind alle ganz harmlos. Mehr oder weniger.« Also rief Bobbie sie auf. Wie immer kamen als Erstes die neuesten Fotos.

Sie waren alle von Caine. Von Caine, wie er friedlich schlief, das Gesicht halb im Kissen.

»Wer hat die gemacht?«

Eine Pause. »Was meinst du wohl, wer?«

»O Gott.« Bobbie schluckte. »Das ist so ... als ob sie dich *will* oder so.« Ihr fiel wieder ein, wie sehr Mary den Lehrer gewollt hatte, wie allumfassend das Gefühl gewesen war, und sie fragte sich zwangsläufig, was das für Caine bedeutete. Es war, als wäre das tote Mädchen auf sie beide fixiert, als würde sie keinen von ihnen je aus den Augen lassen. Eine spukende Stalkerin? Mit jedem Tag, der verging, schien Marys Macht zu wachsen – je näher der fünfte Tag heranrückte, desto aufdringlicher, desto *unmöglicher* wurden ihre Manipulationen. Es ließ sich kaum sagen, wozu sie morgen fähig sein würde. Was sie ihnen antun würde.

Caine fuhr fort. »Und solche Träume habe ich auch immer noch. Es ist so, als ob sie immer lauter werden in meinem Kopf, verstehst du?«

Bobbie nickte. »Ja. Was passiert in deinen?«

Wieder dieses Rumgerutsche. Definitiv auf unbehagliche Art. »Die sind ganz schön pornografisch, Mann. Die kann ich dir nicht erzählen ...«

»Weil ich ein Mädchen bin? Ich bin keine Nonne, Caine.«

Er wurde rot. »Daran liegt es nicht, die sind einfach ganz schön heftig. So ... so bin ich eigentlich gar nicht drauf. So behandelt man Frauen nicht. Das hat mir meine Mum beigebracht.«

Bobbie wusste nicht, was sie sagen sollte. Sie glaubte kein Wort von der Warnung, mit der Grace ihr Revier markiert hatte, aber sie hatte durchaus vermutet, dass Caine ein »Abenteurer« war – also das, was bei Mädchen weniger wohlwollend »Schlampe« hieß. Für sie stand absolut fest, dass er mehr Erfahrung hatte als sie. »Caine. Du musst mir sagen, was du gesehen hast. Es könnte uns helfen. Das weiß man nie.«

»Na schön.« Er seufzte. »Also, ich bin da jemand anders, so viel steht fest – schon allein, weil ich weiße Haut habe. Ich bin mit einem Mädchen zusammen, aber ich kann ihr Gesicht nicht sehen. Ich bin irgendwie im Dunklen und dann blitzen solche Bilder auf. Ich kann Bäume sehen und da scheint irgendwie der Mond durch. Blasse Haut – wie der Rücken eines

Mädchens oder ihr Bauch oder Hals. Es ist kalt, aber ich bin ganz heiß und schwitzig, es läuft mir richtig runter. Ich bin ... ähm ... definitiv nackt und sie auch und wir ... du weißt schon. Am komischsten ist, dass wir auf so einem Steinding drauf sind. Ich glaube, das ist der Friedhof.«

»Unser Friedhof?« Sie wusste nicht genau, wann es *ihrer* geworden war, aber da hatte sie es auch schon gesagt.

»Ja, denke schon.«

»Sex auf dem Friedhof. Angemessen und kein bisschen gruselig.«

Caine grinste. »Ha! Du hast gerade *Sex* gesagt.«

»Kindskopf!« Sie boxte ihm scherzhaft gegen den Arm. »Meine Träume sind auch nicht gerade jugendfrei.«

»Ehrlich?«

»Keine, ähm ... Schwitzigkeiten, aber in dem Traum bin ich Mary. Ich bin ... sie ist in jemanden von der Schule verliebt. In einen Lehrer wohl.«

»Uh, eklig.«

Bobbie gestattete sich ein schiefes Lächeln. »Ich weiß. Zuerst fand ich es ziemlich heiß, aber jetzt bin ich mir nicht mehr so sicher. Ich meine, er war so viel älter als sie. Das fand ich schon ein bisschen gruselig – eigentlich hat er sie total ausgenutzt.«

»Was für ein Perversling.«

Sie seufzte. »Er ist ja kein alter Lustmolch oder so. Aus Marys Perspektive hat es sich nicht *falsch* angefühlt. Ob es nun richtig war oder falsch, sie wollte es. Sie stand da richtig drauf.«

»Wow. Ganz schön versaut.« Er lächelte sie an und sagte

nichts weiter. Bobbie wurde sich einer inzwischen vertrauten Wärme in ihrem Inneren bewusst. Plötzlich schien es im Auto weniger Sauerstoff zu geben; eigentlich kam ihr der ganze Wagen kleiner vor und ihr fiel auf, wie dicht sie nebeneinandersaßen. Sie hätte Caine am liebsten berührt, ihm eine Hand auf den Oberschenkel gelegt, wie es der Lehrer im Traum bei ihr gemacht hatte. Sie widerstand dem Drang. Schließlich sagte Caine etwas; er wechselte das Thema und der heiße Dunst in der Luft verflog. »Deiner Wegbeschreibung nach müssten wir da sein.«

Bobbie spähte durch den Nebel. Auf beiden Seiten der Straße standen hohe Hecken und schlossen sie ein. Das Auto schoss an einer schmalen Öffnung in der Hecke vorbei, durch die Bobbie kurz ein Cottage sah. »Halt an!«, rief sie. »Ich glaube, wir sind gerade daran vorbeigefahren.«

»Oh. Alles klar. Ich muss eine Stelle zum Parken finden.« Der nächste Parkplatz kam vielleicht zwei Minuten die Straße hinunter. Caine stellte den Wagen ab und sie gingen zu Fuß zum Cottage zurück. Judy lebte anscheinend mitten im Nirgendwo – das strohgedeckte Cottage stand allein am Rand eines kleinen Wäldchens. Irgendwo in der Nähe klang ein schnell fließender Bach wie Applaus. Es war total friedlich hier draußen.

Bobbie stieß das knarrende Holztor auf und folgte dem Weg aus unebenen Steinplatten zur Haustür. Das malerische Cottage hatte, so hübsch es auch war, etwas Unheilverkündendes und erinnerte Bobbie an das Pfefferkuchenhaus aus dem Märchen. Mit einem letzten unsicheren Blick zu Caine betätigte sie den Türklopfer, der wie ein Löwenkopf geformt war. Als nichts passierte, klopfte sie erneut an. »Sie *muss* einfach da sein«, ächzte Bobbie und verlor erneut jede Hoffnung.

»Kann ich Ihnen helfen?«, fragte eine Stimme hinter ihnen. Die beiden machten einen trickfilmreifen Hüpfer.

»Haben Sie mich erschreckt«, sagte Bobbie mit einer Hand vor der Brust.

Eine ältere Frau war um das Haus herumgekommen. Ihre weißen, wattigen Haare waren zu einem Vogelnest hochgesteckt, sie trug eine Wachsjacke und an den Füßen rosa Fleece-Pantoffeln. In der Hand hielt sie einen Eimer mit Hühnerfutter. »Sammeln Sie Spenden? Am Briefkasten ist ein Schild, dass ich keine Werbung möchte. Auch keine Speisekarten – mich interessieren weder Pizza *noch* Curry, vielen Dank.«

Bobbie riss sich zusammen und erinnerte sich wieder an ihre feinsten Internatsmanieren. »Entschuldigen Sie bitte die Störung, aber sind Sie Judy Frier?«

Kluge graublaue Augen verengten sich hinter Gläsern, die noch dicker als Bobbies waren. »Ich bin schon seit fünfundvierzig Jahren keine Frier mehr. Ich heiße Judy Ledger. Und wer sind Sie?«

»Hallo. Ich bin Bobbie und das ist Caine. Ich bin Schülerin in Piper's Hall.«

Die alte Frau lächelte. »Donnerwetter, wird der Rundbrief jetzt persönlich ausgeliefert? Ich wusste gar nicht, dass es obligatorisch ist ihn zu lesen.«

Bobbie grinste – dann nahm Judy das Motto des Internats auch nicht ernster als sie. »Ich ... wir müssen mit Ihnen über etwas reden, das vor langer Zeit passiert ist. Es geht um Mary Worthington.«

Bei der bloßen Erwähnung dieses Namens wich die Farbe aus Judys Wangen. Sie sah auf den Weg unter ihren Füßen. »Meine Güte, es ist lange her, dass ich diesen Namen gehört habe. Sie kommen besser rein.«

Durch die Verandatür konnte Bobbie Hühner sehen, die Körner aus den Spalten zwischen den Steinplatten pickten. Sie saßen an einem einfachen Holztisch, unter sich Schieferboden, über sich eine niedrige Decke mit Holzbalken, die eine dunkle, aber gemütliche Cottage-Atmosphäre schuf. Es war frisches Brot im Ofen und Judy trug die Teekanne herüber.

»Dann sind Sie mit Mary verwandt oder so? Ist sie Ihre Großmutter?«

»Himmel, nein!« Caine nahm sich noch einen Haferkeks.

»Das hätte mich auch gewundert.« Judy setzte sich zu ihnen an den Tisch. »Ich gebe zu, ich wäre nie auf die Idee gekommen, dass ich diesen Namen noch einmal hören würde – nach all diesen Jahren. Es ist so lange her, dass es mir gar nicht mehr richtig real vorkommt – als wäre dieser ganze Zeitraum eine Geschichte, die mir einmal jemand erzählt hat.«

Judy schenkte ihnen Tee ein. Bobbie sagte: »Ich weiß, es klingt bestimmt merkwürdig, aber wir müssen alles erfahren, was Sie uns über Mary erzählen können.«

Judy füllte ihre eigene Tasse. »Das ist mehr als sechzig Jahre her, meine Liebe. Ach je, dieser Tee ist ein bisschen schwach auf der Brust.«

»Ich weiß. Aber alles könnte weiterhelfen.«

Die alte Frau betrachtete sie über den Rand ihrer Teetasse hinweg. »Irgendetwas stimmt nicht, oder?«

Bobbies Magen machte einen Satz, aber es stand fest, dass sie ihr nicht die Wahrheit sagen konnten. Dann flogen sie umgehend raus. »Wie kommen Sie darauf?«

Judy spitzte ihren schmalen, faltigen Mund und nahm einen Schluck Tee, als würde sie sich für eine Beichte bereitmachen. »Als ich noch Lehrerin war, gab es immer die braven Kinder und die ungezogenen. So sind Kinder eben, nicht wahr? Aber alle Jubeljahre mal gab es einen kleinen Jungen oder ein Mädchen, die ein bisschen anders waren. Irgendetwas Finsteres in ihrem Blick – sie sahen durch einen hindurch und es fröstelte einen bis in die Knochen. Es mangelte ihnen einfach an *Freundlichkeit.* Manchmal nahmen sich sogar ihre eigenen Mütter vor ihnen in Acht. Mary war ein solches Mädchen. Irgendetwas stimmte nicht recht mit ihr, nicht wahr? Man sah es auf den ersten Blick.«

»Wie meinen Sie das?«, fragte Caine leise.

»Ich wünschte, ich könnte sagen, es lag an diesem oder jenem, aber es handelte sich mehr um ein Gefühl. Ihre Anwesenheit war ... beunruhigend. Herrje, wie soll ich es beschreiben? Es ähnelt ziemlich dem Gefühl, wenn man feststellt, dass man zu weit rausgeschwommen ist – und plötzlich spürt, dass man keinen Boden mehr unter den Füßen hat.«

Caine zuckte mit den Schultern. »Verstehe ich nicht.«

»Wir haben es damals auch nicht verstanden. Aber in ihrer Nähe zu sein war ... nun ja, *beunruhigend* halt.«

»Waren Sie deshalb so gemein zu ihr?« Bobbie hatte keine Ahnung, warum sie das so unvermittelt fragte, da sie natürlich genau wusste, wie unhöflich das war. Wahrscheinlich wollte sie einfach eine ehrliche Reaktion.

Judy lächelte traurig. »Nichts könnte entschuldigen, wie grausam wir zu ihr gewesen sind. Sobald man einmal begreift, dass man jemanden gemobbt hat, hört man nie wieder auf, sich schuldig zu fühlen.«

»Und warum haben Sie es getan?«

Sie warf die Hände nach oben. »So ist Schule eben! Ich habe fünfzig Jahre lang als Lehrerin gearbeitet und es hat sich nichts geändert. Das Überleben der Stärkeren und all diese Sprüche. Es wird immer irgendwelche Susan Fletchers und Mary Worthingtons geben.« Bobbie hatte sofort Graces Venusfliegenfallenlächeln vor Augen. »Wobei das schon seltsam ist – wissen Sie, was nach dem Internat aus Susan Fletcher geworden ist?«

Bobbie schüttelte den Kopf.

»Nichts. Absolut gar nichts. Auf Piper's Hall war sie die Königin, und dann ... nichts. In der Welt draußen war kein Mangel an hübschen Schulmädchen, vielen Dank auch, und sie wurde nirgends gebraucht. Sobald man diese Schule erst einmal hinter sich hatte, spielte eigentlich nichts davon mehr eine Rolle.«

Bobbie biss sich auf die Zunge, um nicht damit herauszuplatzen, dass es für Caine und sie keine Zukunft geben würde, wenn sie Mary nicht aufhielten. »Aber was ist aus Mary geworden?«

»Wenn ich das wüsste, meine Liebe. Sie ist verschwunden.«

»Verschwunden? Na toll.« Caine machte ein finsteres Gesicht.

»Ach, ich habe mich so schuldig gefühlt. Ich glaube, das

ging sogar Susan so, im tiefsten Inneren, auch wenn sie nie irgendwas gesagt hat.«

»Was ist passiert?« Bobbie hielt den Atem an.

Judy brütete über ihren nächsten Satz. »Was Mary Worthington betrifft, so müssen Sie sich begreiflich machen, dass sie unter einer dunklen Wolke in Piper's Hall angekommen ist. Sie tauchte eines Tages dort auf, ohne jede Erklärung, woher sie gekommen war, und das führte natürlich zu Fragen. Zu Gerüchten.«

»Was waren das für Gerüchte?«

»Herrje, ich hoffe sehr, Sie haben vor, einmal Detektivin oder Journalistin zu werden, junge Dame.« Bobbie lächelte, sagte jedoch nichts, damit Judy fortfuhr. »Es kursierten so viele Gerüchte, dass man Tatsache und Erfindung unmöglich auseinanderhalten konnte. Manche sagten, sie wäre eine Waise, andere, ihre Eltern würden im Gefängnis sitzen – Himmel, einige sagten, sie wäre im Krieg aus Europa geflohen. Manche gingen sogar so weit zu behaupten ...« Judy brach ab.

»Ja?«

»Ach, Unsinn eben. Hokuspokus über Zigeuner und Flüche und Teufel. Ich weiß nur, dass ein Schatten über unsere Schule gefallen ist, als dieses Mädchen dort ankam. Es hatte nichts damit zu tun, wie sie aussah – sie war auf ihre Art sehr schön –, sondern mit diesem *Gefühl.* Diesem schrecklichen Gefühl von Bedrohung, das sie überallhin begleitete.«

»Wann ist sie verschwunden?«

»Das war 1954, ich erinnere mich noch deutlich. Ich weiß nicht, ob etwas Wahres daran war, aber Mary hatte sich einen gewissen Ruf eingehandelt. Susan verbreitete das Gerücht, dass sie heimlich nach Oxsley schlich und sich dort, na ja, mit *jungen Männern* traf. Nun war das nicht gerade ungewöhnlich. Im Gegensatz zu dem, was Sie vielleicht gehört haben, neigten auch wir damals dazu ... sagen wir, in Schwierigkeiten zu geraten; aber Mary wurde oft dabei gesehen, wie sie sich auf dem Friedhof herumdrückte. Das war befremdlich.«

Bobbie musste an Sadies ursprüngliche Geschichte denken. Obwohl es erst letzten Samstag gewesen war, schien es ewig her zu sein. »Denken Sie, sie ist mit jemandem durchgebrannt?« Bobbie war nicht einmal auf die Idee gekommen, dass Mary sich vielleicht mit mehr als einem Mann getroffen hatte.

Judy senkte den Kopf. »So wurde jedenfalls allgemein angenommen.«

»Dann hat sie sich nicht erhängt?« Caine versprühte Krümel, als er das fragte.

»Erhängt? Gute Güte, nein. Das höre ich zum ersten Mal.«

Bobbie und Caine wechselten einen Blick. Damit war die bekannte Version der Ereignisse hinfällig. »Was denken *Sie*, was passiert ist?«

»Mary hatte eine sehr schwere Zeit in Piper's Hall. Ich war nicht überrascht, als sie weglief, aber eines kann ich Ihnen sagen: Sie war kaum weg, da lief alles besser – als wäre ein Schleier gelüftet worden. Niemand hat sie vermisst, das muss man auch mal sehen.«

Bobbie stiegen Tränen in die Augen. »Sie war nicht böse, Mrs Ledger. Sie war nur einsam.«

»Und wie sollten Sie das beurteilen können?«

»Weil ich es eben kann.« Bobbie schluckte einen bitteren

Mundvoll Zorn und Mitleid herunter. »Sie brauchte nur jemanden, der für sie da ist.«

Judy schüttelte den Kopf. »Wenn Sie damals dabei gewesen wären, hätten Sie genauso gehandelt wie wir.«

»Das bezweifle ich.« Bobbie tastete nach ihrem Rucksack. Es war Zeit zu gehen. »Ich glaube nicht, dass Mary weggelaufen ist. Ich glaube, ihr ist etwas zugestoßen und sie war niemandem wichtig genug, um herauszufinden, was.«

Judy sah sie erst wütend an und dann nur noch traurig. »Wir werden es nie erfahren.«

»Doch, das werden wir«, sagte Bobbie trotzig. Als sie sich ihre Tasche über die Schulter schwang, fiel ihr noch etwas ein. »Ach so. Als Sie im Internat waren, gab es da einen Lehrer mit kurzen roten Haaren?«

Judy runzelte die Stirn. »Äh, ja. Das war Mr Millar. Kenton Millar.«

Bobbie riss die Augen auf. Wie hatte sie so dumm sein können?

19 UNSTERBLICH

Bobbie und Caine standen zusammen in der leeren Aula und lauschten auf das Hallen ferner Schritte und Rufe. Sie waren bis nach Unterrichtsende in Oxsley geblieben, um sich dann leichter im Internat einschleichen zu können. Die meisten verbliebenen Mädchen befanden sich anscheinend im Foyer und warteten entweder darauf, abgeholt zu werden, oder bereiteten sich auf das verlängerte Wochenende vor. Caine hatte sich die Kapuze über den Kopf gezogen. »Falls irgendjemand fragt, bist du eine extrem jungenhafte Oberstufenschülerin, ist das klar?«

»Habe ich auch einen Namen?«

Bobbie grinste. »Du kannst dich ja als Naya ausgeben.«

»Okey-dokey, Darling«, sagte er mit dem schlechtesten amerikanischen Akzent, den Bobbie je gehört hatte. »Wonach suchen wir?«

Bobbie zeigte auf das Ölgemälde. Sein Haaransatz war zurückgewichen und er trug einen gepflegten roten Vollbart, aber das Porträt stellte Kenton Millar dar, den ehemaligen Rektor.

»Das ist der Mann aus dem Traum?«

»Yep. Ich bin so dermaßen blöd. Ich sehe, Schrägstrich

ignoriere das Bild jetzt seit fünf Jahren jeden Tag und habe ihn in meinem Traum nicht mal erkannt.«

»Ich schätze, da war er jünger.«

»Ja, aber trotzdem.« Bobbie wurde rot. Sie hatte ihn buchstäblich die ganze Zeit vor oder besser über der Nase gehabt. »Ein ganzer Flügel ist nach ihm benannt.«

»Und du denkst wirklich, er hat was mit Mary gehabt?«

»Ganz sicher.« Sie hatten Judy natürlich gefragt, ob das sein konnte, aber sie hatte die Vermutung verworfen. So viele Gerüchte auch über Mary Worthington im Umlauf gewesen waren, eine Affäre mit einem Lehrer hatte nicht dazugezählt. Bobbie fragte sich durchaus, ob ihre Träume vielleicht bloße Fantasien waren, aber sie wusste einfach, dass mehr dahintersteckte – sie hatte Kenton Millars Rasierwasser *gerochen*.

»Wann hatte er die Leitung?«

»Da oben steht von 1974 bis 1985.«

»Wie alt hat er in deinem Traum ausgesehen?«

»Jung. 1954 kann er noch nicht lange Lehrer gewesen sein.«

»Alter, wieso stehen Mädchen nur immer auf Lehrer – sogar wenn es miefige Typen sind?«

Bobbie drehte sich zu ihm um. »Ich nicht. Das Ganze gruselt mich total.«

»Ehrlich?«

»Ja, ehrlich! Jedenfalls schätze ich, dass es dabei einfach um Macht geht. Oder es steckt ein Vaterkomplex dahinter – den ich nicht habe. Was keine große Überraschung ist, schließlich war mein Vater ein anonymer Ungar mit einem Plastikbecher.«

Caine warf ihr einen Blick zu, und als sie ihn anlächelte, grinste er auch. »Entschuldige. Ist wahrscheinlich nicht okay, dass ich das lustig finde.«

»Machst du Witze? Wenn du denkst, mein Vater wäre lustig, dann warte mal, bis du meine Mutter kennenlernst.«

Das brachte sie beide zum Schweigen. Soweit Bobbie verstand, war es eine große Sache, die Eltern kennenzulernen. Jedenfalls für Leute, die noch länger als einen Tag zu leben hatten.

Sie lenkte die Aufmerksamkeit wieder zurück auf Mary. »Caine, es war *falsch*. Er war ihr Lehrer ... und sie war so einsam. Verletzlich.« Sie starrte finster zu dem Bild nach oben, auf dem Millar selbstgefällig in so einer typischen Pose verharrte, »den Blick in die Zukunft gerichtet«. Für sie beide gab es keine Zukunft, in die sie den Blick richten konnten. Mit einem Seufzer schwang Bobbie sich am hintersten Ende des leeren Saals auf den Bühnenrand und ließ die Beine baumeln. »Ich habe keine Ahnung, wieso Mary unbedingt wollte, dass wir zu Judy fahren. Das hat uns auch nicht weitergeholfen.«

»Und ob.« Caine setzte sich neben sie, die Kapuze weiterhin übergestülpt. »Wir wissen jetzt, dass sie sich nicht umgebracht hat.«

»Nein, gar nicht. Wir wissen nur, dass sie sich *hier* nicht umgebracht hat.«

»Ist doch auch schon was.«

»Wir ... uns läuft die Zeit davon«, sagte Bobbie traurig. So lächerlich es vielleicht war, bis zu dieser Woche hatte sie nie wirklich gemerkt, wie gern sie am Leben war. »Ich möchte nicht sterben, echt nicht.«

Wenn sie ganz ehrlich war, dann hatte sie sich in den letzten Tagen zum ersten Mal wirklich lebendig gefühlt. In ihrem Bestreben sich unauffällig einzufügen, hatte sie, das begriff sie jetzt, eine farblose Existenz geführt und eigentlich nur in ihren Geschichten gelebt. Sie war ein fiktives Mädchen gewesen. In dieser Woche, dieser schrecklichen und gruseligen Woche dagegen, hatte sie jede Minute *gefühlt* und nun wollte sie nicht, dass es zu Ende ging. Das lag zu keinem geringen Teil an dem seltsamen neuen Menschenwesen neben ihr.

»Ich auch nicht«, gestand Caine und starrte auf seine Hände.

»Ich weiß ja nicht, wie es bei dir war, aber ich hab immer alles als total selbstverständlich betrachtet. Ich hab nicht nur in dieser Woche die Tage heruntergezählt, sondern schon die ganze Internatszeit lang. Ich habe seit fünf Jahren darauf gewartet, dass diese Hölle zu Ende geht und ich anfangen kann zu leben, aber nun wird es kein Leben mehr für mich geben. Ich hab überhaupt nichts vorzuweisen, Caine. Ich hab buchstäblich nicht mehr geleistet als ein paar gute Noten zu schreiben und ein paar Geschichten unter meinem Bett.«

»Alter, das ist finster.«

»Du solltest die Geschichten irgendwann mal lesen.«

Caine grinste. »Wenn wir morgen heil überstehen, dann lese ich alles, was du hast, und ich lese *nie* irgendwas.«

»Danke.«

»Meine Mum labert ständig davon, wie wichtig es ist, im Jetzt zu leben. Ich schätze, das meint sie damit. Wie dieser alte Spruch: *Verschiebe nicht auf morgen, was du heute kannst besorgen.*«

»Weil du dann vielleicht tot bist«, fügte Bobbie hinzu. »Für eine Liste mit Lebensträumen, die ich mir erfüllen möchte, ist es jetzt wohl ein bisschen zu spät.«

»Was würdest du machen?«

Bobbie wusste, was sie machen *wollte*, aber sie hatte keine Ahnung, wie sie das angehen sollte. »Weiß nicht. Ich hab mir nie darüber Gedanken gemacht, was ich wirklich will. Ich dachte, ich hätte noch ewig Zeit mir das zu überlegen.« Es stimmte. Das waren die zwei Dinge, die sie als selbstverständlich betrachtet hatte – dass sie genügend Zeit und eine Wahl hatte. Irrtum, sie hatte beides nicht. Es kam ihr so dumm vor und so absolut kindisch: Sie hatte sich praktisch als unsterblich betrachtet.

»Das ist eine Vexierfrage«, sagte Caine unvermittelt.

»Immer langsam mit den großen Worten. Was meinst du damit?«

»Hätten wir nicht diese blöde Mutprobe gemacht, hätten wir uns nie kennengelernt. Aber wegen dieser blöden Mutprobe werden wir nie erfahren, was als Nächstes passiert.«

»Also streng genommen ist das keine Vexierfrage, glaube ich, aber ich verstehe, was du meinst.« Bobbie nahm die Brille ab und rieb einen Fleck vom Glas. »Und was meinst du damit, *was als Nächstes passiert*?«

Caine sah sie aus dem Augenwinkel an, plötzlich ganz schüchtern. Es war total süß. »Du weißt schon, ob das mit uns was wird oder nicht.«

Bobbies Herz hüpfte in ihrer Brust herum wie ein übermütiger Labradorwelpe. »Möchtest du denn, dass es was wird?«

Diesmal schaute er ihr direkt in die Augen und es war mehr, als sie aushalten konnte. »Ja, denke schon.«

»Ich auch.« Bobbie konnte nicht einmal so tun, als wäre sie ganz cool; die Worte kamen hoch und piepsig heraus, wie bei einem ängstlichen kleinen Mädchen, und genau das war sie doch auch.

Caine beugte sich näher heran und sie konnte seinen warmen Atem an ihrer Wange spüren. »Dann sollte ich wohl die Chance ergreifen und im Jetzt leben, hm?« Sie trafen sich in der Mitte und sie schloss die Augen und hoffte sehr, dass Küssen etwas war, das man von Natur aus gut konnte, gleich beim ersten Versuch. Der Kuss auf dem Friedhof zählte nicht – das hier war der erste richtige. Ohne Geister, ohne Zauber.

Sie küssten sich.

Das also war Küssen. Warm war es und unglaublich intim. In ihrem Kopf war es ganz laut und ganz still zugleich – der Kuss verdrängte alles andere.

Es drehte sich alles um seine Lippen.

Während sie über ihre Lippen strichen, so leicht und luftig wie Federn, fragte Bobbie sich plötzlich, ob lieber mit Zunge oder ohne. Wahrscheinlich war es am besten, ihm den Anfang zu überlassen, und als er seine Lippen öffnete, tat sie das auch.

Es war das Beste, was sie im Leben je gefühlt hatte. Kein Wunder, dass die anderen Mädchen alle so versessen darauf waren. Einen Moment lang ärgerte Bobbie sich über sich selbst, weil sie es nicht schon früher ausprobiert hatte, aber dann ließ sie sich in Caines Umarmung sinken, ließ zu, dass sie sich darin verlor. Jetzt endlich erlaubte sie sich, ihn zu berühren. Ihre Hand glitt unter den Saum seines Pullis. Die Haut war glatt und heiß und er bebte unter ihrer Berührung. Sie nahm es als gutes Zeichen.

Seine Lippen kräuselten sich zu einem Lächeln. Wenn sie bedachte, dass es ihr erster Versuch war, fand Bobbie ihre Leistung beachtenswert. Er strich ihr die Haare hinters Ohr und machte sich lächelnd an die zweite Runde. Dieser Kuss war das Tor zu etwas völlig Neuem. Sie wusste nicht genau, was sie auf der anderen Seite erwartete, aber das machte nichts. Sie hatte ein ganz feierliches Gefühl.

Bevor sie wieder in ihren Rhythmus fanden, brachte ein vertrautes Geräusch Bobbie unvermittelt auf die normale Astralebene zurück. Ihr Handy klingelte schrill und schrecklich geschmacklos im Vergleich zu dem Wunder des Kusses. »Das ist meins«, sagte sie entschuldigend.

»Mach nur. Ich gehe hier nicht weg«, sagte er. »Jedenfalls nicht gleich.«

Sie holte ihr Handy heraus. Eine örtliche Festnetznummer wurde angezeigt. Sie ging ran. »Hallo?«

»Ach, hallo, ist dort Bobbie? Hier ist Judy Ledger.«

Bobbie hatte ihre Nummer dagelassen, nur für den Fall. »Ach, hi. Es ist Judy«, sagte sie zu Caine.

»Es tut mir leid, dass ich Ihnen vorhin nicht sonderlich weiterhelfen konnte, aber mir ist noch etwas eingefallen, nachdem Sie weg waren. Etwas Albernes. Wahrscheinlich auch nur Klatsch.«

Bobbie war immer noch ganz durcheinander von dem Kuss, als hätte er ihr Gehirn in Liebesschmalz verwandelt oder so. »Ach so, gut. Was denn?«

»Nun ja, als sie verschwunden ist, da haben viele der Mädchen … Sie müssen bedenken, Bobbie, dass es damals noch etwas ganz anderes war, ein uneheliches Kind zu haben als heute.«

Bobbie brauchte einen Moment, um hinterherzukommen. »Ooh … Sie meinen, dass Mary …«

»Ja. Man erzählte sich, dass Mary schwanger war.«

20 IMMER NÄHER

»Schnell – die Luft ist rein.« Bobbie zog Caine aus dem Geheimgang ins Haus Brontë. Sie musste daran denken, dass die meisten Mädchen inzwischen zu Hause waren und mit Mutters Essen im Bauch vor anständigen Kaminfeuern und Widescreen-Fernsehern saßen.

Sie hörten erst auf zu rennen, als sie sicher im Zimmer angelangt waren. Naya wartete nervös bei der Tür. Kaum waren sie über der Schwelle, schlug sie die Tür hinter ihnen zu.

»Ich bin total außer Puste.« Caine stand vorgebeugt da, eine Hand auf der Brust.

Sie wurden mit einem ausdrücklich wenig begeisterten Blick von der Seite bedacht. »Einen Jungen zum Übernachten mitbringen«, sagte Naya schmollend und bezog sich damit auf eine Nachricht, die Bobbie ihr geschickt hatte. »Ich muss schon sagen, du arbeitest wirklich sehr zielstrebig an deinem Schulverweis.«

Bobbie winkte ab. »Wir müssen zusammenbleiben. Keine Ahnung, warum. Ist einfach so.«

»Meine Mum hat heute Nachtschicht«, erklärte Caine Naya. Genau das hatte er vorhin schon Bobbie erzählt. Klar, ihn hier übernachten zu lassen war ein Wahnsinnsrisiko, aber es erschien ihr doch deutlich weniger lebensgefährlich, als ihn allein in einem leeren Haus schlafen zu lassen.

Naya gab nach. »Wie auch immer. Ich hab in der Mensa so viel Essen mitgenommen, wie ich konnte. Die Tresenfrau denkt jetzt bestimmt, dass ich hamstere oder eine Essstörung habe.« Sie deutete zu der Auswahl an Sandwichpackungen, Chipstüten und Joghurtbechern auf dem Schreibtisch unter dem Fenster. Ein richtiges Mitternachtsmahl.

Bobbie streifte ihre Turnschuhe ab, ließ sich aufs Bett plumpsen und schlug die Beine unter wie ein Buddha. »So langsam ergibt das Ganze endlich einen Sinn.«

»Ach ja?« Naya nahm eine Creole aus dem Ohr, während Caine sich auf den Boden setzte und an Bobbies Bett lehnte.

»Ja! Wenn Mary schwanger gewesen ist, erklärt das schon mal, wieso in Marks Video ein Baby weint, und außerdem hatte sie damit einen Grund wegzulaufen.«

Caine nickte. »Gab es 1954 eigentlich Armenhäuser? Ich wette, sie ist in einem gelandet.«

Bobbie streichelte seinen Kopf; ihre vernarrten Hände wollten einfach nicht von Caine ablassen. »Falsches Jahrhundert, aber netter Versuch.«

»Hätte sie damals denn eine Abtreibung machen können?«, fragte Naya und setzte sich auf ihr Bett, ebenfalls im Schneidersitz.

»Keine Ahnung«, gab Bobbie zu. »Selbst wenn es legal war, hat darüber bestimmt niemand in der Mensa mit der Clique gequatscht.«

Naya schoss plötzlich dreißig Zentimeter hoch in die Luft. »Kennt ihr *Dirty Dancing*?«

»Ja …« Bobbie sah zu Caine und fragte sich, worauf Naya hinauswollte. Sein Kopf lehnte an ihrer Wade und das war fürs Erste genug, aber bestimmt standen ihr gerade zwölf Prozent weniger Gehirn zur Verfügung, weil sie mit den nachklingenden Erinnerungen an den Kuss beschäftigt waren.

Falls Naya die zunehmende Nähe zwischen ihnen bemerkte, ihr Bedürfnis, möglichst nur Millimeter voneinander entfernt zu sein, so zeigte sie es nicht. Bobbie hegte aber den Verdacht, dass ihr ein Verhör bevorstand, sobald sie allein waren. Ob die Zukunft solche Jungsgespräche für sie bereithielt, würde sich zeigen. »Na ja, in *Dirty Dancing* lässt die Tänzerin, Penny, bei einem Hinterhof-Quacksalber eine Abtreibung machen und stirbt fast.«

Bobbie ließ sich das durch den Kopf gehen. Es leuchtete ein. »Keine schlechte Idee. Sie war jung und wenn sie dazu auch noch ängstlich und verzweifelt war, hätte sie vielleicht alles getan, um das Baby loszuwerden.«

»Aber davon hast du in dem Traum nichts gesehen«, erinnerte Caine sie. »Du hast gesagt, dass Mary glücklich gewesen ist, wenn sie mit Millar zusammen war.«

»Ja.« Bobbie runzelte die Stirn, dann klärte sie ihre Zimmergenossin rasch über die Identität von Marys heimlichem Geliebten auf. Sie verstand jetzt die Seligkeit, die Mary bei ihrem Lehrer empfunden hatte, weil sie während des Kusses in der Aula eine erste Kostprobe davon erhalten hatte, wie ein Kind, das während einer Hochzeit heimlich am Sekt nippt. In den Träumen deutete nichts darauf hin, dass Marys Verliebtheit in Millar durch irgendetwas getrübt war. Andererseits war sie einsam und wenn sie vielleicht keine Lust mehr gehabt hatte allein zu sein ... »Vielleicht hat sie das Baby ja bekommen.«

»Vielleicht hat sie es bekommen und IST IM KINDBETT GESTORBEN!«, sagte Naya mit unangemessener Begeisterung. »Das ist damals oft vorgekommen.«

»Mein Gott, du lieferst heute ja einen grässlichen Infoschnipsel nach dem anderen!« Bobbie verzog das Gesicht. »Aber eine gute Idee ist es trotzdem. Das hängt alles miteinander zusammen. Mary, Millar, ihr Baby. Wir sind da jetzt superdicht dran.«

Caine schnaubte. Er kam auf die Füße und kramte in dem Essen herum, das Naya für sie organisiert hatte. »Wird ja auch Zeit, weil uns nämlich nicht mal mehr ein ganzer Tag bleibt.«

Das dämpfte die Stimmung, gelinde gesagt. Bobbie sah zu ihrer Freundin. »Naya, bist du sicher, dass du in deinen Träumen nichts gesehen hast?«

Sie zuckte mit den Achseln und schüttelte meterweise schwarze Haare nach hinten. »Wie ich schon sagte, ich habe die ganze Woche lang nichts geträumt. Nada. Niente.«

Caine sah sie skeptisch an. »Wie jetzt? Kein einziges Mal in der gesamten Woche? Wer's glaubt ...«

»Na ja ... keine Ahnung. Ich hab schon irgendwie geträumt – das merkt man ja doch meistens, stimmt's? Bloß ist in den Träumen eben nichts passiert.«

»Hä?« Caine zupfte den Salat aus einem Schinken-Salat-Sandwich und verzog das Gesicht, als er den reichlich vorhandenen Senf betrachtete.

»Da ist einfach nichts in dem Traum – nur ein großes schwarzes Wabern. Und kalt ist es.«

Bobbie setzte sich aufrecht hin. »Dann träumst du ja doch was. Nämlich dass du irgendwo an einem kalten, dunklen Ort bist.«

»Kann sein. Aber ich bewege mich nicht. Als würde ich irgendwo feststecken.«

Eis kroch in Bobbies Rückenwirbeln nach oben. »Feststecken? Oder begraben sein?«

Naya erschauerte. »Ich ... keine Ahnung. Könnte sein. So hab ich es bis jetzt noch nicht gesehen ... würde aber passen.«

Caine schluckte schwer, dann stopfte er sich den Rest seines Sandwiches in den Mund. »Okay, das ist jetzt abartig.«

»O Gott, ich will da gar nicht dran denken.« Naya schlang die Arme um ihren Oberkörper.

Aber Bobbie konnte an nichts anderes mehr denken (außer mit jenen zwölf Prozent). *Was ist passiert, Mary?*, fragte sie sich im Stillen. *War es das? Mehr verrätst du uns nicht?* Sie hatten fünf Tage bekommen – und die reichten vielleicht nicht.

»Was machen wir jetzt?«, fragte Caine.

»Keine Ahnung. In der Schule herumzuspazieren ist zu riskant. Es grenzt schon an ein Wunder, dass dich niemand gesehen hat.« An Heimfahrtwochenenden war es in der Schule immer deutlicher ruhiger; umso mehr konzentrierte sich Mrs Craddock auf die wenigen Mädchen, die noch da waren. »Ich glaube, wir sollten uns den Spiegel irgendwie vom Hals schaffen.« Bobbie deutete zum Kleiderschrank. Die Vorstellung, dass mitten in der Nacht knarrend die Tür aufging ...

»Du hast Recht«, sagte Naya. »Und wie wollen wir das machen?«

Es stellte sich heraus, dass das Teil festgeschraubt war. Sie brauchten zum Lösen der Schrauben nur wenige Minuten. Falls Mary im Spiegel war, so konnte Bobbie sie diesmal jedenfalls nicht sehen, aber sie vermied es auch, direkt hineinzuschauen. Da Caine sich im Zimmer versteckt halten musste, trugen die beiden Mädchen die Glasplatte wie eine Tragbahre zum Foyer. Dabei begegnete ihnen eine Mollige aus der Unterstufe, die jedoch von Naya mit einer unnötig groben Bemerkung in die Flucht geschlagen wurde. »Dann los«, sagte Naya, nachdem sie den Spiegel an die Wand gelehnt hatten. »Wir sollten Du-weißt-schon-wen da oben nicht so lange allein lassen.«

»Warte.« Bobbie blieb stehen. »Ich hab noch was zu erledigen.« Sie überzeugte sich davon, dass niemand in Hörweite war, und betrat die Loge, ohne Licht anzumachen. Naya ging schon mal zurück ins Zimmer, damit Caine nicht auf die Idee kam nach ihnen zu suchen. Bobbie holte tief Luft und wählte die Nummer ihrer Mutter.

Ihre Mum ging beim vierten Klingeln ran. »Hallo, Darling, wie geht's dir?«

»Ganz gut. Hast du gerade zu tun?«

»Nein, nein, das passt schon. Wir haben Pause. Unter uns, Darling, Jared nervt total. Er macht überhaupt nichts, solange ihm der Regisseur nicht einredet, es wäre seine eigene Idee gewesen.« Bobbie lächelte. Anderswo ging das Leben so weiter wie immer. Falls sie starb, würde ihre Mutter nach einer Weile weitermachen wie gewohnt. »Und was gibt's bei dir Neues?«

»Gar nichts. Ich wollte mich einfach nur dafür entschuldigen, dass ich so komisch drauf gewesen bin, als wir das letzte Mal telefoniert haben.«

»Sei nicht albern. Dafür bin ich doch da! Ich hab mir Sorgen gemacht, Schatz. Du bittest mich so selten um etwas, dass ich ernsthaft darüber nachgedacht habe, eine Nachtmaschine zu nehmen.«

Bobbie schloss die Augen. Sie würde *nicht* weinen. Ihr letztes Gespräch mit ihrer Mum sollte frei von Tränen bleiben. »Das brauchst du nicht. Mir geht's gut.«

»Bist du sicher? Ist es nicht ganz schön spät für dich, Darling? Solltest du nicht im Bett sein?« Im Hintergrund rief jemand »In fünf Minuten!« und die Sirene eines New Yorker Krankenwagens heulte. Es klang laut, als würde ihre Mutter auf der Straße stehen, wahrscheinlich mit einem eimergroßen Kaffee und einer Zigarette.

Bobbie hatte keine Rede vorbereitet und das bereute sie jetzt fast. Letzte Worte mussten monumental sein, bewegend und erinnerungswürdig. Ihr fiel nichts ein. »Mum, es geht mir gut. Ich will nicht, dass du dir meinetwegen Sorgen machst, kein bisschen, weil es mir gut geht. Also hab einfach eine gute Zeit und denk nicht an mich.«

»Hast du vielleicht ein bisschen was getrunken, Schatz?«

Sie lachte. »Nein, keinen Schluck. Ich dachte einfach nur, dass ich wenigstens ein Mal sagen sollte, was ich denke.«

»Das ist auch richtig so. Ich habe immer Wert darauf gelegt, dass du deinen eigenen Ausdruck findest.«

»Das stimmt. Also auf den Punkt gebracht, ich hab dich lieb.« So etwas sagte man hier in England normalerweise nicht und sie kam sich sofort komisch vor. »Ganz ehrlich.«

Diesmal lachte ihre Mutter. »Ich weiß ja nicht, was gerade mit dir los ist, Bobbie Rowe, aber es gefällt mir. Ich hab dich auch lieb. Mehr als alles auf der Welt.«

Es hätte schlimmer sein können, dachte Bobbie sich. Wer sagte denn, dass ein Leben *lang* sein musste, damit man es als erfüllt bezeichnen konnte. Sie würde morgen wahrscheinlich sterben, aber sie fühlte sich *geliebt*. Das war schon immer so gewesen. Und das war doch was. »Okay, Mum, meine Zeit läuft ab.« Was die Situation ziemlich wahrheitsgetreu beschrieb. Sie wollte ihre Mutter nicht mit einem *Ich ruf dich wieder an* oder *Bis später* belügen. »Mach's gut, Mum.« Wie sich herausstellte, wurde die Sache nicht leichter, wenn man wusste, dass es ein Abschied für immer war.

Als sie sich die Tränen abgewischt hatte (ihre Selbstbeherrschung war gleich nach dem Auflegen in sich zusammengefallen) und auf ihr Zimmer zurückkehrte, saß Caine mit dem Rücken an der Wand auf ihrem Bett, die Ellbogen auf die Knie gestützt. Er redete gerade mit Naya, brach aber ab, um eine Frage zu stellen. »Meinst du, wir hätten ihn zerbrechen sollen?«

»Ich glaube, was Spiegel betrifft, haben wir unser Glück schon genug strapaziert, meinst du nicht?« Bobbie lächelte schief. Hoffentlich sah man ihr nicht an, dass sie gerade ihr halbes Körpergewicht in Tränen verloren hatte. »Auf diese Woche noch sieben Jahre Pech draufzupacken kann ich gar nicht gebrauchen.«

Caine erwiderte ihr Lächeln und sah sie unter seinen dunklen Augenbrauen hervor an. »Ich werde auf keinen Fall schlafen. Was, wenn sie in der Nacht kommt?«

»Absolut«, stimmte Naya ihm zu. »Wir könnten doch in Schichten schlafen?«

Er schüttelte den Kopf. »Kommt nicht in Frage. Ich werde nicht im Schlaf sterben wie irgendein alter Opa. Wenn sie kommt ... also, dann werde ich mich wehren.«

Sie wurden still, denn es war klar, dass Bobbie und Naya ebenfalls nicht vorhatten kampflos zu gehen. Nun war es also so weit. *Noch einmal schlafen.* Zu überlegen, was der Morgen bringen mochte, war mehr, als Bobbies müdes Hirn leisten konnte. *Etwas* erwartete sie am anderen Ende der heutigen Nacht. Als die Stille kaum noch zu ertragen war, sagte sie mit einem Funkeln in den Augen: »Kennt jemand irgendwelche Geistergeschichten?«

TAG FÜNF

21 UNERWARTET

Schließlich konnte Bobbie sich der Schwere ihrer Augenlider nicht länger widersetzen und sie dämmerte weg. In dem einen Moment lauschte sie noch Nayas Erzählung von ihrer Nahtoderfahrung, als in Brooklyn aus einem vorbeifahrenden Auto geschossen worden war, und im nächsten befand sie sich auf dem Friedhof.

Es war eine schwüle Sommernacht und die feuchte Luft liebkoste ihre Haut. Eine willkommene, dringend notwendige Brise raschelte in den Blättern, als sie durch das Wäldchen lief und ihr Sommerkleid über ihre Schenkel strich. Sie kicherte. Er jagte sie – ein Versteckspiel. Bobbie wusste, dass sie nicht zum ersten Mal hier waren; es war ihr Geheimplatz – ein Ort, an dem sie sich fern von den neugierigen Blicken im Internat treffen konnten.

Bobbie kauerte sich hinter einen Baum und hielt sich den Mund zu, um ihr Lachen zu dämpfen. *Hier findet er mich nicht.* Wobei sie natürlich unbedingt gefunden werden wollte. Als sie seine Schritte nicht mehr hören konnte, riskierte sie einen Blick um den dicken Baumstamm herum, nur um festzustellen, dass er längst auf der anderen Seite lauerte. Mit einem Löwengebrüll sprang er vor und sie fiel in seine Arme.

Er wirbelte sie im Kreis herum, drehte sich zwischen den Grabsteinen. Die Bäume und Hecken verbargen diesen Teil des Friedhofs vor den Blicken der Schule *und* der Kirche. *Ihr Platz.*

Mit einer warmen Hand umfasste er Bobbies Kinn. Heute Nacht waren seine Flanellärmel bis zu den Ellbogen hochgekrempelt und sie trug nur das Schul-Sommerkleid und offene Sandalen. Ihr Haar war gelöst, frei. Sie war ihm gegenüber nicht mehr scheu und küsste ihn zuerst, suchte hungrig seine Zunge. Mit einem starken Arm hob er sie anstrengungslos auf einen langen, flachen Sarkophag. Bobbie legte sich auf den Rücken, froh über den kühlen Stein an ihren heißen, verschwitzten Beinen. Kenton kletterte über sie. Als er ihren Hals liebkoste, Kuss um Kuss auf ihre Haut tupfte, öffnete sie die Augen lang genug, um über seine Schulter zu schauen und die am Nachthimmel verstreuten Sterne zu bestaunen. So viele hatte sie noch nie gesehen und es kam ihr so vor, als wären sie alle für sie beide herausgekommen.

Ein köstlicher Schauer bebte durch ihren Körper und sie ließ sich fallen.

Bobbie fuhr aus dem Schlaf hoch und wischte sich die Haare aus dem Gesicht wie Spinnweben. Ihre Bettdecke für Millar haltend, strampelte sie sich frei. Sie brauchte einen Moment, um zu begreifen, wo sie war. So viel dazu die ganze Nacht wachzubleiben. Da sie halb fürchtete, dass Mary wieder auf ihrem Bett saß, riss sie die Knie vor die Brust und setzte sich auf.

Der Traum hatte sie erschreckt – genauso sehr wie die Geisterschrammen oder die Erscheinungen im Spiegel. Sie kam sich beschmutzt vor, als hätten Millars Hände wirklich ihre Haut berührt. Das wurde langsam unangenehm real. Mary mochte es vielleicht gefallen haben, aber ihr definitiv nicht. *Wie hat Mary so dumm sein können?*

Doch das Zimmer lag still. Perlmuttfarbene Dämmerung sickerte zwischen den Vorhängen hindurch und außer ihr schliefen noch zwei Leute friedlich im Raum: Caine lag auf dem Boden in einem Schlafsack ausgestreckt, die Hände hinter dem Kopf verschränkt. Ihr Drang sich an ihn zu kuscheln, seine Schulter als Kopfkissen zu benutzen und Trost in seinen Armen zu suchen, war überwältigend. Die Unbeschwertheit, die sie in seiner Nähe empfand, war das genaue Gegenteil von Millars Nähe – die hatte sich so dunkel und erstickend wie Teer angefühlt.

So merkwürdig es war, Bobbie empfand Dankbarkeit; Mary hatte Caine und sie zusammengebracht. Falls das ihre letzte Woche auf Erden war, so konnte sie zumindest sagen, dass sie *das* gefühlt hatte. Es war, als wäre nach einem lebenslangen Winter endlich der Frühling gekommen. Während sie Caine jetzt ansah, der seine Augen geschlossen und die Lippen leicht geöffnet hatte, wurde ihr das endgültig klar.

Er machte die Augen auf und Bobbie sah weg und hoffte, dass er sie nicht beim Anstarren erwischt hatte. Im Periodensystem des gruseligen Verhaltens stand das Beobachten von Leuten, die schliefen, garantiert an erster Stelle. Er blinzelte und runzelte die Stirn, als würde die fremde Umgebung ihn für einen Moment verwirren, aber dann war er wieder ganz da. »Hey«, krächzte er. »Alles okay mit dir?«

»Wir leben noch.« Bobbie strich sich die Haare hinters Ohr. »Oder die Hölle ist ein Mädcheninternat.«

»Könnte beides zutreffen«, sagte Naya mit dem Gesicht im Kissen. Bobbie wusste genau, was sie empfand. Der Drang im Bett zu bleiben und einfach bis Tag sechs durchzuschlafen, war zutiefst verlockend.

»Nein«, setzte Caine hinzu, »ich meinte dein Gesicht.« Selbst mit verquollenen Augen und verknitterten Klamotten sah er immer noch toll aus. Bobbie wurde ganz anders, wenn sie daran dachte, wie grässlich sie wohl kurz nach dem Aufwachen aussah. Gestern Abend hatte sie (mit einiger Beschämung) entdeckt, dass sie nicht einen einzigen auch nur ansatzweise coolen oder sexy Schlafanzug besaß. Es war nicht zu fassen, aber ihr himmelblauer Flanellpyjama mit den weißen Wattewölkchen war noch der am *wenigsten* peinliche.

Aber die Besorgnis in seinem Blick hatte nichts mit peinlichen Outfits zu tun. »Wieso? Was ist denn mit meinem Gesicht?«

»Du hast da jetzt auch Schnitte.«

Bobbies Hände flogen zu ihren Wangen. Da sie keinen Spiegel mehr im Zimmer hatten, befühlte sie ihre Haut. Und tatsächlich fand sie vier oder fünf neue Schrammen auf der Stirn und über ihren Wangenknochen. »O Gott«, sagte sie und sah Panik in Caines Augen aufblitzen. »Nein. Nein, alles okay. Sie tun nicht weh, ehrlich.« Dabei taten sie weh, ein bisschen.

Naya wandte den Kopf zu ihr herum. »Sicher, Süße?«

Bobbie nickte, obwohl sie es sich am liebsten selbst einmal angesehen hätte. Sie hatte nicht vor diesem Drang nachzugeben.

»Da wären wir also.« Caine setzte sich auf und zog sein T-Shirt zurecht. »Tag fünf.«

»Scheint ein Tag wie jeder andere zu sein«, stellte Bobbie fest. Die Vögel in den Bäumen vor ihrem Fenster waren so geschwätzig wie immer und plapperten unbekümmert drauflos.

»Ich hatte irgendwie damit gerechnet, dass es gar nicht hell wird«, gestand Caine. »Ich bin bis Sonnenaufgang wach geblieben, nur um sicherzugehen.« Vielleicht hatte *er* sie ja im Schlaf betrachtet. Komischerweise störte sie das nicht. Es vermittelte ihr ein Gefühl von Sicherheit.

»Sorry, dass ich eingenickt bin.« Bobbie setzte ihre Brille auf. »Ich konnte nichts dagegen tun.«

»Kein Problem.« Caine machte sehr den Eindruck, als würde er zu ihr aufs Bett kommen wollen. »Und was machen wir jetzt?«

Bobbie stand auf und zog die Vorhänge beiseite, was ihr einen saftigen Fluch von Naya einbrachte. Wieder ein nebliger, nieselnasser Tag. Einfach ein Donnerstag. Niemand anders hatte das Memo bekommen, wie bedeutsam dieser Donnerstag war. Der Himmel allein wusste, weshalb die Vögel so munter waren. »Keine Ahnung, ehrlich gesagt. Für den Fall, dass wir so weit kommen, hatte ich mir nichts überlegt. Heute ist kein Unterricht. Ich schätze, die meisten Mädchen fahren nach Oxsley oder hängen einfach vor dem Fernseher.«

Beide Alternativen schienen Caine wenig zu begeistern. »Vielleicht haben wir ja fünf volle Tage – also noch bis Mitternacht. Damit bleiben uns ungefähr sechzehn Stunden, um diese durchgeknallte Hexe irgendwie aufzuhalten.«

Bobbie nickte. »Du hast Recht. Mir fällt bloß nichts mehr ein, was wir machen könnten. Ich meine, wir sind jedem komischen Pseudo-Hinweis nachgegangen, den wir bekommen haben. Es scheint fast so, als ob Mary überhaupt nicht will, dass wir die Lösung finden.«

»Wenn sie begraben wurde, dann könnte sie überall sein«, kam Nayas Stimme unter der Bettdecke hervor. »Buchstäblich. Was sollen wir denn machen? Überall Löcher buddeln?«

Bobbie lachte. »Keine schlechte Idee.«

Naya kam unter der Bettdecke hervor. »Ist das dein Ernst?«

»Ich meinte nicht das mit dem Löcherbuddeln, sondern dass wir ihre Leiche suchen könnten.« Bobbie setzte sich auf den Schreibtischstuhl. »Wir wissen, dass Mary wirklich gelebt hat, weil Judy mit ihr zur Schule gegangen ist. Aber es gibt keine Unterlagen darüber, dass sie auf der Schule gewesen ist, und sie steht nicht auf der Alumni-Seite.«

»Vielleicht könnten wir mit Dr. Price reden?«, schlug Naya vor.

»Hmm. Die ist sowieso schon misstrauisch und sie hat erst ein paar Jahre vor uns hier angefangen, deshalb glaube ich ehrlich gesagt nicht, dass sie uns weiterhelfen kann. Caine und ich haben gestern auf dem Friedhof gesucht und da liegt Mary nicht begraben.«

»Das will nichts heißen«, sagte Caine. »Sie ist weggelaufen. Sie könnte überall begraben sein. Überall auf der Welt.«

Bobbie kniff die Augen zusammen. »Trotzdem lohnt es sich vielleicht darüber nachzudenken. Könnte da nicht etwas dran sein? Wenn man einen Leichnam nicht in heiliger Erde zur Ruhe bettet und so weiter?«

Caine zuckte mit den Schultern. »Ich weiß nicht. Vielleicht sollten wir noch mal auf dem Friedhof nachsehen – Bridget und ich, wir haben beide davon geträumt.«

Bobbie seufzte. »Und ich auch. Caine, ich glaube, seit heute Nacht passen unsere Träume zusammen.«

Er riss die Augen auf. »Echt?« Dann wurde er rot. »Oh. Verstehe.«

»Ich weiß jetzt, warum du nicht darüber reden wolltest.«

Er sah sie an und konnte die Andeutung eines Lächelns nicht verbergen.

»Ach, besorgt euch ein Zimmer«, ächzte Naya. »Und zwar am besten ein anderes.« Sie hatte sich offenbar damit abgefunden wach zu sein und strampelte ihre Bettdecke ans Fußende.

Bobbie blieb der Mund offen stehen. *Das gibt's doch nicht.* Sie blinzelte, aber das änderte gar nichts. Sie sah das wirklich.

Naya stand auf und Caine wich zurück und schlängelte sich in seinem Schlafsack über den Boden, als hätte er Angst, sie könnte ihm zu nahe kommen.

Naya war fassungslos über die Reaktion der beiden. »Was zum Teufel ist denn mit euch –« Und dann brach sie ab, weil sie es jetzt im Stehen selber merkte. Sie riss die Hände vor den Mund und wimmerte wie ein kleines, zartes Kind, das sich verlaufen hatte.

Naya war schwanger. *Hochschwanger.*

22 PHANTOM-SCHWANGERSCHAFT

Naya zog ihr plötzlich ganz stramm sitzendes Pyjamaoberteil hoch und Bobbies Kinnlade fiel noch weiter herunter. *Das ist real.* Nayas dunkle Haut spannte sich über ihrem Unterleib und der Bauchnabel stand vor. Unter der straffen Bauchdecke bewegte sich etwas, wand sich und strampelte, als würde es versuchen sich aus dem Leib ihrer Freundin zu befreien. Da drin *lebte* etwas. »O Gott!« Naya schrie und flatterte mit den Händen. »O Gott!«

Bobbie zwang sich von dem Abgrund des Wahnsinns zurückzutreten. Naya brauchte es jetzt mehr denn je, dass sie Ruhe bewahrte – selbst wenn sie nur so tat, als ob. Sie sprang vom Stuhl auf und ergriff die Handgelenke ihrer Freundin. »Naya. Sieh mich an. Versuch ruhig zu bleiben.«

»Bobbie ... Bobbie ... ich bin ...«

»Bist du nicht!« Sie übertönte Naya. »Bist du gar nicht!« Ihr fiel wieder ein, wie Naya wegen ihres Bäuchleins und ihrer zusätzlichen Pfunde Stress gemacht hatte. O Gott – und schlecht war ihr diese Woche auch ständig gewesen – Morgenübelkeit! Bobbie hatte die ganze Zeit über gedacht, dass Naya glimpflich davongekommen war, aber das war eindeutig nicht der Fall. Was, wenn sie *wirklich* ...? Nein, das *ging* doch gar nicht.

»Weißt du genau, dass du nicht ...?«, fragte Caine einigermaßen verlegen. Beide Mädchen drehten sich empört zu ihm um. Die sehr banale Frage brachte sie wieder ein bisschen runter.

»Ich *kann* nicht schwanger sein!«, schluchzte Naya. »Und definitiv nicht *so* schwanger!«

»Ja. Ich weiß.« Bobbie versuchte sie zu beruhigen. Sie zwang sich dazu einen weiteren Blick auf die abartige Beule zu werfen und hätte schwören können, dass sie kleiner war als eben noch. Das Ding da drin strampelte erneut und Bobbie verzog das Gesicht. »Naya, das ist Marys ... Werk.«

Naya fand diesen Gedanken anscheinend wenig tröstlich. »Deine Schnitte sind echt!«

Nein. Auf gar keinen Fall. Da konnte doch *niemals* wirklich ein Baby drin sein – nur war es genau das, was Naya dachte. Bobbie versuchte sie zu beruhigen, aber sie entzog sich und wollte nicht getröstet werden. »Das ist nicht das Gleiche.«

»Mach das weg!«

»O Gott.« Caine war schrecklich blass geworden. Bobbie seufzte, sie konnte schlecht mit einer komplett panischen Naya und einem zartbesaiteten Caine zugleich fertig werden.

»Caine – jetzt flipp bloß du nicht auch noch aus!«

»Sorry ... aber das«, er zeigte auf Nayas Bauch, »das ist so was von nächstes Level.«

»Bobbie, bitte ...« Tränen liefen über Nayas Gesicht.

Bobbie holte tief Luft. Ihr pochte der Schädel, als würde zu viel Blut auf einmal ins Gehirn strömen. Es fühlte sich wirklich so an, als könnte ihr Kopf platzen. Wie viel mehr konnten sie ertragen? Das war *Folter*, was Mary hier machte. »Naya, setz dich. In deinem Zustand sollte man nicht stehen.«

»Bobbie. Das ist nicht zum Lachen.« Trotzdem beruhigte der Witz Naya ein bisschen; sie sah jetzt nicht mehr hysterisch aus, sondern sauer.

»Ich weiß, aber wir müssen alle wieder runterkommen. Das hier«, sie deutete im Zimmer umher, als wäre ihre Panik etwas Greifbares, »ist nicht hilfreich. Es ist nicht real.«

»Es fühlt sich aber real an.«

»Die Träume haben sich real angefühlt. Als ich dachte, dass Mary in meinem Bett sitzt, kam sie mir real vor ... aber unter der Bettdecke war *gar nichts*. Das hier ist das Gleiche. Buchstäblich eine eingebildete Schwangerschaft. Da ist auf gar keinen Fall ein richtiges Baby in dir drin.« Naya wischte sich über die Wangen und diesmal hörte sie zu. Die Schwellung schien weiter zurückzugehen. »Siehst du? Sie will nur, dass wir Bescheid wissen. Sie erzählt uns ihre Geschichte.«

»Alter, ist das verdreht«, sagte Caine und blinzelte wieder wie ein normaler Mensch.

»Ich glaube, ich weiß jetzt, wie das läuft.« Bobbie kniete zu Nayas Füßen und hielt immer noch ihre Hände. »Warum sie das mit den fünf Tagen macht. Sie wartet nicht ... sie baut ihre Kraft auf.«

Naya schniefte. »Wie meinst du das?«

»An Tag eins hatten wir nur Nasenbluten. Seitdem ist sie immer schlimmer geworden, als würde sie an Macht gewinnen, uns immer besser zu fassen bekommen. Sieh mich an. Ich bin mit Schnittwunden übersät. Sie kann dich so aussehen lassen, als ob du schwanger bist.«

»Da bin ich wohl ziemlich leicht davongekommen«, sagte Caine und schien ein schlechtes Gewissen zu haben.

»Scheint so.« Bobbie zuckte mit den Schultern. Ihr fiel wieder ein, dass Mary ihn im Schlaf beobachtet hatte, und sie fragte sich, ob ihm in diesem Spiel die Rolle von Millar zukam – jemand, den Mary anhimmeln konnte. Andererseits hielt sie für heute ja vielleicht noch einige Tricks bereit. »Aber warten wir's mal lieber ab. Wir haben ja noch einen ganzen Tag vor uns.«

Die Aussicht schien ihn nicht gerade zu freuen. »Das heißt jedenfalls, dass Judy Recht hat. Mary hatte sich schwängern lassen.«

»Charmant.« Naya musterte wieder ihren aufgeblähten Bauch. Er schwoll an und ab mit ihren Atemzügen, wie ein Ballon.

»Ist es das, Mary?« Bobbie sprach sie jetzt direkt an, fragte es laut zur Decke hin. »Wir haben es rausgekriegt! Du warst von Kenton Millar schwanger! Und was jetzt?« Eine Antwort blieb erwartungsgemäß aus. Bobbie fragte sich, ob ihre Vorgängerinnen, die anderen Mädchen damals, auch so weit gekommen waren. Ob sie es überhaupt versucht hatten. Gab es schon Punkte für den Versuch? Dann fiel Bobbie etwas anderes ein. Wenn Mary nun tatsächlich einen Sohn oder eine Tochter zur Welt gebracht hatte – sollten sie die Person dann finden? Wenn ja, dann brachten es die sechzehn Stunden ja wohl überhaupt nicht.

Naya sprang vom Bett auf und strich mit den Händen über die kleiner werdende Beule. »Ich glaube, es geht weg.«

»Siehst du, ich hab's dir doch gesagt. Sie wollte nur, dass wir Bescheid wissen ... dass wir uns mit dem Baby sicher sind. Glaube ich jedenfalls.« Nach allem, was Mary sie hatte durchmachen lassen, wusste Bobbie nicht recht, ob sie noch länger behaupten konnte, dass das tote Mädchen im Grunde gutmütig war.

»Okay.« Caine atmete erleichtert aus. »Das ändert eigentlich nichts – wir müssen immer noch rausfinden, wo Marys Leiche ist. Bevor es zu spät ist.«

Bobbie nickte.

»Ich brauche eine Dusche.« Naya erschauerte. »Ich fühle mich total dreckig und komisch.«

»Nein«, widersprach Bobbie. »Du kannst nicht in den Waschraum. Da ist ein Spiegel.«

Naya überlegte. »Die Aufsichtsschülerinnen haben doch dieses kleine Bad mit Badewanne. Da ist kein Spiegel drin.«

»Aber du bist keine Aufsichtsschülerin.«

Naya, die wieder Mut fasste, wischte sich über die feuchten Wangen. »Erstens – sie sind nicht da, oder? Zweitens – ich bin mit einem Geisterbaby schwanger, da würden sie bestimmt verstehen, dass ich mich mal ein bisschen verwöhnen muss.«

Bobbie drückte ihre Freundin. Wenn sie schon einen Witz darüber machen konnte, dann war sie fast wieder die Alte. »Alles klar. Du gehst als Erste und dann mache ich mich frisch, bevor wir noch mal zum Friedhof fahren.«

»Super.« Naya schnappte sich ihren Kulturbeutel und zog sich einen Bademantel über, obwohl der riesige Neunmonatsbauch jetzt zu wenig mehr als einem normalen Speckbäuchlein zusammengeschrumpft war. Sie strich mit der Hand darüber, sagte jedoch nichts. *Der war nicht real*, ermahnte Bobbie sich erneut.

»Halt dich von Spiegeln fern ... auch von dem, den wir im Foyer abgeladen haben. Ich komme gleich nach – wir sollten zusammenbleiben.«

»Ja, Ma'am. Danke, Bob, für du weißt schon ...« Damit meinte sie wohl für die Unterstützung. »Du bist toll. Hab dich lieb, Mädchen.« Naya umarmte sie und Bobbie spürte, wie sie rot wurde. Sie kam sich nicht toll vor, sondern wie jemand, der nur so tat, als ob – sie spielte die Rolle des Mädchens, das der Sache gewachsen war. Solange Caine und Naya glaubten, dass sie alles im Griff hatte, genügte das auch. Naya gab ihr ein Küsschen auf die Stirn, ging und ließ die Tür hinter sich ins Schloss fallen.

Bobbie war zum ersten Mal seit ihrem Kuss in der Aula mit Caine allein. Sie sah zu ihm und rasch wieder weg, plötzlich ganz schüchtern. Wieder war ein großes Rätsel gelöst: Wieso trotteten so viele Internatsmädchen jedes Wochenende nach Oxsley, um sich vor den Läden mit Jungs rumzudrücken? Antwort: weil es süchtig machte. Bobbie wollte nur eines, ihn erneut küssen, teils um zu sehen, ob es so gut war wie in ihrer Erinnerung, aber auch weil es sie in einen Zustand versetzte, den sie so nicht kannte.

Sie wollte das Gefühl aus der Aula wieder wachrufen: diesen Galopp in der Brust.

Bobbie schob das Ganze bewusst beiseite. Ihren letzten Tag auf Erden damit zu verbringen den hübschen Jungen zu küssen, war entweder die beste oder die schlechteste Idee, die sie je gehabt hatte. »Also das kam jetzt wirklich unerwartet.« Sie warf sich aufs Bett und war schon wieder völlig fertig, obwohl sie erst vor zehn Minuten aufgestanden war.

»Ja, total. Das war echt abgedreht.« Das Zimmer wirkte auf einmal größer, als wären sie zu weit voneinander entfernt. Caine schien es genauso zu empfinden, er befreite sich aus dem Schlafsack und setzte sich zu ihr. »Ist das okay?«

»Ja.« Irgendwie wusste sie, dass er jetzt nichts machen würde. Aber sie wollte unbedingt seine Haut berühren. Sie streichelte seinen Nacken, strich über die winzigen Stoppeln des ausrasierten Haaransatzes. Diesmal küsste sie ihn zuerst. Es war absolut genauso gut wie in ihrer Erinnerung – besser.

Caine wich zurück. »Mundgeruch!«

»Ich?« Bobbie war entsetzt.

»Nein! Nein! Ich meinte, ich!«

»Du hast keinen.« Bobbie erwiderte sein Lächeln und gab ihm einen weniger riskanten flüchtigen Kuss auf die Lippen. Caine zog sie in seine Arme und hielt sie fest. Sie fühlte sich so sicher wie schon seit Jahren nicht mehr, aufgehoben in starken Armen. Wann hatte sie zuletzt jemand gehalten? Ach ja, Grace, aber das war natürlich etwas völlig anderes. Und Naya stand absolut auf Körperkontakt. Aber ihre Mum hatte sie nicht mehr gedrückt, seit Bobbie ein kleines Kind gewesen war – das war Jahre her. Sie begriff jetzt, wie sehr sie diese Art der Berührung vermisst hatte und warum Menschen das taten – warum sie all diese vielen Stunden darauf verwendeten, eine Freundin, einen Freund zu finden. Um jemanden *halten* zu können. Sie legte ihren Kopf auf seine breite Schulter. Eine Träne fand ihren Weg nach draußen und wurde von dem dünnen Baumwollstoff seines T-Shirts aufgesogen.

»Weinst du mich etwa voll?« Seine Stimme klang, als würde er lächeln, sie necken.

Sie entzog sich ihm und wischte sich das Auge. »Nein, da ist nur was undicht ... Sorry. Nicht gerade hilfreich, ich weiß. Ich will einfach bloß nicht, dass das hier zu Ende geht.«

Caine streichelte ihren Rücken, strich mit dem Daumen darüber wie über die Saiten einer Harfe. »Ja. Ich weiß.«

Bobbie nahm seine Hände. Sie wusste nicht, wieso, aber sie äußerte eine ihrer größten Ängste. »Du findest mich nicht seltsam, oder?«

Diesmal sah er sie an. »Nur auf gute Art.«

Wieder drohte sich eine Träne zu zeigen. Bobbie hielt sie zurück. Das war doch gut. Falls sie heute von ruhelosen Gespenstern geholt wurde, konnte sie wenigstens sagen, dass sie vor ihrem Tod jemanden kennengelernt hatte, der sie *verstand.* Das war ziemlich cool. »Möchtest du Frühstück?«, fragte sie. »Ich könnte uns was nach oben schmuggeln.«

»Ja. Das wäre gut. Gibst du mir das Wasser?«

»Klar.« Die Gläser von gestern Abend standen auf dem Schreibtisch. »Welches war deins?«

»Das höhere.« Sie streckte ihm das Glas entgegen, das immer noch halb voll war.

»Danke.«

Bobbie sah sich im Zimmer nach Sachen um, in die sie schlüpfen konnte, um Frühstück zu holen. Die Schüchternheit war wieder da – sie wollte und wollte sich gleichzeitig nicht vor Caine umziehen.

»Hu!« Erst kam sein Schrei, dann zerklirrte das Glas auf dem fadenscheinigen Teppich.

»Was –«

»Sie war da drin.« Caine nahm die Beine vom Boden hoch.

»Was?«

»Ich konnte sie im Wasser sehen. Schau!«

Bobbie sah zu der Pfütze, die sich auf dem Boden ausbreitete. Der Teppich war so dünn, dass er kaum etwas aufsaugte, und das Wasser bildete einen dunklen, anwachsenden Fleck. Einen Moment lang sah Bobbie nur ihr eigenes Gesicht darin gespiegelt, aber dann tauchte über ihrer Schulter Mary auf, als wäre sie *direkt hinter ihr.* Bobbie warf sich kreischend zur Seite und stieß gegen den Schrank.

Dann geschah noch etwas.

Die bläulich-weiße Fingerspitze einer Toten tauchte aus der Pfütze auf: Aus der Reflektion wurde Realität. Bobbie kreischte erneut. Nun war es so weit, Mary kam sie holen.

Da sie nicht in der Lage war, ihren Blick von den Leichenfingern abzuwenden, sah sie nicht, wie Caine sich ihre Bettdecke schnappte, aber einen Moment später landete sie auf der Pfütze und der Stoff saugte das Wasser sofort auf. Jetzt löste sich Bobbies Starre und sie tupfte die Stelle trocken. Dann nahm sie die Bettdecke weg. Die Pfütze und damit auch die Geisterfinger waren verschwunden.

Sie sah Caine an. Worte waren überflüssig. Das Spiel war vorbei. Mary war auf dem Weg. »Jetzt braucht sie nicht einmal mehr einen Spiegel. Sie ist stark genug, um durch *jede* Reflexion zu kommen.«

Caine ließ den Kopf in die Hände sinken, nur um plötzlich aufzuspringen. »Was ist mit Naya?«

Bobbie runzelte die Stirn und dann hatte sie das Gefühl,

einen Schlag in die Magengrube zu bekommen. Und zwar mit einem Amboss. »O Gott! Die Badewanne!«

Sie rannten hinaus auf den Flur und nun war es Bobbie völlig egal, ob sie jemand sah. Sie dachte keine Sekunde daran, welchen Ärger sie sich einhandeln konnte, wenn Caine erwischt wurde. Das spielte alles keine Rolle mehr.

»Wo ist dieses Badezimmer?«, rief Caine, der ein paar Schritte vor ihr war. Die Türen verschwammen fast, so schnell liefen sie daran vorbei.

»Ein Stockwerk höher! Am Ende vom Dickinson.«

»Wo?«

»Hier entlang!« Bobbie übernahm die Führung und lief zur Haupttreppe. Inzwischen hatten sie genug Lärm gemacht, dass einige verbliebene Mädchen die Köpfe aus einer Tür im Haus Austen steckten.

Bobbie bewegte sich zu schnell, um ihre Gesichter zu erkennen, aber sie hörte deutlich, wie die eine rief: »O mein Gott! Ein JUNGE!« Vor ein paar Tagen noch hätte sie auch dort in der geschockten Menge gestanden.

Sie nahm immer zwei Stufen auf einmal, Caine direkt hinter ihr. *Nicht Naya ... bitte nicht Naya.* Ihre Kehle war so trocken und eng, dass es wehtat. Sie erreichten den Treppenabsatz zwischen Christie und Dickinson. »Naya!«, schrie sie, riss die Flügeltüren zum Dickinson auf und rutschte in ihren Socken fast über den kalten, gefliesten Boden.

Das Bad der Aufsichtsschülerinnen war gleich neben dem großen Waschraum und es behauste die einzige Badewanne, die den Schülerinnen zur Verfügung stand. Diese Vergünstigung war so ziemlich der einzige Grund eine Aufsicht zu werden. Bobbie warf sich gegen die Tür und drückte die Klinke hinunter. Es war abgeschlossen. »Naya!« Sie hämmerte gegen die Tür.

»Bob? Was ist los? Mir geht's gut, der Bauch ist weg«, kam Nayas Stimme von drinnen. Wasser plätscherte, als sie sich in der Badewanne aufsetzte.

»Naya, komm sofort aus der Wanne!«

»Was? Wieso? Musst du aufs Klo oder –« Der Satz brach ab.

Bobbie presste ihr Ohr an die Tür. »Naya?«

Caine schlug gegen die Tür. »Naya, komm raus! Das ist kein Witz.«

»Naya!« Bobbie rüttelte an der Klinke. Da sie keine Aufsicht war, hatte sie nur ein, zwei Mal einen Blick in das Bad werfen können und wusste nicht mehr, was für ein Schloss die Tür hatte. Sie warf sich mit ihrem ganzen Gewicht dagegen, aber die Tür gab keinen Millimeter nach. »Nein!«, heulte sie. Sie durfte ihre beste Freundin nicht verlieren; der Gedanke an ein Leben ohne sie war unerträglich. Nayas bedingungslose Freundschaft war noch so eine Sache, die sie als selbstverständlich betrachtet hatte. »Caine«, flehte sie. »Tu was!« *Nein nein nein nein nein nein.*

Er rammte die Tür mit der Schulter, worauf jetzt hier im Dickinson Mädchen ihre Köpfe hinaus in den Flur steckten. Holz knackte, doch die Tür flog nicht auf.

Von drinnen kam ein gewaltiges Platschen und Naya schnappte nach Luft, als wäre sie unter Wasser gewesen. »Bobbie!«, flehte sie gurgelnd. Jemand zog sie nach unten.

Bobbie fiel auf die Knie und bekam kaum noch Luft vor

Weinen. Zwischen der Klinke und dem Türrahmen war ein winziger Spalt entstanden. Licht schimmerte dahinter. Bobbie kniff ein Auge zu und spähte hindurch.

Dampf erfüllte die Luft. Ein schäbiger Vorhang hing aus der ramponierten Emaillewanne. Der Raum lag still und ruhig, nichts deutete auf den Kampf hin, den sie gerade gehört hatte. »Naya?«, flüsterte sie. Ihre Freundin war verschwunden.

Stille. Nur ein stetes *tropf, tropf, tropf.*

Finger griffen aus der Wanne heraus um den Rand. Feuchte, graue, tote Finger. Mit Nägeln wie aus Schiefer. Wasser, rosa von Blut, rann die Emaille entlang zum Boden. Ein triefend nasser Kopf mit schwarzen Haaren erschien.

Mary hievte sich aus dem Badewasser.

23 ISOLIERT

Bobbie sprang von der Tür weg und krachte in Caine hinein. Sie taumelte rückwärts auf den Hintern und riss ihn mit um. »Sie kommt!« Die Worte zerrissen ihr schier die Stimmbänder.

»Was?«

Sie drehte sich krabbelnd zu ihm um. »Mary! Sie ist da drin! Sie hat sich Naya geholt!«

Die Flügeltüren am Ende des Korridors flogen auf und ein Windstoß wehte herein. »Was in aller Welt ist hier los?« Mrs Craddock kam den Gang heruntergestapft, eine angebissene Toastscheibe in der Hand. »Roberta Rowe! Hätten Sie die Güte mir zu erklären, was Sie hier machen?«

Bobbie sprang auf, fuhr zu ihr herum und bekam dabei ihre Haare in den Mund. »Mrs Craddock, Sie müssen uns helfen. Sie hat Naya.«

Auf dem faltigen Gesicht der Lehrerin stand Verwirrung. »Was? Wovon reden Sie?«

Bobbie ergriff ihren Ärmel und zog sie von der Badezimmertür weg. »Mary. Mary Worthington. Sie hat sich Sadie geholt und jetzt ist sie hinter uns her.«

Mrs Craddock wirkte nicht mehr verärgert, sondern besorgt. »Bobbie, meine Liebe, Sie müssen sich beruhigen. Geht es Ihnen gut? Und wer ist dieser junge Mann?«

Caine trat vor. Schweißperlen glitzerten auf seiner Stirn. »Sie sagt die Wahrheit. Dort drin ist ein Gespenst.« Er deutete mit einem zittrigen Finger zur Tür.

Prompt kehrte die Verärgerung zurück. »Das ist ja nicht zu fassen! Hören Sie sofort mit diesem Unsinn auf! Wo ist Naya?«

»Hören Sie lieber mit diesen Fragen auf!«, fauchte Bobbie. »Für so was haben wir keine Zeit!«

»Das ist KEINE Art mit dem Lehrkörper zu reden.« Die dünne, knochige Gestalt von Dr. Price stand im Türrahmen. Die Arme vor der Brust verschränkt, die Lippen schmal. »Roberta, Sie haben genau eine Minute die Anwesenheit dieses Jungen zu erklären und warum Sie um acht Uhr morgens die halbe Schule zusammenschreien.« Ihre Stimme war so sachlich wie immer.

Bobbie konnte es nicht länger zurückhalten. Naya zu verlieren hatte ein Loch in den Damm geschlagen und nun schossen die Fluten hindurch. »Dr. Price. Bitte helfen Sie uns, bitte. Sie müssen. Sie müssen uns helfen.« Ihre Nase lief. Es war ihr egal.

»Bobbie, hören Sie damit auf. Reißen Sie sich zusammen.«

»Aber sie hat sich Naya geholt. Sie hat sich Sadie geholt.«

»Wer denn, um Himmels willen?«

»Mary Worthington.« Bobbie hatte Mühe den Namen nicht zu schreien, und dann: »Bloody Mary!«

Die Rektorin verdrehte die Augen, ein sprödes Lächeln auf den Lippen. »Also bitte, Roberta, ich habe keine Zeit für alberne Geschichten.«

»Sie müssen uns glauben!«, blaffte Caine.

Price bedachte ihn mit einem eisigen Blick von arktischen Dimensionen. »Sie sind hier unbefugt eingedrungen. Von Ihnen will ich kein einziges Wort hören.«

Bobbie, von deren Selbstbeherrschung nichts mehr übrig war, klammerte sich wild an ihrer Rektorin fest. »Es stimmt! Vor fünf Tagen haben wir ihren Namen vor einem Spiegel gesagt. Am fünften Tag kommt sie einen holen. Sie ist da gerade drin! Sie hat sich Naya geholt!« Die schreckliche Wahrheit drang in ihr Bewusstsein. Wenn sie irgendetwas im Magen gehabt hätte, hätte sie sich übergeben; so krampfte er sich nur schmerzhaft zusammen. »Sie hat sich Naya geholt.«

Price massierte sich den Ansatz ihrer Nase und seufzte. »Immer wenn man denkt, nun habe man jede Ausrede gehört ... Ich meine, das toppt sie wirklich alle, Roberta.« Ihre Absätze klackten über die Fliesen, als sie zur Badezimmertür ging.

»Nein! Nicht die Tür aufmachen! Mary ist da drin!«

»Es ist von innen abgeschlossen«, erinnerte Caine sie.

Die Rektorin klopfte an. »Naya Sanchez? Sind Sie da drin? Hier ist Dr. Price, lassen Sie mich sofort rein.« Es kam keine Antwort. Price griff nach der Türklinke.

»Nein!«, kreischte Bobbie.

Dr. Price drückte die Klinke nach unten und die Tür ging ohne Widerstand auf. Dampf wogte in den Flur. »Es ist nicht mal abgeschlossen.«

»Was? Das kann nicht sein.« Caine runzelte die Stirn. »Ich schwöre, es war ...«

»Hatte ich nicht gesagt, kein Wort?« Dr. Price trat in den Raum. Bobbie zwang sich dazu hineinzuschauen. Mary war natürlich verschwunden. Sie fragte sich, ob Mary vielleicht nur vor Leuten erscheinen konnte, die sie gerufen hatten. Das hätte einigermaßen erklärt, wieso Kellie und Lottie in der Nacht, als Sadie verschwunden war, ungestört weitergeschlafen hatten. Sie wischte sich über das nasse Gesicht. Fürs Erste waren sie außer Gefahr. Das Badewasser schwappte noch leicht hin und her. »Roberta, was ist hier los?«

»Das habe ich Ihnen doch gerade erzählt«, sagte sie und fühlte sich stärker.

»Wo ist Naya?«

Es war zu spät. Sie waren zu spät. Naya war verschwunden. Es schien unmöglich. Wie konnte jemand so Wichtiges wie Naya einfach plötzlich weg sein? Tiefe Trauer überkam sie. Sie konnte nicht wissen, was die Zukunft für Naya bereitgehalten hatte, aber ganz gleich *was* sie mit ihrem Leben angefangen hätte, es wäre bestimmt spektakulär geworden. »Mary hat sie geholt«, flüsterte sie. »Und uns holt sie auch.«

Einige der verbliebenen Mädchen waren herbeigeeilt, um zu schauen, was die Aufregung sollte. Sie zwitscherten wie gehässige Spatzen und flüsterten einander ins Ohr. Bobbie war zu aufgelöst, um groß darauf zu achten, dass auch Grace und Caitlin unter ihnen waren.

»Jetzt reicht es aber!« Price hob zum ersten Mal die Stimme. »Das hier ist ernst. Roberta Rowe, wo ist Naya?«

»Habe ich doch gesagt! Mary hat sie geholt!« Bobbies Stimme wurde schriller und lauter.

Dr. Price zog eine Augenbraue hoch. »Na schön, das ist meine letzte Warnung. So lasse ich nicht mit mir reden. Wo – ist – Naya?«

Bobbies Nerven waren bis zum Zerreißen gespannt. Und nun rissen sie. »Was soll das noch? Sie glauben uns ja doch nicht! Ich sage die Wahrheit! Mary hat Naya getötet und jetzt werden wir – Caine und ich – auch sterben, und wenn Sie nicht auf uns hören, ist das alles Ihre Schuld!« Sie wandte sich an ihr kleines Publikum. »Grace! Grace, du bist doch dabei gewesen! Sag ihr, was wir gemacht haben, erzähl ihr von der Mutprobe!«

Grace stand einen Moment nur da, dann hob sie die leeren Hände. Ein kaum wahrnehmbares Grinsen huschte über ihre Lippen. »Dr. Price, ich habe keine Ahnung, wovon sie spricht.«

»Du Miststück!«, schrie Bobbie.

»Sie lügt!«, fügte Caine hinzu.

Dr. Price schob sich zwischen Bobbie und Grace. »Das reicht jetzt! Wir unterhalten uns weiter, wenn Sie sich wieder anständig benehmen können.« Sie sah sich um. »Mrs Craddock, Grace, wenn Sie mir dabei helfen könnten, Miss Rowe zum Isolierraum zu bringen?«

»Selbstverständlich.« Noch eifriger hätte Grace gar nicht sein können.

»Sie dürfen mich da nicht einsperren!« Bobbie wich in den Flur zurück, doch Grace und Craddock traten neben sie. »Dann komme ich ja nicht weg, wenn sie ...«

»Wehe, du rührst sie an.« Caine trat Grace in den Weg, aber sie wirkte nicht im Mindesten eingeschüchtert und scheuchte ihn beiseite wie eine Fliege.

Price nahm Caine beim Arm und lenkte ihn zur Tür. Er riss sich los. »Wenn Sie das Schulgelände nicht innerhalb von zwei Minuten verlassen haben, rufe ich die Polizei. Ist das klar?«

»Sie dürfen das gar nicht!«

»Wollen wir wetten?« Dr. Price ging voran zum Treppenhaus. »Roberta, Sie werden sich im Isolierraum so weit beruhigen, bis wir uns wieder vernünftig unterhalten können. Haben Sie mich verstanden?«

Grace und Craddock schleiften sie zur Treppe. »Bitte ... nicht! Bitte sperren Sie mich nicht ein!«

»Meine Entscheidung steht fest.«

Der Isolierraum war kaum mehr als eine kleine Kammer neben der Krankenstation im Erdgeschoss. Caine wurde durch den Haupteingang hinausbefördert und die Tür schlug ihm vor der Nase zu. Er trommelte noch mit den Fäusten dagegen, als Bobbie zur Zelle geführt wurde. »Bitte!«, flehte sie. »Lassen Sie mich nicht allein!«

»Sie müssen sich dringend wieder beruhigen«, wiederholte Dr. Price, die voranging.

»Wenn Sie mich allein lassen, dann kommt sie mich holen!«

»Vielleicht sollten wir Dr. Robinson verständigen?«, schlug Mrs Craddock vor.

»Schauen wir mal. Wenn sie sich weiter so aufführt, braucht sie vielleicht tatsächlich ein Beruhigungsmittel.«

Bobbie hörte sofort auf sich zu wehren. Wenn sie unter Beruhigungsmitteln stand, hatte sie keinerlei Chance, wenn Mary kam. »Bitte. Kann mich wenigstens jemand im Auge behalten?«

Dr. Price betrachtete sie mit etwas, das Mitleid sein mochte. »Ich versichere Ihnen, dass wir Sie durchaus im Auge behalten werden.« Sie betrat den Isolierraum und hielt die Tür weit auf. »Nun kommen Sie. Nehmen Sie bitte die Brille ab. Sie haben sich eindeutig selbst verletzt.«

In dem Chaos hatte Bobbie völlig vergessen, dass ihr Gesicht von Schnitten übersät war. Resigniert gab sie ihre Brille heraus und war sofort desorientiert. Grace fand unnötigen Gefallen daran, sie in das kleine Kabuff zu stoßen. Es handelte sich um einen schmalen Quader mit nur zwei Fensterschlitzen oben an der hinteren Wand. Unter ihnen stand ein Krankenhausbett ohne Bettdecken. »Rein mit Ihnen«, sagte Dr. Price.

Bobbie machte ein paar zögernde Schritte. An einem sonnigen Tag wäre es hier drin grau gewesen. An einem grauen Tag war es beklemmend dunkel.

»In einer Stunde komme ich und sehe nach Ihnen.« Sie wandte sich an Mrs Craddock. »Wir müssen Naya suchen. Falls sie verschwunden ist, müssen wir so schnell wie möglich die Polizei verständigen.«

Die Tür fiel zu und Bobbie war allein. Sie kam nicht gut mit beengten Räumen zurecht – schon in Aufzügen bekam sie Platzangst und als sich der Schlüssel knirschend im Schloss drehte, wurde es noch schlimmer. *Die Polizei*, dachte sie. *Viel Glück damit.* Die würde Naya nicht finden. Das würde niemand. Sie war weg.

Bei dem Gedanken an Naya flammte ein heftiger Schmerz in Bobbies Brust auf. Sie biss sich auf die Zunge, um nicht laut zu schreien.

Sie warf sich aufs Bett und die Federn hielten mit einem mürrischen Quietschen dagegen. Sie schloss die Augen und konzentrierte sich auf lange, tiefe Atemzüge – genau dazu hätte ihre Mutter geraten, wenn sie jetzt hier gewesen wäre. Es beruhigte sie kaum. Caine war ganz allein da draußen in einer Welt voller Spiegel. Und es waren ja nicht nur die Spiegel, jetzt reichte jede spiegelnde Oberfläche. Er war so gut wie tot. Bobbie sah sich im Raum um. Das einzig Positive an ihrer Zelle war, dass es keine spiegelnden Oberflächen gab.

Es lief darauf hinaus, dass sie jetzt als Letzte übrig war: Sadie, Naya, Caine demnächst und sie saß hier fest. Sie waren geschlagen. Bobbie war sich noch nie so nutzlos vorgekommen. Sie konnte nur noch warten.

Eines hatte sie in der Zelle genug, Zeit zum Nachdenken. So sehr sie auch versuchte keine Erinnerungen an Naya aufsteigen zu lassen, es wollte ihr nicht gelingen: die Party, auf der sie sich als Bellatrix und Dobby verkleidet hatten; Naya, wie sie im British Museum den Statuen an den nackten Po fasste, bis sie von einem Wachmann hinausbefördert wurde; die »anonyme« Valentinskarte, die Naya ihr unausweichlich jedes Jahr schickte. Naya würde ihr schrecklich fehlen. Sie unterdrückte ein resigniertes Lachen; es lag ein gewisser Trost darin zu wissen, dass sie diese Leere in ihrem Herzen höchstens noch für zwölf Stunden spüren würde. Vielleicht waren sie am Ende ja alle wieder zusammen, wer wusste das schon.

An Caine dachte sie auch. Caine hatte eine richtige Märchenprinznummer bei ihr durchgezogen: Er hatte sie wachgeküsst. Sie hatte in fünf Tagen mehr gelebt als davor in sechzehn Jahren. Nun war er fort und sie wollte ihn mehr als alles, was sie je gewollt hatte (inklusive der alten mechanischen Schreibmaschine, um die sie mit zwölf gebettelt hatte).

Im Isolierraum gab es keine Möglichkeit zu wissen, wie viel Zeit vergangen war. Sie war immer noch im Schlafanzug, ohne Armbanduhr und ohne Handy. In der Ferne schlugen die Wellen an die Klippen und im Hof plätscherte der Regen. Außerdem musste direkt über ihr eine Dachrinne verstopft sein oder so, weil es unter dem Fenster gleichmäßig tropfte.

Nein ... Moment. *Natürlich*, dachte sie. *Mary* ... das Tropfen in den Geschichten und dann im Waschraum und im Badezimmer der Aufsichtsschülerinnen. Dieses Tropfen begleitete Bobbie schon die ganze Woche lang, immer gerade noch in Hörweite. Es war jetzt richtig hektisch geworden.

Sie blieb auf dem Bett liegen, bis ihre Beine und ihr Po so taub waren, dass sie lieber auf und ab ging – nicht dass es dafür viel Platz gab. Es wurde dunkler und dunkler und der Raum schien kleiner und kleiner zu werden, während das Unwetter draußen schlimmer wurde. Donner grollte, als hätte der Himmel Hunger, und in unregelmäßigen Abständen zuckten Blitze.

Ab und zu tauchte im Sichtfenster der Tür ein Gesicht auf, das durch das milchige Plexiglas kaum zu erkennen war. Bobbie nahm an, dass es sich um Price handelte, aber sie konnte nicht sicher sein. Während aus Minuten Stunden wurden (wahrscheinlich), merkte Bobbie, wie sie es immer weniger aushielt. Caine und Naya, Naya und Caine. Aus Panik wurde Zorn und ihre Hände zuckten vor nervöser Energie.

Schließlich hatte sie genug und stürzte zur Tür. Sie konnte

keine Sekunde länger warten. Mit betont ruhiger und vernünftiger Stimme rief sie durch die Scheibe: »Hallo! Ist da jemand? Ich bin jetzt ruhig! Wir können reden.« Eine Antwort blieb aus. Sie presste ihr Gesicht an die Scheibe, konnte im Flur aber weder etwas sehen noch hören. »Kann mir bitte jemand sagen, was los ist?«

Nichts. Ihr war kalt. Sie rieb sich wärmend die Arme und ließ sich wieder auf das Bett fallen. Sie lehnte sich mit dem Rücken an den kalten Putz und fixierte die Tür. Sie *war* jetzt ruhig, aber lügen würde sie nicht. Wenn nötig, fing sie ganz von vorne an und erzählte die komplette Geschichte: die Mutprobe, Sadie, Bridget, Judy. So verrückt es auch alles klang, niemand konnte bestreiten, dass hier irgendetwas Unmögliches, etwas bilderbuchmäßig Paranormales vor sich ging. Himmel, wenn es sein musste, würde sie Price dazu bringen Judy oder das Krankenhaus anzurufen. Sämtliche Hinweise waren da, man musste nur genau hinsehen – dann erkannte doch jeder ein seltsames Muster.

Bobbie schloss die Augen und lehnte den Kopf an die Wand.

Draußen vor dem Fenster verlangsamte sich das Tropfen zu einem präzisen Takt.

Tropf, tropf, tropf.

Sie öffnete die Augen. Im Augenwinkel, ganz am äußeren Rand ihres Gesichtsfelds, bewegte sich etwas.

Bobbie schrie auf und rollte vom Bett auf den Boden.

Wo die Wand gerade noch glatt und eben gewesen war, zeichnete sich nun das Relief eines Gesichts ab – eines Mädchengesichts. Die Wand dehnte und spannte sich, als wäre sie aus Latex; Finger zeichneten sich auf beiden Seiten des Gesichts ab, als würde sie versuchen sich durch die Wand zu zwängen.

Bobbie wagte es nicht, woanders hinzusehen, und rutschte auf dem Po rückwärts. Das Gesicht schrumpfte zurück in den Putz und da war wieder nur eine Wand. »O Gott ...«

Die Wand zu ihrer Linken, die ihr am nächsten war, kräuselte sich und erneut versuchte sich eine Hand hindurchzuschieben, als würde sie blindlings nach ihr tasten. Bobbie sprang mit einem Schrei hoch und presste sich mit dem Rücken an die gegenüberliegende Wand. Zwei dünne Arme kamen zum Vorschein, Geisterhände krallten nach ihr. Sie kamen nicht ganz an Bobbie heran und zogen sich zurück.

Eine Sekunde später erschien Marys Reliefgesicht direkt neben ihr. Bobbie sprang zur Tür. »Lassen Sie mich raus!«, kreischte sie und schlug mit den Fäusten dagegen. »Sie versucht hereinzukommen. Bitte!« Sie war sich bewusst, wie sehr sie damit ihre Behauptung torpedierte, wieder vernünftig zu sein, aber lieber verrückt als tot. »Bitte! Hört mich denn niemand?«

Marys Gesicht trieb mit offen stehendem Mund über die Wand, deren ganze Oberfläche sich verlängerte und dehnte, als sie versuchte sich hindurchzuschieben. Bobbie fuhr zu dem toten Mädchen herum. »Hier drin gibt es keine Spiegel, Mary. Das funktioniert so nicht.«

Das Gesicht verharrte und wandte sich fragend zu ihr um. »Was willst du denn?«, fragte Bobbie leise und voller Angst. »Ich hab doch alles getan, was du wolltest ... Ich hab immer wieder versucht dir zu helfen. Wieso lässt du mich nicht einfach in Ruhe?« Warum sie? Warum nicht eines der vielen anderen Mädchen auf der Welt, die ihren Namen gesagt hatten? Warum biss Mary sich an ihr fest wie ein Parasit?

Das Gesicht zog sich zurück, langsam, fast tranceartig. Bobbie klammerte sich am Türrahmen fest wie an einem Rettungsboot. Marys Macht war stärker denn je, aber sie brauchte anscheinend eine spiegelnde Oberfläche, um richtig in die Realität überwechseln zu können.

»Lasst mich raus.« Bobbie lehnte den Kopf gegen die Tür und wusste, dass niemand zuhörte. »Bitte«, fügte sie kläglich hinzu.

Der düstere Raum lag still. Die Wände waren nur Wände. Das einzige Geräusch waren ihre zittrigen Atemzüge. Bobbie stand mit dem Rücken an der Tür und sah sich im Raum um. So leicht würde Mary nicht aufgeben, nicht solange ihr Publikum gefesselt war. »Mary?«, flüsterte Bobbie. »Wo bist du?«

Tropf.

Lauter als vorher. Dichter dran.

Tropf, tropf.

Bobbie sah nach oben. Hoch über ihrem Kopf verliefen Heizungsrohre an der Decke und verschwanden auf beiden Seiten in der Wand. In der Mitte eines alten Rohrs war ein rostiges Verbindungsstück, an dem sich ein dicker, fetter Tropfen sammelte. Er wurde größer und hing dort eine Sekunde lang wie eine Träne, dann fiel er herab und schlug klatschend auf.

Bobbie blieb der Mund offen stehen. Das war Mary. Sie ließ das passieren.

Tropf, tropf, tropf.

Die Pfütze auf dem Linoleum wuchs. Mary schuf sich

einen Zugang. Aus dem Tropfen wurde ein Rinnen, als das Leck sich verschlimmerte.

Bobbie drehte sich wieder zur Tür um und schlug mit beiden Fäusten dagegen. »O Gott, holt mich hier raus!«

Eine Hand so weiß wie Kreide griff aus der Pfütze.

24 DICH VERLIEREN

Der Schlüssel drehte sich im Schloss. Die Tür flog auf und Bobbie stolperte auf die Pfütze zu, fast in Marys wartende Finger hinein. Hände packten sie bei den Schultern und zogen sie rückwärts aus dem Raum. Sie warf die Tür zu und hatte das tote Mädchen damit hoffentlich eingesperrt.

Als sie sich umdrehte, stand Caine vor ihr. Sie stürzte sich in seine Arme und er brachte sie den Gang hinunter in Sicherheit. An seine Brust gedrückt konnte sie nur schwach das gleichmäßige Schnarren des Feueralarms hören. »Alles in Ordnung«, flüsterte er in ihr Haar. »Alles in Ordnung.«

Sie sah auf und küsste ihn fest auf die Lippen. Das hatte mehrere Gründe. Erstens, sie war im ganzen Leben noch nicht so froh gewesen jemanden zu sehen – wer weiß, vielleicht hätte sie sogar Mrs Craddock geküsst. Zweitens, es war Caine. Drittens, sie war wirklich überzeugt gewesen, dass sie ihn nie mehr wiedersehen würde, und wenn es tatsächlich keine Küsse mehr geben sollte, dann wollte sie wenigstens ein richtig gutes Finale. Sie zog sich zurück, aber er hielt sie weiter fest, als würde er es ebenfalls nicht ertragen können loszulassen. »Du lebst«, sagte sie atemlos.

»Aber hallo.«

»Wie ...? Wie bist du wieder reingekommen?«

»Ich hab den Feueralarm ausgelöst, hast du ihn nicht gehört?«

»Nicht da drin ... Aber ich war nicht allein.«

»Was?« Caines Kopf fuhr herum und er sah nach hinten zum Raum. »Alles okay mit dir?«

»Jetzt ja. Wir müssen hier weg – ich weiß nicht, ob Türen sie wirklich aufhalten.« Ohne einander loszulassen gingen sie den Korridor hinab. »Wie spät ist es?«

»Fast drei.«

»Ich war den *ganzen Tag* da drin?«

»So ziemlich. Hier hat es von Polizei gewimmelt. Ich musste warten, bis sie wieder weg war, bevor ich noch mal reinkonnte.« Er gab Bobbie ihre Brille. »Die lag draußen auf dem Wandbord.«

Das war so aufmerksam von ihm, dass sie ihn beinahe wieder geküsst hätte, aber das würde warten müssen. »Die suchen bestimmt nach Naya.« Bobbie konzentrierte sich wieder auf die Sache. »Sie werden erst mal überprüfen, ob sie weggelaufen ist oder so, bevor sie irgendetwas bekannt geben.«

Caine nahm ihre Hand und zog sie Richtung Mensa. »Komm. Wir haben nicht viel Zeit. Die merken jeden Moment, dass es falscher Alarm war, und dann wird garantiert jemand nachschauen kommen, ob du noch da bist.«

Bobbie lief mit ihm zum Ausgang bei der Küche. Bei Probealarm mussten sie sich immer alle auf den Hockeyfeldern sammeln. Das gab ihnen mindestens ein paar Minuten, aber die reichten nicht, um sich umzuziehen oder wenigstens ein paar Schuhe zu holen. Sie zog an seiner Hand. »Danke, dass du meinetwegen zurückgekommen bist.«

Er wirkte verdutzt. »Machst du Witze?« Er schien nach den richtigen Worten zu suchen. »Ich bin doch auf deiner Seite.«

Sie lächelte und wusste, dass er schlecht mehr sagen konnte – so früh in ihrer Beziehung, wenn es denn eine war. »Danke.« Und nur damit sie sich beide über ihren Beziehungsstatus im Klaren waren, küsste sie ihn erneut. Sie würde jede einzelne Minute, die ihnen noch blieb, voll ausnutzen.

Er wurde rot. »Komm jetzt. Mich anzutörnen hilft mir nicht gerade beim Weglaufen ...«

Sie begriff, was er meinte, und wollte einen Kommentar anbringen, doch er zog sie schon weiter Richtung Ausgang. Der Feueralarm schrillte immer noch, als sie hinaus auf den Hof rannten, der das alte Gebäude mit dem Millar-Flügel verband. Der Himmel war ein einziger riesiger Bluterguss, so schwarz wie die Nacht. Regen stürzte herab, prasselte auf den Steinplatten. Riesige Pfützen erstreckten sich über den Platz wie Seen.

Bobbie ließ Caine los und hielt sich die Hände über den Kopf. »Warte. Wohin gehen wir?«

Caine blieb mitten im Hof stehen. Regen lief sein Gesicht hinab. »Keine Ahnung. Einfach nur weg hier, bevor ich noch wegen Entführung oder so festgenommen werde.«

»Wir gehen zum Friedhof. Vielleicht können wir ihr Grab –« Als sie erkannte, was passieren würde, war es schon zu spät. Zunächst dachte sie bloß: *Er wird nasse Füße bekommen*, als sie Caine dort mitten in einer Riesenpfütze stehen sah. Und dann ... »Caine!«

Eine marmorweiße Hand griff aus dem Wasser und packte ihn beim Knöchel. Als er begriff, was geschah, riss er die Augen auf und sein Mund öffnete sich zu einem stummen Entsetzensschrei.

Die Hand zog und sein Fuß verschwand in der Pfütze, als hätte sich unter ihm eine Falltür geöffnet. Bis Bobbie bei ihm ankam, war er bis zur Taille verschluckt. »Caine!« Sie packte mit beiden Händen seine rechte Hand und zog, so fest sie konnte. Er wog so viel mehr als sie und was ihn da festhielt, war *mehr* als stark.

»Bob –« Caine biss die Zähne zusammen und tastete mit der linken Hand nach etwas, an dem er sich festhalten konnte. Seine Fingernägel kratzten über die nassen Steine. Er war jetzt bis zur Brust eingesunken.

Bobbie warf sich nach hinten, stemmte die Füße gegen das Pflaster und zog mit aller Kraft. Es reichte nicht. Ihre Knie gaben nach, sie fiel auf den Po und wurde mitgezogen. »Halt dich fest!«

Er versank bis zum Hals und legte den Kopf in den Nacken, damit sein Gesicht über Wasser blieb. Bobbie zerrte an seinem Arm und spürte, wie seine Schulter knackte. Das brachte nichts. »Bobbie«, sagte er. »Ich –«

Er schloss die Augen, als er unterging, und nur sein Arm ragte noch aus dem Wasser. »Ich lass dich nicht los!«, zischte Bobbie durch ihre zusammengebissenen Zähne. Ihre nassen Socken rutschten über die Steinplatten und sie versuchte verzweifelt einen besseren Griff zu bekommen. Ihre Hände waren nass und die Finger glitten seine Haut entlang, als wäre er eingefettet. *Nicht loslassen.* Mit einem Aufschrei spürte Bobbie, wie Caine von ihr weggerissen wurde. *Ich lass ihn auf keinen Fall los.*

Sie stolperte nach vorn und fiel kopfüber in die Pfütze.

Dunkelheit

a b s o l u t e D u n k e l h e i t s c h w a r z u n d b l i n d

Caine ... nicht loslassen ... Caine ... bitte ... Caine ... CAINE

f a l l e n
v e r h a l l e n
f o r m l o s

Nichts

e n d l o s u n d e w i g

Wo bin ich?

Bobbie Rowe

Caine?

L e e r e
L e e r r a u m
l u f t l e e r

Bobbie Rowe

Wo bist du? Woher kam seine Stimme?

Meine Arme ... ich kann meine Hände nicht spüren

v e r g e h e n d
z e r f l i e ß e n d
g e w i c h t s l o s

Heulender, tosender Wind. Ein Unwetter. Ein Sturm.

Bobbie Rowe

Caine, Caine, ich falle. Falle immer tiefer.

Bröckelnd … Zerfall … hohl …Rauch … Hülle

Bobbie Rowe

Leere Hoffnungslosigkeit Leid Schmerz Kummer Trauer Elend Qual

e i n L i c h t
e i n F e n s t e r

Ich sehe es … ich sehe es

Bobbie Rowe

25 DIE WAHRHEIT

Mit ausgestreckten Händen taumelte Bobbie durch den Spiegel und landete mitten auf einem ausgetretenen Teppich. Sie rollte sich auf den Rücken und schnappte nach Luft, als wäre sie in der Schwärze fast ertrunken. Sie hatte das Gefühl, die Leere in der Lunge zu haben. Rasch untersuchte sie sich, um sicherzugehen, dass sie wieder in einem Stück war. *Zwei Arme, zwei Beine* ... Sie war so weit in Ordnung. Was war das für ein *Ort* gewesen? Er kam ihr vor wie ... wie *Bewusstlosigkeit, Vergessen.* Sie hatte sich so furchtbar verloren und allein gefühlt. In diesem wüsten Nichts hatte sie keine Gestalt gehabt, keine körperlichen Empfindungen, nur das vage Bewusstsein, in stürmischen Wogen umhergeworfen zu werden.

»Caine?«, krächzte sie. »Caine?« Keine Antwort. Es war seine Stimme gewesen. Seine Stimme hatte sie durch den Spiegel geführt, also wo war er? War er noch immer in diesem ... Albtraum?

Sie zwang sich gleichmäßig zu atmen und ihre Umgebung wahrzunehmen. Sie befand sich in einem düsteren Raum voller Rauch. Vor ihr stand ein niedriger Couchtisch, um den herum fünf gedrungene, altmodische Sessel angeordnet waren –

flaschengrünes Leder, das mit Messingnieten befestigt war. In der Tischmitte stand ein übervoller Aschenbecher.

Unter dem dunklen Fenster warf eine grüne Messinglampe ihr Licht auf einen Tisch, der mit Schulheften vollgestapelt war, die noch korrigiert werden mussten. Als Bobbie sich etwas kräftiger fühlte, stand sie auf. Ihre Beine waren noch wackelig (aber wenigstens spürte sie sie wieder). *Moment mal ...* Sie kannte diesen Raum. Das war das Büro von Dr. Price. Der Spiegel, durch den sie gestürzt war, war das protzige Teil mit dem vergoldeten Rahmen. Dr. Prices großer Schreibtisch fehlte, aber der auffällige goldene Spiegel hing an derselben Stelle wie immer.

Bobbie sah an sich hinab und stellte fest, dass sie wieder in der kratzigen alten Version der Schuluniform steckte. Sie war wieder Mary.

Die Tür öffnete sich und Bobbie huschte hinter einen der Sessel, weil sie halb damit rechnete, dass Mary hereingestürmt kam. Stattdessen füllte eine vertraute männliche Gestalt den Türrahmen aus. Kenton Millar. Er entdeckte sie und ihm blieb vor Entsetzen der Mund offen stehen. »Mary, was in aller Welt machst du im Lehrerzimmer?« Aha, 1954 war das Büro der Rektorin also ein Lehrerzimmer. »Was hast du dir dabei gedacht? Wir wollten uns um elf auf dem Friedhof treffen, wie immer.«

»Tut mir leid«, sagte Bobbie ohne es zu wollen. Mary hatte die Kontrolle über sie. Es war zwar noch ihre Stimme, aber ihre Worte waren es nicht. Mary war jetzt *stark*. Sie lenkte Bobbie wie eine unsichtbare Puppenspielerin und ließ sie aufstehen. Das war kein Traum; sie durchlebte Marys Erinnerung und besaß nicht die Macht, den Gang der Ereignisse aufzuhalten.

Ihr Lehrer lächelte und versicherte sich mit einem Blick nach hinten, dass die Luft rein war. »Kein Grund zur Sorge. Du bist jetzt hier und es wird langsam ein bisschen frisch für den Friedhof, nicht wahr? Außerdem bezweifle ich, dass noch jemand da ist, der uns hören könnte.« Er zog sie in seine Arme und küsste sie fest auf die Lippen. Er schmeckte nach Zigaretten und starkem Kaffee. Ohne den Glanz dieser Träume war er abstoßend. Sie wich zurück. »Was ist denn, meine Blume?«

Bobbie spürte, wie eine Träne ihre Wange hinunterrann. Nicht ihre Tränen, sondern Marys. Bobbie erahnte den nächsten Satz, bevor Mary ihren Mund bewegte und ihn aussprach. »Ich glaube, ich bin vielleicht schwanger.«

Er zuckte zusammen, als hätte sie ihn geschlagen. »Was?« Er atmete langsam aus. »Du *glaubst*?«

»Ich ... ich bin schwanger. Ich muss es sein. Bitte sei mir nicht böse.« Bobbie konnte die Worte nicht zurückhalten. Die Vergangenheit sprach durch ihren Körper und ihre Hand lag jetzt auf ihrem Bauch.

Kenton Millar stützte sich so schwer auf die Rückenlehne eines Sessels, dass der fast umkippte. »Soll das ein Scherz sein?«

»Nein ... nein.«

Er sah sie an, mit grausamen, kalten Augen. »Und ... und woher soll ich wissen, dass das Kind von mir ist?«

Wieder fielen Tränen. Bobbies Kopf war voll von Marys Verwirrung. Warum verhielt er sich so? »Du ... du bist der Einzige, mit dem ich je ...«

Er schnaubte. »Was soll ich denn denken? Ich habe all die Geschichten doch gehört ... über all die Jungen von der Radley. Ich meine, du schienst eindeutig zu wissen, was du tust.«

Bobbie spürte Marys Bestürzung deutlich, ihre Fassungslosigkeit. Dieser sanfte, zärtliche Mann: Es war, als würde sich ein Hund gegen seinen Herrn wenden – flink, bissig, bösartig. »Ich schwöre, es gibt niemanden sonst. Dieses Kind ist von dir, ehrlich.« Die Tränen erstickten sie fast. Sie breitete die Arme aus. »Bitte halt mich. Ich hatte solche Angst es dir zu sagen.«

Kenton Millar trat ans Fenster und fuhr sich mit den Händen über die glatten Haare. Er kam zurück, zog sie widerstrebend an seine Brust und strich ihr halbherzig über das Haar. »Na, na. Ist ja gut, das ist nicht das Ende der Welt. Du hast recht daran getan, zu mir zu kommen. Das wird schon werden. Ich habe Geld und ... ich werde mich darum kümmern, das Problem aus der Welt zu schaffen.«

Bobbie schluchzte auf; sie spürte Marys Schmerz wie ihren eigenen. *Er liebt mich doch, wieso sagt er diese schrecklichen Dinge?* Sie entzog sich ihm und sah ihn entsetzt an. »Aber ... aber das ist doch gar nicht erlaubt!«

»Herrgott, Mädchen, nun hör schon auf zu heulen!«, bellte er und dachte eindeutig nicht mehr daran, dass er vielleicht die ganze Schule weckte. »Begreifst du denn nicht? Ich werde bereits Vater!«

»Was?«

»Mary, du warst dir stets über die Situation im Klaren.« Wie es ihrer Aufmerksamkeit bis jetzt hatte entgehen können, war ihr ein Rätsel, aber er trug einen schlichten goldenen Ring am Finger. Vielleicht hatte sie ihn ja nicht bemerken *wollen.*

»Schau. Ich habe eine echte Chance, der neue stellvertretende Rektor hier zu werden – die werde ich mir doch wohl kaum durch einen dummen Fehler kaputt machen, nicht wahr?«

»Bitte!«, flehte Bobbie. »Du hast gesagt, du liebst mich!«

»Ach, Mary. Eines Tages wirst du verstehen, was das war. Nur ein bisschen Amüsement. Es ist in Ordnung sich ein bisschen zu amüsieren, das tun alle, aber mehr kann es da nicht geben«, sagte er leise und versuchte sie zu besänftigen. »Du hast dich doch auch amüsiert, nicht wahr? Das verstehst du doch?«

»Nein! Nein, gar nicht! Das ist unser Kind.« Bobbie spürte, wie Liebe in ihr aufstieg – die reine, überwältigende Liebe, die Mary für ihr ungeborenes Kind empfand.

Sein Blick verfinsterte sich erneut. »Ach, das hattest du also vor? Dich schwängern lassen, damit ich meine Frau verlasse? Tja, daraus wird aber nichts, Mary, hörst du? Was? Hast du geglaubt, wir könnten Vater, Mutter, Kind spielen? Dass wir irgendwohin durchbrennen würden? Das ist ganz und gar unmöglich, Mary. Du bist meine *Schülerin* – ein *Mädchen*, mehr nicht.«

Bobbie wischte sich mit dem Ärmel die Tränen ab. Er ließ sie im Stich. Das einzig Gute in ihrem Leben war aus, vorbei. Es gab keinen Grund mehr weiterzumachen, keinen Grund es auch nur zu versuchen. All die Liebe in ihrem Herz wurde schwarz, wurde Gift in ihren Adern. Sie würde dafür sorgen, dass er *litt*. »Das kannst du mir nicht antun! Ich ... ich werde den Leuten sagen, was du getan hast.«

Er lachte ihr fast ins Gesicht. »Du wirst nichts dergleichen tun.«

»Und ob!«

»Ach, und wer wird einer gewöhnlichen Landstreicherin wie dir Glauben schenken? Einer *Zigeunerin*? Wie die Mutter, so die Tochter.« Er kam näher und sie spürte seinen heißen Atem auf dem Gesicht.

Bobbie wich nicht einen Millimeter zurück – sie wollte ihm ebenso sehr wehtun, wie er ihr wehgetan hatte. »Und ob. Ich werde das Kind bekommen und es allen erzählen, die mir zuhören. Ich werde sagen, dass du dich an mir vergangen hast!«

Als sie die Tür öffnen wollte, packte er sie bei den Armen und zerrte sie weg. »Jetzt hör mir zu, du Hexe.« Bobbie wehrte sich, wand sich aus seinem Griff. Sie rannte zur Tür, aber er bekam sie bei den Haaren zu fassen und riss sie zurück. Bobbie heulte schmerzerfüllt auf. »Es kommt überhaupt nicht in Frage, dass du dieses ... diesen *Bastard* bekommst, hörst du? Und wenn ich selber zur Stricknadel greifen muss, das ist mir egal.«

Bobbie schrie so laut, wie sie konnte; ein Schrei, von dem die Wände wackelten. Millar versuchte ihr eine Hand auf den Mund zu legen, aber sie entwand sich ihm. »Bist du wohl still!«

»Hilfe!«, schrie sie. Adrenalin schoss durch ihren Körper und sie unternahm einen letzten, verzweifelten Versuch die Freiheit zu erlangen, doch Millar riss an ihrem Arm und schwang sie um seine Achse wie ein olympischer Hammerwerfer. Doppelt so schwer wie sie, schleuderte er sie quer durchs Zimmer. Sie konnte nicht anhalten, konnte nicht einmal mehr ihr Gesicht schützen, sondern krachte mitten in den gerahmten Spiegel. Als ihre Nase auf das Glas traf, spürte und hörte sie ein schmerzhaftes Knacken. Sie hatte keine Ahnung, was zuerst brach – ihr Nasenbein oder der Spiegel.

Benommen und halb ohnmächtig ging sie in die Knie, versuchte sich an dem goldenen Rahmen festzuhalten. Ihr drehte sich der Kopf, schwarze Sterne tanzten vor ihren Augen. Etwas knallte laut – als würde die Saite einer Geige reißen. Der Boden schien sich ihr entgegenzuneigen.

»Mary!«, rief Kenton Millar.

Nicht der Boden neigte sich nach *oben*, die Wand neigte sich nach *unten*. Nein, nicht die Wand, der Spiegel. Er hatte sich von der Wand gelöst. Es gab nichts, was sie noch hätte tun können.

Der Spiegel stürzte auf sie herunter und das Letzte, was Bobbie sah, war das blutüberströmte, entsetzte Gesicht von Mary Worthington.

26 ELLEN PRICE

Bobbie fiel. Sie hielt sich die Arme übers Gesicht und krachte auf den Schreibtisch von Dr. Price. Stifte, Papier und leere Kaffeebecher flogen in alle Richtungen. Sie spürte den Aufschlag an ihren Hüften, Ellbogen und Knien; die Schreibtischkante traf sie mitten in den Bauch und nahm ihr komplett die Luft. Bobbie glitt zu Boden. Ihre Augen stellten sich auf die Dunkelheit in dem leeren Büro ein.

Draußen war es beinahe pechschwarz – wie lange war sie in Marys Reich gewesen? Es war ihr wie Minuten vorgekommen, doch der dunkle Himmel besagte etwas anderes.

Das hallende Tropfen war lauter als je zuvor. Sie schob den Bürosessel aus dem Weg und stand mühsam auf. Ihr ganzer Körper tat weh. »Autsch«, ächzte sie und strich ihren verrutschten Schlafanzug zurecht. Das also war Mary Worthington zugestoßen. Das letzte Puzzlestück fiel an seinen Platz. Genau hier war sie vor sechzig Jahren gestorben. Ein Unfall – aber einer, den Kenton Millar verschuldet hatte.

Etwas bewegte sich am Rand ihres Gesichtsfelds und ihr war sofort klar, wer das war. Was für ein Anfängerfehler ...

Sie stand mit dem Rücken zum Spiegel. *Es ist noch nicht vorbei.*

Langsam, ganz langsam drehte Bobbie sich um. Keine … schnellen … Bewegungen. Und dort, im Spiegel, war *sie*, bewegte sich Stück für Stück durchs Zimmer auf Bobbies Spiegelbild zu. Endlich sah sie Mary richtig. Judy hatte Recht, Mary war auf gewisse Weise schön – volle, konturierte Lippen, hohe Wangenknochen und eisblaue Augen. Allerdings hatte sie eine große, geschwungene Nase, die sie weniger hübsch als vielmehr beeindruckend aussehen ließ.

Um zu diesem Schluss zu kommen, musste Bobbie jedoch das Blut ignorieren. Der herabfallende Spiegel und das zerberstende Glas hatten Dutzende von Schnitten auf Marys Gesicht und Körper hinterlassen und im Gegensatz zu Bobbies Schnitten bluteten sie. Hellrotes Blut rann in dicken, wurmartigen Rinnsalen ihr Gesicht hinab. Ihre Uniform war rot und klatschnass und die strähnigen schwarzen Haare klebten ihr am Kopf.

Marys Augen brannten hell in all dem Blut und sahen sie unverwandt an. Die Arme vorgestreckt, kam sie mit jedem Schritt näher. Bobbie wusste, dass es jetzt so weit war. Instinktiv tat sie das Einzige, was ihr einfiel. Sie riss den Besucherstuhl an der Seite des großen Schreibtischs hoch und schlug damit genau in dem Augenblick nach dem Spiegel, als Marys rote Finger aus der Scheibe herausgriffen.

Mit einem Aufschrei traf Bobbie das Glas. Ein ohrenbetäubendes Bersten ertönte und ihre Arme ächzten, als der Stuhl zurückprallte. Doch der Schlag hatte gereicht. Spitze Scherben kippten aus dem verzierten Rahmen, zersprangen auf dem Boden. Um sicherzugehen, holte Bobbie erneut aus und zerschlug, was an den Rändern noch übrig war. Bald häuften sich

Spiegelscherben zu ihren Füßen und sie machte vorsichtig einen Schritt nach hinten. »Da kommst du nicht mehr durch.«

Mit zitternden Händen ließ sie den Stuhl fallen. Wenn der Raum endlich aufhören würde sich zu drehen, dann konnte sie vielleicht auch überlegen, was sie als Nächstes tun sollte. Sie hielt sich am Schreibtisch fest. Sie spürte nichts als Traurigkeit und Verzweiflung um sich herum, aber die durften nicht gewinnen, solange sie noch aus all dem schlau werden musste. Caine *und* Naya. Sie hatte sie verloren. Sie hatte sie im Stich gelassen. Diese *Leere*, die sie in der Schwärze hinter dem Spiegel empfunden hatte – war so der Tod, einfach nur *Nichts*? Ewiges Nichts, aber ein Nichts, dessen man sich bewusst war. Es war zu schrecklich, um es zu erfassen. Die Vorstellung, dass Naya und Caine für immer durch diesen Leerraum fielen ...

Spüren sie das? Sind sie wach? Um ihretwillen hoffte sie, dass es nicht so war; sie zog den Gedanken vor, dass sie schliefen – etwas Schönes träumten.

Etwas quietschte hinter ihr, sie wirbelte herum und erwartete fast, dass Mary aus einem Spiegel am anderen Ende des Raums gestürzt kam. Bobbie schlug eine Hand vor die Brust. Es war nur eine Tür des Aktenschranks, die aufgegangen war und deren Scharniere einen Tropfen Öl brauchten. Einen schrecklichen Moment lang fragte Bobbie sich, ob innen an der Tür ein Spiegel hing wie bei den Kleiderschränken auf den Zimmern, aber dann fiel ihr wieder ein, dass dem nicht so war – von neulich, als sie Dr. Price geholfen hatte die Papiere aufzuräumen.

Moment mal. Bobbie glaubte nicht mehr an Zufälle.

»*Diese* Tür schon wieder«, sagte sie leise und machte die

Schreibtischlampe an, um besser sehen zu können. Sie warf zur Sicherheit noch einen letzten Blick zu den Spiegelscherben, dann kam sie hinter dem Schreibtisch hervor. Ihr fiel wieder ein, dass Mary letztes Mal neben diesem Schrank gestanden hatte und *danach* die Tür aufgegangen war. Und wenn sie es sich recht überlegte – als sie Mary das allererste Mal gefolgt war (weil sie ihr die Brille geklaut hatte), war sie auch zu diesem Raum geführt worden. Aus welchem Grund auch immer, Mary wollte, dass sie da hineinsah.

Bobbie überlegte. Wenn sie die nächsten paar Stunden irgendwie überstand, flog sie so was von sicher von der Schule, dass ein kleiner Schrankeinbruch auch nicht mehr schadete. Sie strich die Haare hinter die Ohren zurück und machte sich an die Arbeit. Der Schrank war vollgestopft mit Akten und auf den meisten stand irgendetwas mit »Leitlinien«: Leitlinien Ernährung, Leitlinien Religion, Leitlinien Leitlinien. Die oberen zwei Fächer enthielten Schulakten – das oberste war mit »Ehemalige« bezeichnet. Bobbie wusste genau, wonach sie suchte: die Schülerinnen von 1954. Es waren immer rund fünf Jahre in einem Aktendeckel zusammengefasst (so lange dauerte es, das Internat zu durchlaufen). Sie ließ die uninteressanten Unterlagen einfach auf den Boden fallen, das Durcheinander war ihr egal. Bald stand sie in einem trockenen weißen Meer aus Papier.

Es brachte nichts – die Akten waren alle nicht alt genug, sie reichten nur bis in die 1990er-Jahre zurück. Im obersten Stockwerk des Schulgebäudes befand sich ein Archiv; dort wurden vermutlich die älteren Unterlagen aufbewahrt. Aber wenn das stimmte, hätte Mary sie doch nicht hierher geführt.

»Wo ist das Ding?«, zischte Bobbie durch zusammengebissene Zähne. Dann brach sie plötzlich ab und schob die restlichen Akten zur Seite. *Hinter* ihnen kam eine einfache Dokumentenmappe zum Vorschein, die mit einem Lederriemen verschlossen war.

Bobbie zog sie heraus. Die Mappe war mit »Vertrauliche Schulakten – nur für das Rektorat« bezeichnet. Was zum Teufel – Bobbie zerrte den Riemen herunter und setzte sich auf den Boden, mitten zwischen die ruinierten Papiere.

Obenauf lagen Porträtfotos von Taylor Keane und Abigail Hanson, dann kamen Polizei- und Zeitungsmeldungen zu ihrem Verschwinden. Dann weitere Mädchen – alles Schülerinnen von Piper's Hall, alle vermisst. Alle Marys Opfer. Nun konnten Sadie und Naya der grausigen Aufstellung hinzugefügt werden. Einem Instinkt folgend drehte Bobbie den Papierstapel um und stieß auf das erste Mädchen, das aus der Schule verschwunden war – Mary.

Und hier befand sich natürlich alles, was sie online nicht gefunden hatte. Ein Porträt, ein Jahrgangsfoto (auf dem Mary leicht abseits stand, weil anscheinend keines der anderen Mädchen Schulter an Schulter mit ihr fotografiert werden wollte) und ihre Zeugnisse. Ein bisschen Lebensgeschichte auch, in Form ihrer Anmeldeformulare.

Mary Eloise Worthington, geboren 1938. Vater: unbekannt. Mutter: Eliza Worthington (ohne festen Wohnsitz). Es gab auch einen Begleitbrief von der Radley, die damals offensichtlich noch keine Highschool, sondern eine »weiterführende Schule« gewesen war: »Mary hatte Mühe sich einzugewöhnen, doch dank ihrer exzellenten Leistungen in sämtlichen Fächern sind wir überzeugt, dass sie in Piper's Hall aufblühen dürfte. Wir hegen keinen Zweifel, dass sie in einer solchen Einrichtung Außerordentliches zu Stande bringen wird. Mary ist eine scheue, zurückhaltende junge Dame, die von dem fürsorglichen Umfeld, das ein Internat bietet, sehr profitieren könnte.« Bobbie verzog das Gesicht; Kinder aufs Internat zu schicken setzte jeder Fürsorge, die sie bis dahin erfahren hatten, definitiv ein Ende. Bobbie *hasste* es nicht aufs Internat zu gehen; sie war hier sicher untergebracht und sogar gefördert worden – aber fürsorglich behandelt hatte man sie definitiv nicht.

Es gab noch einen weiteren Brief – eine handschriftliche Mitteilung an den damaligen Rektor Mr Fisk. »Sehr geehrter Mr Fisk, ich schreibe Ihnen, weil ich Sie eindringlich bitten möchte meiner Tochter Phyllis ein anderes Zimmer im Haus Brontë zuzuteilen. Ihre Briefe klingen zunehmend aufgeregter, seit sie sich ein Zimmer mit einer neuen Schülerin namens Mary teilt. Phyllis hat schlichtweg Angst vor ihr und kann nicht mehr schlafen, seit sie auf Ihre Schule gekommen ist ...« Es ging noch eine Weile so weiter.

Das letzte Blatt war ein mit der Maschine geschriebener Brief von Mr Fisk an Eliza Worthington. »Im Nachgang zu unserem Gespräch möchten wir Ihnen unser Bedauern darüber ausdrücken, dass wir nicht in der Lage gewesen sind Ihrer Tochter eine sichere Umgebung zu bieten. Sämtliche Hinweise deuten darauf hin, dass Mary am Abend des 17. September aus dem Haus Brontë fortgelaufen ist. Sie müssen verstehen, dass unsere Schule kein Gefängnis ist, und wenn eine Schülerin es vorzieht das Schulgelände zu verlassen, können wir, so sehr wir uns auch bemühen, wenig unternehmen, um sie daran zu hindern. Wir haben umfassend mit der Polizei kooperiert und so weit ich informiert bin, wird die Suche fortgesetzt …«

Eine Träne fiel auf das Blatt und die Tinte verschwamm trotz ihres Alters. Bobbie wischte sich über die Wange. Arme Mary. Jetzt ergab das Ganze auf schreckliche Weise einen Sinn. Kenton Millar hatte, ob nun absichtlich oder nicht, Mary Worthington *und* ihr ungeborenes Kind getötet. Der Himmel allein wusste, wie – aber etwas von Mary war in diesem Spiegel hier, und in allen anderen, zurückgeblieben.

Wieder rollte eine Träne Bobbies Wange hinab. Mary war in dieser grässlichen Schwärze gefangen und lauschte nach ihrem Namen. Sie hatten Mary gerufen und sie dadurch wie eine Art Leuchtturm von der anderen Seite des Ozeans zurückgeleitet. Genauso wie Caine irgendwie Bobbie zurückgeholt hatte.

Millar musste irgendetwas mit ihrer Leiche gemacht haben. Bobbie ging die restlichen Unterlagen durch, obwohl sie wusste, dass er nie so dumm gewesen wäre Beweismittel aufzubewahren. Nirgendwo stand etwas über einen Leichenfund, was Bobbies Vermutung bestätigte, dass der Schlüssel zu dem Spuk darin lag Marys letzte Ruhestätte zu finden. *Denk nach, denk nach!* Sie hatte Mühe, sich in die Lage des schuldigen Lehrers zu versetzen – wenn sie an seiner Stelle gewesen wäre, was hätte sie mit der Leiche getan?

Bobbie merkte nicht einmal, dass hinter ihr die Tür aufging. »Dafür haben Sie hoffentlich eine gute Erklärung …« Dr. Price funkelte sie durch das Halbdunkel bedrohlich an.

Bobbie ließ vor Schreck die Mappe fallen.

»Aber zuerst erklären Sie mir, wie Sie aus dem Isolierraum herausgekommen sind.«

Nun reichte es aber. »Oder wir könnten darüber reden, wieso Sie mich dort dringelassen haben, obwohl Sie annehmen mussten, dass ein Feuer in der Schule ausgebrochen war.«

»Touché. Wir wussten, dass es keinen Brand gab. Wir haben uns lieber darauf konzentriert die Person zu finden, die den Alarm ausgelöst hat. Ich nehme an, es war Ihr *Freund* aus Oxsley.«

Bobbie starrte sie finster an; der rothaarige Drachen konnte sie nicht mehr einschüchtern.

»Also, in Anbetracht der Tatsache, dass Ihre weitere Zukunft auf Piper's Hall davon abhängt, schlage ich vor, Sie erklären sich. Was glauben Sie eigentlich, was Sie hier tun?«

»Sie haben gelogen.« Bobbie stand auf und rang um ihre Selbstbeherrschung. Wenn sie schrie und tobte, hatte sie keine Chance. »Sie wussten ganz genau, dass immer wieder Mädchen aus dem Internat verschwinden, und Sie haben nichts unternommen, um das zu beenden, und nun sind Naya und Sadie weg und ich werde die Nächste sein.«

»Sie wissen nicht, was Sie sagen.«

»Doch, das tue ich und Sie wissen es auch. Es dreht sich alles um Mary Worthington.«

»Eine Schülerin dieses Namens hat es hier nie gegeben.«

»Ich habe Beweise!« Bobbie hob die Stimme und deutete auf die vielen Papiere zu ihren Füßen. »Es gibt tatsächlich Beweise – obwohl die Schule sich alle Mühe gegeben hat die Sache zu vertuschen.«

Dr. Price stemmte die Hände in die Hüften und lächelte. »Roberta, eines muss ich Ihnen lassen, Sie geben nicht auf. Kreativität, Initiative, Beharrlichkeit. Solche Schülerinnen wünschen wir uns für Piper's Hall.«

Bobbie schob entschlossen den Unterkiefer vor. »Mary Worthington ist genau an der Stelle gestorben, wo Sie gerade stehen.«

Dr. Price sah sich im schwachen Licht der Schreibtischlampe um. »Mein Gott, was haben Sie mit meinem Spiegel gemacht?«

»Hören Sie mir zu!«, rief Bobbie. »Kenton Millar hat sie geschwängert und dann gleich hier getötet! Also, es war ein Unfall«, schränkte sie ein, »aber er trug die Schuld daran.«

Die Temperatur im Raum fiel weit unter den Nullpunkt. Dr. Price kam näher und Bobbie blieb nichts anderes übrig, als in die Ecke zurückzuweichen. »Was haben Sie gerade gesagt?«

Bobbie wurde ganz klein unter ihrem vernichtenden Blick. »Ich ... ich sagte, dass der alte Rektor, Mr Millar, eine Affäre mit Mary gehabt hat – nicht als er Rektor war, sondern früher, 1954.« Sie stieß gegen eine eingetopfte Palme an der Wand. Sie konnte nirgendwo mehr hin, doch Price kam weiterhin näher.

»Wie *können* Sie es wagen?«, fauchte Price. »Kenton Millar war einer der brillantesten und großzügigsten Rektoren, die diese Schule je hatte.«

»Ich schwöre bei meinem Leben, es stimmt! Als Mary ihm erzählt hat, dass sie schwanger war, hatten sie einen Streit und sie ist gestorben. Er ... er muss die Leiche versteckt haben.«

Price schloss die Hände um ihre Schultern und drückte sie gegen die Wand. Bobbie hatte Angst, weit mehr Angst, als sie je vor Mary gehabt hatte; an dem schraubstockartigen Griff der Rektorin war nichts Geisterhaftes. Ihre Nasenlöcher blähten sich. »Ich denke doch, dass ich es wissen würde, wenn mein Vater jemanden getötet hätte, meinen Sie nicht?«

Dieses abrupte Zusammenziehen ihres Magens wurde Bobbie allmählich viel zu vertraut. »W-was?«

»Mein Mädchenname ist Millar. Wollen Sie mir ernsthaft weismachen, mein Vater hätte jemanden getötet? Ich möchte, dass Sie sich Ihre Antwort sehr sorgfältig durch den Kopf gehen lassen ...«

Bobbie öffnete und schloss den Mund wie ein gestrandeter Fisch. Price bebte vor Wut – ihre Fingerknöchel waren weiß und auf ihrer Stirn traten Adern hervor. Kenton Millar hatte getötet, damit sein Geheimnis nicht ans Tageslicht kam, und Bobbie fragte sich zwangsläufig, ob seine Tochter töten würde, um es zu bewahren.

27 BOBBIES FLUCHT

»Aber ... seit wann sind Sie denn Millars Tochter?« Bobbie hatte Mühe mit dieser neuesten Wendung klarzukommen.

Price runzelte die Stirn. »Das ist kein großes Geheimnis. Aber ich mache damit keine Reklame; ich will hier mein eigenes Vermächtnis aufbauen und nicht einfach nur das meines Vaters verwalten. Jedenfalls war er ein großer Mann und ein fantastischer Lehrer und was Sie da sagen, ist *üble Nachrede*!« Ihre Lippen kräuselten sich; erneut loderte Zorn in ihren Augen auf.

Aber Bobbie war zu weit gekommen und hatte zu viel gesehen, um jetzt klein beizugeben. »Es tut mir leid, Dr. Price, aber ich sage die Wahrheit. Wieso sollte ich mir so etwas ausdenken?« Ihre Stimme zitterte, brach jedoch nicht. »Sie haben doch gesehen, wie viele Mädchen verschwunden sind. Kam Ihnen das nicht komisch vor? Das ist niemals Zufall. Es passiert alles wegen dem, was Ihr Vater Mary angetan hat. Ich weiß, es klingt verrückt, aber anscheinend kann sie keine Ruhe finden, weil ihre Leiche nie gefunden wurde.«

Dr. Price sah zu Boden und ihre Augen huschten umher, als würde sie versuchen im Kopf eine Gleichung aufzulösen.

»Bitte lassen Sie mich los«, sagte Bobbie ruhig. »Sie tun mir weh.«

Die Rektorin ließ die Arme fallen, als bestünden sie aus Spaghetti. Mit hängenden Schultern zog sie den Drehstuhl von den Glasscherben und dem leeren Goldrahmen weg und plumpste hinein. »O Gott. Hat er vielleicht das ...? Die ganzen Jahre lang ...« Sie führte anscheinend Selbstgespräche und ließ den Kopf in die Hände sinken.

Bobbie zog sich auf einen sicheren Abstand zurück. »Was?«

»Ich glaube es nicht.«

»Dr. Price, *bitte*. Sie kommt mich holen ...«

Price fiel in sich zusammen. »Kurz bevor mein Vater gestorben ist, war er sehr, sehr krank. Auf dem Sterbebett redete er unzusammenhängendes Zeugs, aber eines sagte er immer wieder.« Sie hielt inne, schüttelte den Kopf.

»Nämlich?«, hakte Bobbie nach.

»Er wollte beichten. Er fragte immer wieder nach einem Priester und sagte, dass er vor seinem Tod noch seine Sünden beichten müsse.« Price unterdrückte ein Lachen. »Wir waren nicht einmal katholisch! Ich dachte, er wäre verwirrt ... aber jetzt ...«

»Mary *war* schwanger. Er *war* verantwortlich für ihren Tod«, sagte Bobbie.

Price sah ihr direkt in die Augen. »O Gott. Er hat auch gesagt, dass es ihm leidtäte. Immer und immer wieder. Wir wussten nie, was ...« Eine Träne fiel auf ihren Rock.

Bobbie schüttelte den Kopf. Diese ganze Situation war schrecklich, aber sie würde kein Mitleid mit dem Mann empfinden, der sich ein verletzliches Schulmädchen als Opfer ausgesucht hatte. »Für Reue war es zu dem Zeitpunkt ein bisschen spät.«

Price antwortete nicht.

»Hat er *irgendetwas* gesagt, das uns zu ihrer Leiche führen könnte?«, fragte Bobbie. »Sie ist hier drin gestorben, er wird sie nicht ... er kann sie nicht weit weggebracht haben.«

»Ich habe nicht den Hauch einer Ahnung.«

»Bitte, Dr. Price, irgendetwas muss Ihnen damals doch aufgefallen sein –« Bobbie brach ab, weil sie sich eines gleichmäßigen Tropfens bewusst wurde. Die Schreibtischlampe flackerte, dann ging sie ganz aus. »O nein.«

Price runzelte die Stirn und versuchte die Lampe wieder anzumachen. »Seltsam ...«

Hinter der Rektorin, bei den Rädern ihres Bürosessels, lag eine Glasscherbe, die größer als die anderen war – ein gefährlich aussehendes ungleichseitiges Dreieck, in dem sich die Zimmerdecke spiegelte.

Eine tropfende Hand schoss hervor, dicht gefolgt vom Scheitel eines Kopfes. Bobbie schrie auf und stolperte vom Schreibtisch weg. Price sprang vom Stuhl. »Was ist da? Wohin schauen Sie?«

»Können Sie sie nicht sehen?«

»Wovon in aller Welt reden Sie? Da ist nichts!«

Mary zwängte einen zweiten Arm durch die schmale Scherbe und kugelte sich mit einem feuchten Knacken die Schulter aus, um hindurchzupassen. Spiegelscherben klirrten, als sie sich ins Zimmer hievte. Sie tropfte den Teppich mit roten Flecken voll und ihre Gelenke und Knochen klackten und knackten, als würde sie sie zum ersten Mal seit sehr langer Zeit wieder benutzen. Sie war jetzt ganz aus dem Spiegel heraus und richtete sich auf.

Bobbie wich zurück und stieß gegen den Besucherstuhl. »Sie ist hier! Direkt hinter Ihnen! Wir müssen hier raus!«

»Bobbie, hier ist nichts.« Die Stimme der Rektorin war ganz kalt und ungehalten.

Mary kam auf sie zu und dicke Blutstropfen klatschten zu Boden. Sie rannen ihr von den Fingern. Das tote Mädchen bewegte sich langsam, unsicher, als wäre sie keinen festen Boden unter den Füßen mehr gewohnt. Bobbie musste wieder an die unendliche Dunkelheit hinter dem Spiegel denken und ihr wurde ganz anders.

»Bitte!«, schrie Bobbie. »Sie kommt mich holen.«

Price packte sie am Arm. »Sie müssen sich zusammenreißen. Wir müssen uns über meinen Vater unterhalten. Ich werde nicht zulassen, dass Sie überall herumerzählen, was er getan hat. Sie haben keinerlei Beweise.« Die Rektorin zog sie von der Tür weg und auf die stille, näherkommende Mary zu.

»Nein!«, fauchte Bobbie. Sie riss ihren Arm los und tat etwas, das sie sich nie zugetraut hätte. Sie stieß die Rektorin dem toten Mädchen entgegen. Dr. Price, die noch weniger mit so etwas gerechnet hatte, öffnete schockiert den Mund. Auf absolut gespenstische Weise taumelte Price *durch* Mary hindurch, als würde das Mädchen aus Rauch bestehen, und stolperte mitten in den Papierhaufen, den Bobbie auf dem Fußboden hinterlassen hatte. Ein Schritt auf den losen Blättern brachte Price ins Rutschen und sie fiel unter lautem Gepolter gegen den offenen Aktenschrank. Mit einem schrillen Aufschrei schlug sie sich die Stirn an den Regalbrettern an, bevor sie zu Boden ging.

Dort lag sie zusammengebrochen halb im Schrank und halb davor. Sie ächzte leise, anscheinend kaum noch bei Bewusstsein.

Bobbie wich weiter zurück und ließ Mary nicht aus den Augen. Es gab nur ein Problem: Mary stand jetzt genau zwischen ihr und dem einzigen Ausgang. »Mary, hör auf!«, flehte sie und versuchte ruhig zu bleiben. »Wohin hat er dich gebracht? Weißt du das überhaupt noch?« Bobbie stieß mit dem Po gegen den Schreibtisch und ein Kaffeebecher fiel zu Boden. Sie tastete sich an der Tischkante entlang.

Der Schmerz, der durch ihren bestrumpften Fuß schoss, als sie auf die Spiegelscherben trat, war unerträglich. Er raste durch ihr Rückgrat und vor ihren Augen blitzte es rot. Mit einem Aufheulen machte Bobbie einen weiteren Schritt, nur um auf noch mehr Scherben zu landen. Grell und intensiv pochte der Schmerz ihre Beine hinauf. Sie lehnte sich gegen die Wand hinter dem Spiegelrahmen, wo sie das Glas herausgeschlagen hatte, und noch immer kam Mary weiter auf sie zu. Bobbie hob den linken Fuß und begutachtete den Schaden: Ein Splitter von der Größe eines kleinen Fingers ragte aus ihrer Fußsohle. Ihre weiße Socke färbte sich rasch rot. Sie biss die Zähne zusammen und zog den Splitter heraus – nun war es ihr Blut, das auf den Teppich tropfte.

Die Wand hinter ihrer Schulter fühlte sich merkwürdig an – irgendwie nicht solide genug. Sie war aus Holz. Bürowände waren nicht aus Holz. In diesem Moment bemerkte Bobbie die Umrisslinie. Das war überhaupt keine Wand, es war eine *Tür.* Eine kleine Luke, die hinter dem Spiegel verborgen war. Natürlich! Ein weiterer Geheimgang oder ... eins der legendären Priesterlöcher.

Was genau es war, spielte keine Rolle. Bobbie drückte mit aller Kraft gegen das verborgene Paneel und es schwang nach innen. Hinter der Tür lag tiefe Dunkelheit, aber Mary war nur noch Zentimeter entfernt. Eine blutüberströmte Hand griff nach Bobbies Gesicht, sie keuchte auf, duckte sich weg und kletterte hastig durch das Loch.

Sie ignorierte den Schmerz in ihrem Fuß (der jetzt in Flammen zu stehen schien), griff nach oben und schlug Mary die Tür vor der Nase zu. Mit einem Klicken rastete sie ein. Aber Bobbie hatte keine Ahnung, ob Geheimtüren Geister aufhalten konnten. Sie lehnte sich dagegen und versuchte im Dunkeln etwas zu erkennen. Schwaches graues Licht schimmerte durch die Ritzen am Rand des Paneels und zeigte ihr, dass sie sich am Kopf einer Treppe befand, die ja irgendwo *hinführen* musste. Also war das hier mehr als ein kleines Versteck; der Gang konnte überall in der Schule enden.

Jetzt verstand sie. Genau so hatte Kenton Millar vor all diesen Jahren Marys Leiche weggeschafft. Man konnte unmöglich einen Geheimgang hinter dem Spiegel haben ohne davon zu wissen. Nun war klar, was sie tun musste. Sie würde dem Gang folgen und beten, dass er nicht irgendwann in den vergangenen Jahrzehnten zugemauert worden war. Wenn sie in eine Sackgasse hineinlief, bedeutete das *Game over.*

Bobbie setzte sich in Bewegung. Die Stufen waren steil, rutschig und eiskalt. Mit jedem schmerzhaften Schritt wurde es dunkler und die Luft abgestandener, wie beim Abstieg in einen Keller. Bobbie tastete sich die Wände entlang. Als ihr Fuß endlich flache Steinplatten fand, konnte sie überhaupt nichts mehr sehen; es war fast wie in dem schrecklichen Abgrund von Marys Reich.

Das Hallen der Wassertropfen, die (tatsächlich real) von der Decke fielen, deutete darauf hin, dass sie sich in einem begrenzten Raum befand: einem Tunnel oder einer Höhle – auf jeden Fall nicht in einem schlichten Gesindegang. Den unzähligen Treppenstufen nach zu urteilen musste sie sich *unter* der Schule befinden.

Etwas krabbelte über ihre Zehen. Sie schrie auf und trat es beiseite. Das Ding fiepte empört und wetzte auf winzigen Krallen davon. Hier unten gab es Ratten! Bobbie verzog das Gesicht und bewegte sich weiter durch die Schatten. Sie wollte rennen, brachte jedoch nur ein klägliches Hinken zu Stande. Hoffentlich gab es in der Dunkelheit nichts, woran sie sich die Füße aufschlitzen konnte. *Oh ... warte mal ...* Trotz allem musste sie lachen. Weil es witzig war oder weil sie hysterisch wurde? Ihr Lachen klang jedenfalls wie das einer bösen Puppe und war mehr als nur ein bisschen gruselig. *Hör auf. Du musst dich zusammenreißen. Geh weiter.*

Bobbie erstarrte. Sie lehnte sich an die Wand, die in dieser Tiefe von feuchtem Schleim überzogen war. Trotz ihrer ungleichmäßigen, schweren Atemzüge und den klappernden Zähnen hörte sie hinter sich unsichere, kratzende Schritte die Stufen herabkommen.

Das waren keine Ratten ... Mary war auf der Treppe.

Aus dem hysterischen Lachen wurde ein Schluchzen. Bobbie stieß sich von der Wand ab und setzte ihre qualvolle

Flucht fort. Immerhin wurden ihre Füße in dem eiskalten Tunnel allmählich taub. Sie versuchte auf den Zehenspitzen zu bleiben, um die Schnittwunden in den Sohlen und Hacken zu entlasten. Sie humpelte so schnell, wie sie konnte, und sah kein einziges Mal zurück.

Mary kam in der Dunkelheit näher. Bobbie würde sie nicht sehen, würde nur diese Finger spüren.

Der Tunnel schien endlos. Es gab keine Biegungen, keine Ecken, vor ihr erstreckte sich einfach nur endlose Schwärze. Sie fragte sich, ob sie es vielleicht längst hinter sich hatte und das hier die Hölle war – ein schwarzer Tunnel bis in alle Ewigkeit.

Sie geriet allmählich außer Atem und begann zu keuchen. Als sie einen Moment stehenblieb, hörte sie schlurfende Schritte hinter sich. *Viel* zu nahe. Sie lief weiter, mit ausgestreckten Händen. Sekunden später konnte sie weiter vorn Mauerwerk erkennen, Backsteine. Dass sie überhaupt etwas sah, bedeutete, dass Licht in den Tunnel drang. Mit neuem Schwung rannte sie weiter, doch gleich darauf verlor sie den Mut: Das da vorn war eine Sackgasse. Nein, keine Sackgasse, sondern eine Mauer. Eine Mauer mit einer Leiter dran.

Sie stürzte darauf zu und sah dann über die Schulter. Falls sich dort hinten in dem langen Gang etwas bewegte, so war es zu weit weg, als dass sie es hätte erkennen können. Oben fiel Licht durch eine Öffnung am Kopf eines schmalen Schachts. Ein Weg nach draußen. Es war ein Gefühl wie die Morgendämmerung am Ende der längsten Nacht ihres Lebens.

Sie packte die Leitersprosse auf Augenhöhe. Die Holzsprossen waren nass, schmierig und mit Moos oder Schimmel bewachsen. Sie hatte Angst, dass das Holz durchgefault war, aber es fühlte sich einigermaßen stabil an. Sie stellte die Zehen auf die unterste Sprosse und kletterte los. Jedes Mal, wenn sie Gewicht auf die Füße gab, schossen rasende Schmerzen durch ihren Körper, also mobilisierte sie sämtliche Kraft in ihren Armen und *zog* sich hinauf, so gut sie konnte. Es tat grässlich weh, aber sie musste es ja nur noch bis zu der Öffnung schaffen und dann war sie aus dem Tunnel draußen und (hoffentlich) an der frischen Luft.

Am Fuß der Leiter waren Schritte zu hören und aus dem Augenwinkel sah Bobbie, wie sich in dem schwachen Licht ein Schatten verschob. Sie kletterte schneller.

Das verrostete Metallgitter über ihr war in greifbarer Nähe, auch wenn der Himmel allein wusste, was sich auf der anderen Seite befand. Sie streckte sich nach der letzten Sprosse und zog sich nach oben.

Etwas krachte laut und die Sprosse brach in ihrer Hand ab. Sie ließ sie fallen und suchte hektisch nach Halt. Doch in derselben Sekunde, als sich ihr Gewicht auf die Füße verlagerte, heulte sie schmerzerfüllt auf und ließ aus Reflex los.

Sie stürzte ab und fiel so schnell wie ein Stein, der in einen Brunnen geworfen wurde. Sie konnte sich nur noch für den Aufprall wappnen. Das Ende kam erlösend rasch. Dumpf schlug sie auf dem Boden auf und ihre Füße (ihre armen Füße) fingen die meiste Wucht ab. Zuerst war sie zu geschockt, um irgendwelche Schmerzen zu spüren. Sie lag flach auf dem Rücken, starrte in den Schacht hinauf und blinzelte benommen. Dann kam der Schmerz, aber *richtig*. Falls sie geglaubt hatte, dass zerschlitzte Fußsohlen schlimm waren, dann war das noch gar nichts gegen die grässlichen Schmerzen, die nun durch ihre Knöchel schossen wie Lava.

Es tat so weh, dass sie keine Luft mehr bekam. Bewegen konnte sie sich auch nicht.

Etwas Warmes tropfte ihr auf die Wange. Wie eine Träne. Dann noch ein Tropfen. Und noch einer.

Tropf, tropf, tropf.

Bobbie schaffte es gerade noch, den Kopf auf den kalten Steinplatten ein wenig in den Nacken zu legen.

Mary stand über ihr. Blut lief ihre Fingerspitzen hinab und tropfte Bobbie ins Gesicht. »Nicht«, stammelte Bobbie. Nach allem, was sie getan hatte. Nachdem sie so gekämpft hatte ... Es hatte ihr nichts gebracht.

Marys kaltes, gelassenes Gesicht kam näher. Bobbie spürte ihre flachen, rasselnden Atemzüge auf der Haut; es klang, als wäre Marys Lunge mit einer Flüssigkeit gefüllt. »Bitte«, flehte Bobbie.

Eine eiskalte, klamme Hand berührte sie an der Wange. Eine blutige Haarsträhne wischte über ihre Lippen. Der Gestank von Marys Atem war überwältigend – als wäre sie von innen her verfault. Bobbie wimmerte und versuchte sich wegzuwinden, aber sie war wie festgenagelt; Mary saß auf ihr, beugte sich vor. Bobbie blieb nichts anderes mehr übrig, als die Augen zu schließen und auf das Ende zu warten.

28 GESCHICHTEN AUS DER GRUFT

»Bobbie?«

Sie wagte es die Augen einen Spalt zu öffnen und sah sich einem grinsenden Totenschädel gegenüber. Sie zuckte zurück, nur um schmerzhaft daran erinnert zu werden, wie zerschlagen ihr Körper war, wie weh ihr alles tat. Ihre Finger berührten etwas, das glatt war und hart – knochenartig. So knochenartig, dass es ein Knochen sein musste. Noch mehr Knochen. Sie fegte ihn angeekelt beiseite und bemerkte erst jetzt, dass sich im Halbdunkel jemand über sie beugte.

Sie fuhr auf und erkannte Caine. Er kauerte neben ihr und half ihr hoch. Ihre Knöchel pochten – fürs Erste würde sie sich damit begnügen aufrecht zu sitzen.

Das musste eine Illusion sein. Wäre er nicht so dreckig und verschwitzt gewesen, er hätte ein Engel sein können. Er legte seine Hand an ihre Wange und küsste sie hart auf die Lippen. Kein Wort war groß genug, um auszudrücken, was sie fühlte, und sie wusste, dass es ihm ebenso ging. Vielleicht war das hier ja das große Wiedersehen im Himmel, wobei sie allerdings fand, dass man im Himmel unter deutlich weniger Schmerzen leiden sollte. »Du lebst«, flüsterte sie.

»Gerade mal so«, sagte eine andere vertraute Stimme. Naya! Ihr kamen die Tränen, die von der guten Sorte. Naya lebte. Sie alle lebten. Das war zu viel, mehr, als sie je zu hoffen gewagt hätte. Bobbie wandte den Kopf herum und war sofort benommen; silbrige Punkte glitzerten am Rand ihres Gesichtsfelds.

Naya saß auf einigen flachen Steinstufen, die zu einem verschnörkelten Metalltor führten – einem Tor, das Bobbie schon einmal gesehen hatte. Also jedenfalls von der anderen Seite her. Das hier war das vergessene Mausoleum auf dem Friedhof. Naya hielt Sadie im Arm, die kaum bei Bewusstsein war. Wie dumm sie gewesen waren. Vor zwei Tagen hatten sie nur Meter von Sadie getrennt und sie hatten sie dort liegengelassen.

»O mein Gott«, war alles, was Bobbie dazu sagen konnte. Sie versuchte aufzustehen, aber der Schmerz in ihren Knöcheln brachte sie fast um. »Naya ... ich ...«

Naya schüttelte den Kopf; für eine große, gefühlvolle Wiedervereinigung fehlte ihnen eindeutig die Zeit. »Sie stirbt, Bob. Sie liegt seit Tagen hier.« Sadie sah schlimm aus, ihr sonst so rotwangiges Gesicht war eingefallen, die Augen lagen tief in den Höhlen.

Bobbie musterte ihre Umgebung. Sie befanden sich in einer feuchtkalten, moosbewachsenen Kammer, in die grünes Licht fiel, wo Efeu und Bäume das Grab überwuchert hatten. Regen trommelte auf das Dach. In der Raummitte stand ein großer Sarkophag, an den Wänden befanden sich stuckverzierte Nischen mit normalen Särgen darin.

»Als ich hier gelandet bin und Naya gefunden habe«, sagte Caine, »da habe ich nach dir gerufen ...«

»Hab ich gehört.« Bobbie zupfte eine Spinnwebe aus seinen Haaren. »Du hast immer wieder meinen Namen gesagt.«

Caines braune Augen glitzerten. »Ich hab gedacht, dass du nie wieder ... da rauskommst.«

»Und ich dachte, du wärst ...«

»Ahem!« Naya unterbrach sie. »Das ist ja supersüß, Leute, aber was machen wir jetzt?«

»Hast du dein Handy?«, fragte Caine Bobbie.

»Nein, das liegt immer noch auf meinem Bett. Ich hab nicht daran gedacht es einzustecken.«

Caine nickte. »Meins liegt auch in eurem Zimmer.«

Bobbie sah sich ihr Grabmal genauer an. Der Boden war mit Knochen übersät. Menschenknochen. Ein halbes Dutzend Skelette, die auf dem Boden verstreut lagen wie betrunkene Studenten, grinsten einander an. Naya trug die Kleidung von jemand anders. Einen altmodischen Sportpulli mit Kapuze, der seit ungefähr zehn Jahren nicht mehr zur regulären Schuluniform gehörte.

Und auf einmal ergab alles einen Sinn. Bobbie sah Caine an. »Hilfst du mir hoch?« Er hielt ihr eine Hand hin und obwohl ihr ein greller Schmerz durch Knöchel, Hüften und Rücken schoss, ließ sie sich von ihm auf die Beine ziehen.

»Alles okay mit dir?«

Bobbie ignorierte die Schmerzen und sagte nur: »Geht so, aber wir müssen Mary finden.«

Caine runzelte die Stirn. »Was?«

Bobbie sah sich in dem albtraumhaften Raum um. Er besaß dieselbe grausige, schaurige Atmosphäre wie die Katakomben von Paris, in die ihre Mutter sie unklugerweise mitgenommen hatte, als sie acht Jahre alt gewesen war. Die Wände voller Schädel hatten ihr wochenlang Albträume beschert. »Sie ist hier irgendwo.« Als Caine sie weiterhin verständnislos ansah, erklärte sie: »Kenton Millar hat Mary damals versehentlich getötet und dann ihre Leiche versteckt.«

»Kann gar nicht sein«, schaltete sich Naya ein.

»Doch. Ein Geheimgang führt direkt von Prices Zimmer hierher. Der muss hier irgendwo ...« Sie suchte den Boden der Gruft ab. »Da!« Tatsächlich war in der Ecke unter einer Statue der weinenden Jungfrau Maria ein teilweise verborgenes Metallgitter zu sehen – genau das Gitter, durch das Bobbie vorhin beinahe entkommen war.

Ihr gingen so viele Lichter auf, es hätte ihr Paparazzi-Moment sein können. »Millar muss den Gang benutzt haben – darum hat er sich immer hier mit Mary getroffen. Der Tunnel führt von der Schule zum Kirchhof. Das *war* mal ein Priesterloch – oder jedenfalls ein Priestergang. Dadurch konnten die Priester, die sich verstecken mussten, zwischen Schule und Kirche hin und her, ohne dass sie jemand sah.«

»Dann haben wir hiervon geträumt?«, fragte Caine, als Bobbie anfing die Knochen mit den Füßen herumzuschieben.

»Ja. Das Wäldchen war ihr Geheimplatz, schätze ich. Er muss ihre Leiche runter in den Tunnel gebracht und hier versteckt haben. Mary wollte uns nicht töten! Ich wusste es! Ich wusste, dass sie einfach nur Hilfe wollte. Am fünften Tag bringt sie einen dahin, wo sie versteckt worden ist. Hierher!« Eine Berührung von Mary und man wurde zu ihrer letzten Ruhestätte befördert.

Naya betrachtete die menschlichen Überreste. »Aber sie sind alle gestorben, Bob.«

»Dafür kann sie wahrscheinlich nichts – war ja schließlich nicht sie, die die Gruft versiegelt hat, oder? Und die anderen Mädchen wussten nicht, wonach sie suchen mussten. Wir aber.«

Caine schüttelte den Kopf. »Dann ... All die Mädchen, die vermisst wurden ... die waren die ganze Zeit hier drin?«

Bobbie seufzte, vollkommen ausgelaugt vom Tunnel – fast zu kaputt zum Weitermachen. Dennoch versuchte sie es zu verstehen. »Ja. Überleg mal. Abigail und Taylor sind weit entfernt von hier verschwunden. Die anderen vielleicht auch. Wieso sollte die Polizei da auf die Idee kommen, den Friedhof zu durchsuchen? Und du hast ihn ja gesehen. Der gammelt seit Jahren vor sich hin. Wer kommt denn je hierher außer ein paar Jugendliche?« Je mehr sie darüber nachdachte, desto mehr leuchtete es ihr ein. »Wir wissen, dass Millar sich hier mit Mary getroffen hat ... Ich schätze, er hatte einen Schlüssel – die Priester müssen doch damals einen gebraucht haben, oder nicht? Passt das so weit zusammen? Und Naya ... du hast geträumt, dass Mary an einem dunklen Ort war. Was ist dunkler als ein Sarg?« Bobbie sah sich um und fragte sich, welches Skelett Taylor Keane gewesen war und welches Abigail Hanson und wessen Kleidung Naya sich ausgeliehen hatte. »Kommt schon, Mary *muss* hier irgendwo sein.«

Caine warf die Hände hoch. »Bobbie, sie könnte jedes von diesen Skeletten sein! Und wir sind eingeschlossen. Selbst wenn wir sie finden ...«

»Nein!« Bobbie wollte sich noch nicht geschlagen geben.

»Das alles hier dreht sich nur darum sie zur Ruhe zu betten.« Sie sah zu den Skeletten. »Er hat sie auf keinen Fall einfach liegengelassen. Er hat sie bestimmt irgendwo versteckt für den Fall, dass jemand nachsehen kommt. Guck in den Särgen nach. Jede Wette, dass einer zwei Tote enthält. Naya, du auch.«

Naya bettete Sadies Kopf auf die Stufen. Die Arme sah total abgezehrt aus. Sie war hier seit drei Tagen ohne Nahrung eingeschlossen und hatte bestenfalls ein bisschen einsickerndes Regenwasser abbekommen. Wie lange konnte man ohne Essen und Trinken überleben? Viel länger nicht, ihrem Aussehen nach zu urteilen. Bobbie zerrte kurzerhand den nächstbesten Sarg aus seiner Nische und er krachte auf den Steinboden. Er war schwer, doch das Holz war alt und verrottet. Zunächst geriet Bobbie in Panik, weil der Sarg mit Nägeln verschlossen war, doch zu ihrer Erleichterung lösten sie sich einfach so aus dem morschen Holz. Sie rüttelte den Deckel lose und ließ ihn fallen. Es lag nur *ein* grinsender Leichnam darin.

Auf der anderen Seite der Gruft öffneten Caine und Naya ebenfalls jeder einen Sarg. »Und?«

»Nein!«, rief Naya und hielt sich eine Hand vor den Mund. »Gott, das ist voll krank!«

»Sucht weiter.«

»Von dem hier kriege ich den Deckel nicht ab«, ächzte Caine.

»Dann wird Millar es auch nicht geschafft haben«, sagte Bobbie und erstarrte. »Moment mal. Wenn er sich an einem der Särge zu schaffen gemacht hätte, müssten wir das doch sehen können, oder?«

Caine und Naya drehten sich zu ihr um. »Ja.« Caine wischte sich die staubigen Hände an der Hose ab. »Denke schon.«

»Tja, das bedeutet ...« Sämtliche Augen richteten sich auf den prächtigen Sarkophag in der Raummitte.

»Der ist nicht zugenagelt«, sagte Caine und genau das war auch Bobbies Gedanke gewesen.

»Helft mal.« Sie wusste, *wusste* einfach, dass das die Lösung war. Sie sah es richtig vor sich: Schwitzend, panisch und verzweifelt hatte Kenton Millar die leblose Mary durch den Tunnel getragen. Er hatte sie irgendwie die Leiter hinauf und ins Mausoleum bekommen. Anstatt sie draußen zu verscharren und zu riskieren, dass er dabei gesehen wurde, hatte er sie hier in den sichersten Sarg gelegt – den ältesten.

Caine und Naya stellten sich neben Bobbie an den Steinsarg. »Auf drei«, sagte Caine – es erinnerte Bobbie an das letzte Mal, als sie gemeinsam gezählt hatten. Vor fünf Tagen, vor einem Waschraumspiegel. »Eins ... zwei ...« Sie vereinten ihre Kräfte. Der Deckel war schwer, aber nicht so schwer, wie Bobbie gefürchtet hatte. Die Platte war an der Unterseite mit einem Rand versehen, also mussten sie sie ein Stück anheben und dann schieben.

Bobbie tat alles weh, darum musste sie Caine und Naya den Großteil der Arbeit überlassen. Doch der Deckel löste sich. »Schiebt!«, rief sie und sie ließen die Granitplatte vom Sarg kippen.

Bobbie riss sich die Hand vor den Mund. Naya schrie auf und machte einen Satz nach hinten.

Mary lag perfekt erhalten im Sarkophag. Noch immer im

Fleisch, noch immer voller Blut. Die Augen geschlossen, wirkte sie beinahe friedlich. Sie hätte ebenso gut schlafen können. Neben ihr lag, was ziemlich unbequem aussah, der eigentliche hier bestattete Leichnam – nur noch ein Skelett.

Mit einem Ruck gingen Marys Augen auf und nun schrie Bobbie und klammerte sich an Caine fest, der sich wiederum an ihr festhielt. Mary hob ihnen eine Hand entgegen. *Nein,* dachte Bobbie, *jetzt ist es doch vorbei!* Ein Seufzen kam über Marys Lippen, ihre Augen schlossen sich und die Hand sank herunter. Eine Art Ruhe legte sich über sie. Erleichterung und Erlösung.

Sechs Jahrzehnte holten Mary endlich ein und wie in einer dieser Zeitrafferaufnahmen in Naturdokumentationen wurde ihr Gesicht schmal, die Wangenknochen traten hervor und die Haut spannte sich um ihre Knochen und wurde dunkel wie Leder. Ihre Lippen schälten sich zu einem ewigen Lächeln, ihre Augen wurden zu Löchern, die Haut verrottete zu nichts. Die schwarzen Haare lösten sich und verfielen um ihren Schädel herum zu einer Art Heiligenschein.

Mary Worthington hatte ihren Frieden gefunden.

»Bobbie, dein Gesicht.« Caine legte seine Hände an ihre Wangen. »Die Schnitte sind alle weg.«

Bobbie vergrub ihr Gesicht an seiner Brust. Sie hatten es geschafft. Sie hatten es tatsächlich geschafft. Bobbie würde ihn nie, nie wieder loslassen – und Naya auch nicht, was das betraf. Sie drückte Nayas Hand, um sie das wissen zu lassen.

»Bobbie, schau.« Caine schob sie von sich.

»Was?«

»Schau in den Sarg.«

»O mein Gott.«

Naya kam zögernd näher. »Was ist denn?«

Bobbie zeigte in den Sarkophag hinein. Das Ganze war noch viel schlimmer gewesen als gedacht – man musste buchstäblich nur die Zeichen erkennen. Bei Marys Skelettfingern lag ein Verlobungsring, wahrscheinlich von ihrem Zellengenossen, und sie hatte damit Buchstaben in die Seitenwand geritzt.

»Himmel.« Naya wandte sich ab, blass vor Übelkeit. »Das heißt ...«

Bobbie umklammerte Caines Unterarm so fest, dass die Fingerknöchel weiß hervortraten, und beendete den Satz. »Sie war noch nicht tot, als er sie hier reingesteckt hat.«

»Ist das grässlich.« Caines Lippen waren grau. »Was meint ihr, wie lange sie noch gelebt hat ... ohne Essen oder Trinken? Wie lange hält man das aus?«

Mit ihren schweren Verletzungen hatte Mary den Deckel keinesfalls herunterschieben können. Bobbie schloss die Augen, um die Tränen zurückzuhalten, als das letzte Puzzleteil an seinen Platz fiel. »Keine Ahnung, aber ich würde sagen ... fünf Tage.«

Fünf Tage. Fünf Tage bis zum Sterben. Fünf Tage, um sie zu finden, bevor es zu spät war.

Bobbie fuhr mit dem Finger die Buchstaben entlang, die Mary während ihres Wartens auf den Tod geschrieben hatte. Die letzten Worte von Mary Worthington. Geschrieben in schiefen, krakeligen Buchstaben:

IHR sollt mich Sehen ich wOLLte freunde und nichT STERBEN

Bobbie wünschte sich, es hätte einen Weg gegeben sie wissen zu lassen, dass sie zwar in ihrem Leben ignoriert worden war, aber dass es nun, nach ihrem Tod, durchaus Leute gab, die sie sehen wollten. Überall auf der Welt sagten Menschen vor einem Spiegel ihren Namen und rechneten halb damit, dass sie erschien. Tausende und Abertausende von Menschen wollten sie sehen.

So abstrus sie auch gewesen waren, ihr fielen Judys Geschichten von »Zigeunerflüchen« wieder ein, die sie abgetan hatte ohne auch nur darüber nachzudenken. Aber vielleicht, nur vielleicht, *war* die arme Mary ja verflucht. Vielleicht lag es an den verrückten Umständen, unter denen sie gestorben war, oder vielleicht war sie auch einfach, wie Judy gesagt hatte, von Geburt an *anders* gewesen. Was auch der Grund war, aber jedes Mal, wenn jemand auf Piper's Hall ihren Namen gesagt hatte, hatte sie diesem Ruf gehorchen müssen und nichts gegen die schrecklichen Begleiterscheinungen der Beschwörung machen können. Ihren Namen zu sagen war wie das Aufziehen einer Uhr: Der Mechanismus spulte sich unausweichlich ab bis zum Ende.

Und nun war der Kreis durchbrochen.

Sobald sie es geschafft hatten, die Statue zu verrücken – was nicht leicht war –, ließ sich das Gitter unter der Madonna anheben und gab den Weg zur Leiter und in den Tunnel frei. Bobbie konnte es sich nur so erklären, dass Millar den Gang für den Fall hatte verbergen wollen, dass Marys Leiche eines Tages gefunden wurde – er konnte ja unmöglich gewollt haben, dass die Polizei von einem direkten Tunnel zu seinem Lehrerzimmer erfuhr. Bobbie konnte von Glück sagen, dass er ihn nicht komplett zugemauert hatte.

Der Aberwitz, dass Abigail, Taylor und die anderen nur Meter von einem geheimen Fluchtweg entfernt ihr Leben gelassen hatten, blieb Bobbie nicht verborgen, aber sie schob diesen traurigen Gedanken rasch beiseite. Sie mussten Sadie wach genug bekommen, damit sie sich auf Caines Rücken festklammerte und er sie im Huckepack die Leiter hinuntertragen konnte. Die oberste Sprosse war zwar bereits abgebrochen, aber der Rest der Leiter hielt ihr vereintes Gewicht gerade noch aus.

Naya ging als Nächste und Bobbie war für einen Moment allein in der Gruft. »Ich bin bald zurück«, sagte sie zu Mary. »Alle werden die Wahrheit erfahren und dann werden wir dich richtig bestatten, versprochen.« Sie ließ sich durch die Bodenluke hinab.

Sie war gerade noch mit dem Kopf im Raum, da wurde er von einem strahlend weißen Licht erfüllt. Die Tür der Gruft ging knirschend auf und Bobbie wurde von Sonnenlicht geblendet. Waren sie so lange hier drin gewesen, dass es schon wieder Tag wurde? Dr. Price musste zu sich gekommen sein und eine Suchaktion eingeleitet haben. Bobbie blinzelte in das Licht und wagte es, eine Hand von der Leiter zu nehmen, um ihre Augen abzuschirmen. Doch es kam niemand zu ihrer Rettung hereingeeilt – sondern jemand ging hinaus.

Mary stand auf der Schwelle und sie war wunderschön. Alles Blut war verschwunden und ihre Uniform war sauber und gepflegt. Eine sanfte Brise wehte ihr die offenen schwarzen Haare aus dem Gesicht, so dass diese unglaublichen Wangenknochen und himmelblauen Augen noch betont wurden. Mary wandte sich um und sah Bobbie an, die wie festgewachsen auf der Leiter stand. Was sie da sah, *konnte* nicht real sein.

In diesem Moment wurde ihr klar, dass das Fenster in Marys Welt von beiden Seiten zu durchblicken war. Mary hatte zugesehen, zugehört, gelernt und nun *kannten* sie einander. So wie Mary jetzt aussah, einfach ein Mädchen, fragte Bobbie sich, ob sie, wenn sie zur selben Zeit gelebt hätten, vielleicht Freundinnen geworden wären. Mary hatte sie nicht *heimgesucht*, sie hatte die Hand nach ihr ausgestreckt. Zwei Außenseiterinnen, getrennt durch Jahrzehnte.

Mary sagte nichts, öffnete nicht einmal die Lippen, aber Bobbie wusste im tiefsten Inneren, dass sie dankbar war. Ein leises Lächeln auf den Lippen wandte Mary sich ab und schritt aus dem Mausoleum hinaus in die Sonne.

29 AUF DEN ZWEITEN BLICK

Am darauffolgenden Montag nahm Piper's Hall den Schulbetrieb wieder auf. Wie konnte es auch anders sein? Dr. Price betrieb die größte Werbekampagne ihrer Laufbahn. Es hatte endlich aufgehört zu regnen und hinter den Wolken kam das blassblaue Gesicht des Winters zum Vorschein. Silbrig überzog der Frost die Rasenflächen vor der Schule, als BMW- und Daimler-Limousinen Schülerinnen absetzten, deren Atemwolken beim Abschied wie Sprechblasen in der Luft hingen.

Ein kollektives Wehklagen erfüllte die Gänge. Angesichts der Schlagzeilen waren alle davon ausgegangen, dass die Schule noch für mindestens ein, zwei Wochen geschlossen bleiben würde. Doch Dr. Price und der Schulbeirat hatten hartnäckig darauf bestanden, dass es im Grunde eine Woche wie jede andere war und die grausige Entdeckung auf dem Friedhof rein *gar nichts* mit der Schule zu tun hatte.

Bobbie, die natürlich nie weg gewesen war, saß mit Naya im Foyer. Ihre Knöchel waren zum Glück nur verstaucht, nicht gebrochen. Sie waren eingewickelt wie bei einer Mumie und so schlimm tat es auch gar nicht weh, aber noch hatte sie eine Krücke neben sich am Sofa lehnen.

Am Ende war Marys Geschichte trotz Bobbies Versprechen ihr gegenüber abgeändert worden. Man hatte ihr nichts anderes übrig gelassen. Anfangs war Bobbie komplett bei der Wahrheit geblieben, aber egal wie sie es formuliert hatte, auf einem Polizeirevier und unter den gestrengen Blicken einiger sehr müder und sehr überreizter Beamter hatte es einfach nur verrückt geklungen. Weil es verrückt *war*.

Am Ende lief es ungefähr auf folgende Version der Ereignisse hinaus: Sadie war durch den Geheimgang weggelaufen und hatte im Mausoleum festgesessen und dann hatten Caine und Naya sich während ihres Rettungsversuchs unfreiwillig dort eingeschlossen und zum Schluss hatte Bobbie alle drei befreit. Diese Version nahm ihnen ebenfalls niemand ab, aber in ihr kam wenigstens keine tote Internatsschülerin vor, die durch einen Spiegel aus der Hölle gestiegen war.

Die Ermittlungen konzentrierten sich dann auf die anderen Toten. Im Moment ging man wohl davon aus, dass sich ein Serienmörder jahrzehntelang seine Opfer unter den Schülerinnen gesucht und die Gruft als Abladeplatz für ihre Leichen benutzt hatte.

Also lief es offiziell darauf hinaus, dass Mary Worthington das erste Opfer eines Serienmörders gewesen war. Nicht die wahre Geschichte, aber immerhin eine mit einem richtigen Schluss.

Außerdem war Taylor Keanes Mutter in den Fernsehnachrichten zu sehen gewesen. Sie hatte froh gewirkt – froh, dass sie endlich ein paar Antworten wegen des Verschwindens ihrer Tochter bekommen hatte. Die Keanes hatten etwas, das sie beerdigen konnten.

Dr. Price leugnete alles – sogar das Wissen um den Tunnel. Vielleicht log sie nicht einmal. Möglicherweise hatte ihr Vater während seiner Zeit als Rektor dafür gesorgt, dass aus dem Tunnel buchstäblich ein »Geheimgang« geworden war. Eiskalt gelogen hätte Price allerdings auf jeden Fall. Bobbie sah zu, wie sie ihr Grinsekatzenlächeln aufsetzte, den reichen Eltern die Hand schüttelte und ihnen versicherte, dass es nichts geben würde, worüber sie sich Sorgen machen müssten. Die Polizei wusste zwar durch Bobbie, dass Kenton Millar in den Fall verwickelt war, doch öffentlich bekannt war das nicht. Noch nicht. Gut möglich, dass man ihn für sämtliche Todesfälle in Verdacht hatte. Vorläufig jedenfalls genoss Bobbie es diesen Trumpf im Ärmel zu haben – für den Fall, dass Price wegen Caine oder wegen der Auseinandersetzung in ihrem Büro noch Ärger machen wollte. Solange Journalisten die Schule umkreisten wie Hyänen, fühlte Bobbie sich der Rektorin durchaus gewachsen.

»Hey, hey, hey.« Kellie Huang kam zu ihnen geeilt und warf ihre Birkin-Bag beiseite, als gäbe es die Dinger umsonst. »Wie geht's Sadie? Alle sagen, ihr zwei habt sie gerettet.«

Weitere Mädchen strömten herbei, um die Neuigkeiten zu hören. »Sie kommt wieder in Ordnung«, sagte Naya, die den Ruhm sichtlich genoss. »Sie war schwer dehydriert, aber sie kriegt jetzt per Tropf einen Spezialdrink und sollte bis Ende der Woche wieder rauskommen.«

»Gott sei Dank!« Kellie presste eine Hand auf ihre Brust. »Was wollte sie überhaupt da unten auf dem Friedhof? Sie hat Glück, dass sie noch lebt. Hättet ihr zwei nicht einen auf Detektiv oder so gemacht ...«

Grace und Caitlin rauschten an der kleinen Versammlung vorbei und verdrehten die Augen.

Bobbie hatte drei lange Tage Zeit gehabt, um sich auf das unausweichliche Fragengewitter vorzubereiten. Sie war auf ungefähr fünfzig mögliche Tarngeschichten gekommen, die alle einigermaßen plausibel waren (immerhin wollte sie Schriftstellerin werden). Sie hatte daran gedacht zu sagen, dass es tatsächlich eine heimliche lesbische Geliebte im Ort gab, dass es ein Streich gewesen war, damit sie nach der Mutprobe alle Angst kriegten, dass Sadie versucht hatte an Haschisch heranzukommen. Das hätte alles funktioniert, aber schließlich war es eine urbane Legende gewesen, die ihnen diesen ganzen Mist überhaupt eingebrockt hatte, also sagte Bobbie einfach nur: »Ich habe keine Ahnung. Ihr werdet Sadie fragen müssen, wenn es ihr wieder besser geht.«

Eine hochmütige Stimme mischte sich ein. »Du erzählst doch nur Quatsch.« Es war Grace, die offensichtlich alles andere als erfreut darüber war, dass sie außen vor blieb. »Da ist irgendwas total Komisches gelaufen. Nasenbluten, verstohlenes Rumschleichen, Jungs bei euch auf dem Zimmer. Ihr hättet Bobbie mal am Donnerstagmorgen erleben sollen. Da war sie vor dem Badezimmer total auf einem schlechten Trip und wir mussten sie in den Isolierraum stecken. Sie hatte sich lauter rote Striche ins Gesicht gemalt. Was für eine Irre.«

»Ach halt den Mund.« Naya funkelte sie böse an.

»Entschuldige mal, ich bin die Schulsprecherin. Es steht dir überhaupt nicht zu, mir zu sagen, dass ich den Mund halten soll. Es ist doch total offensichtlich, dass es hier um Drogen oder so was geht.«

Bobbie nahm ganz ruhig ihre Krücke und erhob sich vom Sofa. Sie blieb einen Moment stehen, um das selbst bedruckte Sweatshirt glatt zu streichen, das Caine ihr gestern geschenkt hatte. Nicht länger eingeschüchtert trat sie dicht an Grace heran, nahm ihren Arm und drehte sie herum. »Au! Was machst du denn?«, quiekte Grace, die größer war.

Sie standen nun mit dem Gesicht zu dem Spiegel, den Bobbie und Naya am Mittwochabend hierher geschafft hatten. Sie spiegelten sich beide darin. Ein Flüstern verbreitete sich durch die Menge. Die vordersten Mädchen wichen zurück und Bobbie fragte sich, wie zutreffend die Gerüchteküche in diesem Fall wohl gearbeitet hatte.

Wenn sie gerufen wird, dann muss sie kommen.

Einen Moment lang spielte Bobbie mit dem Gedanken. Vielleicht war Mary ihr ja etwas schuldig. Stattdessen sagte sie: »Sieh dich an, Grace. Was siehst du?« Ihre Stimme war ruhig, gelassen.

»Was? Lass mich los, du Missgeburt.«

»Weißt du, was *ich* sehe? Eine bedürftige kleine Prinzessin, die weiß, dass ihre Regentschaft sich dem Ende nähert. Letztes Schuljahr, Grace, und was dann? Außerhalb des Internats bist du *nichts.*« Diesen Satz ließ Bobbie erst einmal kurz wirken. »Sobald du mit der Schule fertig bist, bist du nichts weiter als eine durchschnittlich intelligente, durchaus ansehnliche Blondine mit tollen Beinen, aber ohne jeden Funken Humor. Viel Glück. Lass mich wissen, wie weit du damit kommst.«

Darauf reagierte die Menge mit Gelächter, kaum verhohlener Schadenfreude oder glattem Entsetzen. *»O mein Gott, habt* *ihr das gehört?« – »Nicht zu fassen!« – »Die ist ja lebensmüde«* – und so weiter.

Grace Brewer-Fay war sprachlos. Sie lief knallrot an und riss ihren Arm los. Aber Bobbie war noch nicht fertig. »Wenn ich's mir recht überlege, nehme ich die jetzt mal.« Sie griff nach Graces Revers und machte die goldene Plakette der Schulsprecherin ab. »Ich habe den leisen Verdacht, dass Dr. Price meinen Coup vorbehaltlos unterstützen wird. Schluss mit den Eliten. Für immer.«

»Besser ist es!« Naya jauchzte und applaudierte. Kellie Huang schloss sich an, einige andere Mädchen ebenfalls.

Bobbie Rowe, die neue Schulsprecherin von Piper's Hall, befestigte die Plakette am Pulli ihres Freundes und forderte Grace mit hochgezogener Augenbraue auf, etwas dagegen zu sagen.

Später am Abend schlich Bobbie sich hinaus, um Caine zu besuchen. »Hinausschleichen« war vielleicht nicht die richtige Formulierung in Anbetracht der Tatsache, dass sie direkt unter Dr. Prices Augen aus dem Schultor hinkte. Die Rektorin würde sie wohl kaum aufhalten, oder?

Caine wohnte im normalsten Haus der Welt und Bobbie liebte es. Es handelte sich um eine Doppelhaushälfte in einer dieser neuen Sandsteinsiedlungen mit einem identischen Traumhaus neben dem anderen. In der Mitte befand sich ein Rasenoval, damit die Besitzer mit dem Hund rausgehen, seinen Haufen einsammeln und gleich wieder ins Haus gehen konnten. Vor praktisch jedem Haus stand ein Mini Cooper oder, wie bei Caine, ein VW in der Auffahrt. Gerne auch als flottes Cabrio – das Auto für die erfolgreiche Frau.

Heute hatte Caines Mutter im Krankenhaus wieder die Nachtschicht, also waren sie nur zu zweit. Morgen früh würde Bobbies Mutter in London landen und eine ganze Woche mit ihr in Hampstead verbringen, bevor es zur Premiere zurück nach New York ging. Deshalb wusste Bobbie nicht genau, wann sie Caine das nächste Mal wiedersehen würde, und war fest entschlossen, alles aus diesem Abend herauszuholen. Caine hatte seine Bettdecke runter ins Wohnzimmer gebracht; sie wollten den Versuch starten, sämtliche *Avengers*-Filme in der richtigen Reihenfolge zu gucken, angefangen mit dem *Hulk*. Bobbie rechnete damit, dass sie spätestens nach *Iron Man* entweder eindösten oder knutschten.

Die Mikrowelle klingelte. Caine schüttete das Popcorn in eine Schale und fluchte, als er sich die Finger verbrannte. Aus der Küche kam ein leichter Rauchgeruch – er hatte es offensichtlich anbrennen lassen. Verlegen kam er damit an. »Hier, das Popcorn. Ist Cola light okay?«

»Ja.«

»Brauchst du sonst noch was?«

»Glaube nicht.« Bobbie runzelte die Stirn.

Caine setzte sich zu ihr und zog die Bettdecke über seinen und ihren Schoß. »Also, was ist los? Du bist so still.«

Es war wirklich irgendwas los. Schon den ganzen Tag lang hatte sie so ein komisches Gefühl. Als hätte sie vergessen irgendetwas zu erledigen. Als läge ihr etwas auf der Zunge. Aber so drängend dieses Gefühl auch war, sie kam nicht drauf. Das Einzige, was ihr einfiel, war diese leise, nagende Sorge, dass Kenton Millar irgendwie »damit davonkam«. »Ich bin wohl bloß müde«, sagte sie schließlich.

Er durchschaute es sofort. »Oder …?«

Bobbie fürchtete, dass sich ihre Ängste vielleicht bewahrheiteten, wenn sie sie aussprach, aber das Ganze machte sie total verrückt. Vergangene Nacht hatte sie kaum ein Auge zugetan. »Ach ich weiß nicht. Ich kann nicht aufhören, an Bridget und Judy zu denken.«

Caine runzelte die Stirn. »Was ist mit ihnen? Hast du noch mal mit Bridget gesprochen?«

»Nein. Die Person, mit der ich am Telefon gesprochen habe, meinte, dass es ihr nicht so gut geht …«

»Oh. Ist es das, was dir Sorgen macht?«

Bobbie spielte mit dem Rand der Bettdecke. »Weißt du noch, was Bridget gesagt hat? Dass wir sie im Käfig lassen sollen?«

»Ja.«

»Und Judy hat gesagt, dass Mary anders gewesen ist … Schon vor ihrem Tod ist irgendetwas seltsam an ihr gewesen; all diese Gerüchte. Und dann noch dieser Brief …«

»Welcher Brief?«

Bobbie setzte sich aufrechter hin. »Im Büro von Dr. Price war ein Brief von einem Vater, der schrieb, dass seine Tochter vor Angst nicht mehr schlafen konnte, seit Mary auf der Schule war und sie sich ein Zimmer teilten.« Ihre Kehle wurde ganz eng. »Was, wenn wir Mary nicht *erlöst*, sondern *rausgelassen* haben?« Er sah sie skeptisch an, also fuhr sie fort. »Du hast es in der Klinik selbst gesagt: Wir zeigen den Leuten nur das von uns, was sie sehen sollen. Und von Mary haben wir auch nur das gesehen, was wir sehen sollten.«

Die Worte hingen zwischen ihnen und für einen winzigen

Moment sah sie Angst in seinen Augen. Er schüttelte das Gefühl ab und lehnte sich zu ihr, um sie zu küssen. Seine Lippen strichen über ihren Mund. »Bobbie, das ist jetzt alles vorbei. Menschen sind nicht einfach von Grund auf *böse*, das ist Quatsch. Es ist alles vorbei«, sagte er noch einmal.

Sie entspannte sich wieder in seinem Arm und versuchte sich auf den Film zu konzentrieren. Er hatte Recht, natürlich hatte er Recht. Was denn sonst.

»Ich hol mir noch eine Cola.« Er sprang vom Sofa.

Bobbie legte vorsichtig ihre bandagierten Knöchel auf den Couchtisch und stieß dabei die Lokalzeitung zu Boden. Auf der Seite, die dabei aufblätterte, sah Bobbie einen allzu vertrauten Anblick. Die Gruft. »Stehen wir in der Zeitung?«, rief sie.

»Ja, na ja, die Story jedenfalls«, antwortete er aus der Küche. »Sorry – ich wollte die eigentlich wegwerfen.«

»Nein. Ich will mir das anschauen.« Bobbie drehte die Zeitung um. Das große Foto zeigte das Mausoleum hinter Polizei-Absperrband. Leute von der Spurensicherung in weißen Overalls waren zu sehen. Dazu gab es noch eine kleinere Nahaufnahme der Botschaft, die Mary in die Seitenwand des Sarkophags geritzt hatte.

IHR sollt mich Sehen ich wOLLte freunde und nichT STERBEN

Bobbie zog eine Augenbraue hoch. Irgendetwas war komisch an den wilden, krakeligen Buchstaben. Die Botschaft kam ihr total merkwürdig vor, selbst für den Zustand, in dem die Arme gewesen war. In der Gruft hatte Bobbie darin nur Marys *Furcht* lesen können, aber nun, auf den zweiten Blick, konnten es auch die Worte von jemandem sein, der richtig, richtig *wütend* war. Und wer hatte mehr Grund wütend zu sein, als Mary Worthington?

Und plötzlich hielt Bobbie die Luft an. Sie starrte auf das Foto. Ihr fiel das Empfehlungsschreiben wieder ein, in dem von Marys exzellenten Leistungen die Rede gewesen war. Eine solche Schülerin hatte doch nicht plötzlich eine schlechte Rechtschreibung.

Wir zeigen den Menschen nur das, was sie sehen sollen.

Ihr fiel das leise Lächeln auf Marys Lippen wieder ein.

In Bobbies Augen brannten Tränen. Nicht Tränen des Mitleids – sondern der Angst. *Was habe ich getan?* Nur bestimmte Buchstaben waren großgeschrieben und sie ergaben einen neuen Satz.

IHR SOLLT STERBEN

EINE WOCHE SPÄTER

The Souther

Freitag, 13. November

Tödlicher Verkehrsunfall: Polizei sucht Übe

Die Polizei bittet dringend um sachdienliche Hinweise zur Identität der Mitfahrerin, die in einen schweren Autounfall verwickelt war, bei dem eine angesehene Schulrektorin ums Leben kam.

Dr. Ellen Price, Rektorin des Mädcheninternats Piper's Hall in der Nähe von Oxsley, verunglückte gestern Abend, als ihr BMW von der Küstenstraße abkam. Augenzeugen berichteten, dass sie ein verletztes Teenagermädchen auf der Rückbank des Wagens gesehen hätten, und obwohl am Unfallort kein zweites Opfer gefunden wurde, macht sich die Polizei »ernstliche Sorgen« um die Sicherheit des Mädchens.

Die Personenbeschreibung der Mitfahrerin lautet: 14 bis 19 Jahre alt; lange, glatte, dunkle Haare; bekleidet mit der Schuluniform von Piper's Hall. Ein Zeuge sagte aus, das Mädchen sei bereits vor dem Unfall »voller Blut« gewesen, was zu der Spekulation Anlass gibt, dass die beiden zum Zeitpunkt des Unfalls womöglich auf dem Weg in die örtliche Klinik gewesen sind.

Mä
der
ter
vor
ger
ein
auf
ges
Un
fur
Pol
die
Per
fah
alt

DANKSAGUNG

Sag nie ihren Namen markiert ein neues Kapitel meiner Autorenlaufbahn – eines, über das ich mich wirklich sehr freue. Vielen Dank an Jo Williamson und alle bei Antony Harwood Ltd dafür, dass sie mich in den vergangenen vier Jahren so gut vertreten haben. Wie die Zeit vergeht, nicht wahr?

Natürlich ein Riesen-, RIESENdank an Emma Matthewson und alle bei Hot Key Books, die mich so herzlich aufgenommen haben. Eure Begeisterung für Mary ist ansteckend und jeder Besuch im Verlag eine Freude. Vielen Dank auch an Jet Purdie für das Originalcover – hätte ich das Buch nicht geschrieben, ich würde es kaufen!

Außerdem muss ich Simon Savidge dafür danken, dass er gewettet hat, ich würde es nicht schaffen, den gruseligsten Horrorroman der Gegenwart für junge Erwachsene zu schreiben (Was meinst du, Simon? Habe ich es geschafft?), und Tanya Byrne und Kim Curran für ihr frühes Feedback. Besonderen Dank auch an Aprilynne Pike für ihre freundlichen Worte. Weiterer Dank gebührt meinen kritischen Leserinnen Kerry Turner und vor allem Sam Powick, die *Sag nie ihren Namen* trotz ihrer Sterbensangst vor Gespenstern und Horrorgeschichten gelesen hat – du musstest es lesen, denn wenn es dich nicht gegruselt hätte, hätte ich es gleich wegwerfen können!

UKYA Massiv – ich liebe euch.

Zu guter Letzt einen Riesendank an DICH. Ob es das erste Buch von mir ist, das du gelesen hast, oder das DRITTE (Wo ist nur die Zeit geblieben?), vielen Dank, dass du eins von mir ausgesucht hast. Ich hoffe, du hast nicht ZU VIEL Angst gehabt. Aber nur falls es dich interessiert ... ich hab mich noch immer nicht getraut, fünfmal ihren Namen zu sagen. Ich höre immer bei vier auf. Mary ist jetzt irgendwo da draußen. Denk mal drüber nach. Und träum was Schönes.

Zombie-Alarm!

Kirsty McKay
Untot - Lauf, solange du noch kannst
368 Seiten
Taschenbuch
ISBN 978-3-551-31370-6

Noch ein letzter Pausenstopp, dann hat Bobby es geschafft. Dann ist der grässliche Skiausflug mit den noch grässlicheren Mitschülern vorbei. Genervt wartet sie mit Smitty im Bus auf die anderen. Aber die anderen kommen nicht, die anderen sind tot – Alice hat es gesehen und dreht vollkommen durch. Schöne Scheiße.
Sie müssen hier weg und zwar schnell! Denn plötzlich wanken diese Toten auf den Bus zu und sie sehen verdammt hungrig aus. Doch draußen ist es dunkel, der Schneesturm tobt und die Handys funktionieren auch nicht …

CARLSEN

www.carlsen.de

Flucht im Dunkeln

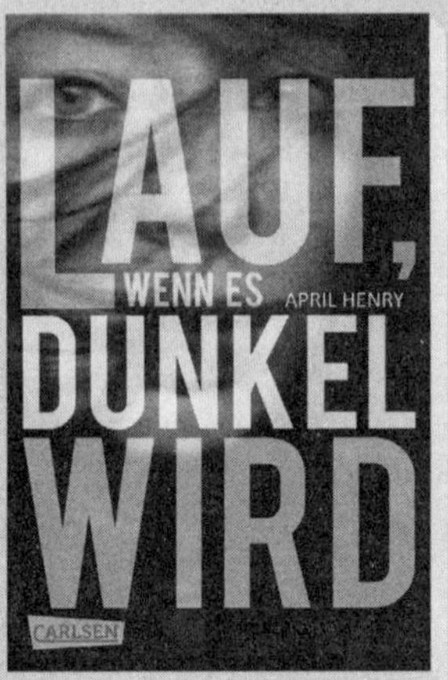

April Henry
Lauf, wenn es dunkel wird
224 Seiten
Taschenbuch
ISBN 978-3-551-31226-6

Was für ein schrecklicher Zufall! Cheyenne schläft auf dem Rücksitz des Familienwagens, als dieser gestohlen wird. Und Griffin, der junge Autodieb, kann sie nicht einfach so laufen lassen, obwohl das Ganze nie geplant war.
Denn Cheyennes Vater ist ein reicher Unternehmer und das perfekte
Opfer für eine Erpressung, finden Griffins Komplizen. Cheyenne wird festgehalten und muss Schlimmstes befürchten. Ihr bleibt nur ein Ausweg: Flucht. Doch die scheint unmöglich – denn Cheyenne ist blind!

CARLSEN

www.carlsen.de